LA BÊTE NOIRE

L'AUTEURE

Danielle Arceneaux vit à Brooklyn (New York) avec son border terrier Birdie et un chat indompté. Elle travaille dans la communication et le marketing. *Glory B. enquête. Frayeur en Louisiane* est son premier roman.

www.daniellearceneaux.com

DANIELLE ARCENEAUX

GLORY B. ENQUÊTE

Frayeur en Louisiane

Traduit de l'anglais (États-Unis)
par Emmanuelle Heurtebize

LA BÊTE NOIRE
Robert Laffont

Titre original : Glory Be

ISSN : 2431-6385
ISBN : 978-2-221-27960-1
Édition originale : 978-1-63936-483-1, Pegasus Crime is an imprint of Pegasus Books, Ltd., 148 West 37th Street, 13th Floor, New York, NY 10018
Dépôt légal : avril 2025
Éditions Robert Laffont – 92, avenue de France, 75013 Paris
info@lisez.com

1.

Glory Broussard en avait sa claque d'attendre. Elle n'avait jamais vu ce serveur et elle était une habituée du café CC's. Il acquiesçait à chaque commande puis plongeait le nez dans les pages d'un épais manuel, multipliant les allers-retours entre la machine expresso et le mémento.

Pour couronner le tout, il n'arrêtait pas de sourire comme un benêt à cette femme blanche. Elle portait un débardeur rose côtelé et, autant que puisse en juger Glory, pas de soutien-gorge. Son short en jean était si court qu'il laissait entrevoir la courbe de ses fesses. Glory avait assez souvent repéré ce genre d'accoutrement à la galerie marchande d'Acadiana pour savoir que c'était une nouvelle mode, indécente qui plus est. Ses cheveux mouillés s'étalaient sur sa poitrine, lui donnant l'air d'une créature tout droit sortie des marais d'Atchafalaya.

Elle s'approcha du comptoir, pile derrière la femme sans soutien-gorge.

— Excusez-moi, dit-elle au garçon. Vous assurez seul le service ? Ce n'est pas sérieux, vu l'affluence après la messe.

— Je me rends pas compte. Je suis nouveau.

— À l'évidence, commenta Glory en s'épongeant le front, geste parfaitement vain à cette saison en Louisiane.

— Je suis à vous dès que possible, l'assura-t-il en laissant tomber sa brique de lait par terre.

Glory décocha un regard de travers au barista. Mais elle se cloua le bec, mobilisant sa grandeur d'âme, c'était dimanche après tout. La femme au derrière à l'air se retourna. Elle détailla sa robe rouge, ses chaussures rouges, son chapeau rouge surmonté d'une plume d'autruche assortie, et porta une main à ses lèvres en ricanant. Plus tôt dans la matinée, Glory s'était rendue à un petit déjeuner de la Red Hat Society[1] d'Acadiana, un club de femmes noires, catholiques et pieuses. Elles s'étaient attardées après la messe pour recevoir la bénédiction particulière du père Romero. Dès lors qu'il était devenu une presque célébrité, les femmes papillonnaient autour de lui tels des oisillons battant gauchement des ailes. Mais Glory n'avait pas le temps pour ces niaiseries. Le dimanche était son jour de recettes, le travail l'attendait.

À bien y réfléchir, ce fou rire moqueur ne ciblait peut-être pas tant ses habits rouges que l'essence même de sa personne. Avec un bon coup de peigne et une couche de maquillage, Glory se projetait encore sans mal en Miss Lafayette, catégorie « Femmes racisées ». Au contraire de tous ces gens qui la résumaient désormais à son âge. La mélanine avait un moment endigué les pires ravages du temps, mais même les peaux noires finissent par se faner. Les rides de son visage et les contours de sa bouche s'étaient incrustés pour de bon, comme font les

1. Association fondée en 1998, dévolue à l'origine aux femmes de cinquante ans et plus, ayant pour vocation de les encourager à tirer le meilleur parti de la vie, en commençant par porter un chapeau rouge lors des réunions. (*N.d.T.* : toutes les notes sont de la traductrice.)

rides. Sans compter que, depuis son divorce houleux, ses hanches s'étaient épaissies à la suite de l'abus d'assiettes trop garnies. Les petits plats chauds du restaurant familial Chez Dwight offraient un réconfort éphémère à ces humiliations.

Le barista qui lui tapait sacrément sur les nerfs n'était pas la seule nouveauté au CC's, ce matin-là. Elle observa les changements apparus comme par magie depuis la semaine précédente. De nouveaux uniformes. Des produits dérivés à la vente. Bon sang, à quoi rimait tout cela ? Pourquoi les gens n'étaient-ils pas fichus de se satisfaire des choses comme elles étaient ? Glory s'approcha du comptoir, à côté de la femme, curieuse d'examiner de plus près les articles. Elle secoua la tête en inspectant les nouveaux mugs, marqués d'un sigle doré en relief. Elle ouvrit d'une main son sac et, de l'autre, envoya ni vu ni connu le mug retrouver son rouge à lèvres et les tickets à gratter perdants.

La femme qui flirtait avec le nouveau serveur renversa la tête en arrière en gloussant. Ses cheveux mouillés giflèrent Glory en pleine face, collant à sa joue tel du film plastique.

— Faut pas se gêner ! cria Glory en dégageant les mèches de son visage avec un air de dégoût.

— Pardon... je ne vous avais pas vue.

Eu égard à sa morphologie, il était troublant qu'elle soit désormais devenue transparente pour un si grand nombre de gens.

Noah Singleton, le gérant du café, émergea des cuisines dans un claquement de portes et pénétra dans la salle. Glory l'avait connu adolescent, avec une coupe afro, mais il ressemblait aujourd'hui au marine discipliné qu'il avait jadis été : coiffure réglementaire, cou épais et efficacité d'action.

— Allez-vous asseoir, miss Glory, mon nouvel employé va vous préparer votre boisson. Un cappuccino, ajouta-t-il à l'intention de l'homme derrière le bar.

Il la guida jusqu'à sa place habituelle, une simple table et une chaise en bois à l'arrière de la salle, que Glory appréciait pour sa vue imprenable sur la porte d'entrée. Dans la profession qu'elle s'était choisie, on n'aimait guère les visites surprises.

— Merci, dit-elle en s'asseyant sur la chaise en pin. Franchement, vous devriez former ces gens avant de les jeter dans le grand bain. Surtout un dimanche.

— J'y travaille. Je n'ai pas eu beaucoup de temps à consacrer à celui-ci. Il a bénéficié du programme de réinsertion il y a tout juste quelques jours.

— Vous et vos malfaiteurs, répliqua-t-elle en roulant des yeux. Je ne comprendrais décidément jamais comment fonctionne votre cerveau, Noah Singleton. Vous êtes un des seuls propriétaires noirs de tout Lafayette, et vous embauchez un taulard. Ce n'est pas judicieux, si vous voulez mon avis.

— Personne ne vous le demande, remarqua-t-il en essuyant sa table avec un torchon mouillé.

— Je sais que vous avez un faible pour les cas désespérés, surtout après ce qui est arrivé à votre fille, soupira-t-elle. Mais vous devriez faire preuve de plus de discernement et ne pas confier la caisse à un repris de justice. C'est comme inviter un renard dans le poulailler.

— Je n'ai aucun problème avec cet employé. Il s'appelle Gus, au passage. Tout le monde a le droit à une seconde chance. Vous comprise.

— *Moi* ? Je ne vois pas de quoi vous parlez. Je suis une bonne catholique, estimée à l'église Sainte-Agnès, sous l'égide de l'Amour et la Miséricorde. Et du Vatican, par la même occasion.

Les yeux de Noah s'étrécirent, un rire tonitruant jaillit des tréfonds de son abdomen.

— Glory. Je vous ai vue piquer mon mug, dit-il en s'étouffant, désignant son sac. La voleuse, ici, c'est vous. Vous savez quoi ? Je vous l'offre. Un gage de véritable charité chrétienne. Et vous vous permettez de juger cet homme, malgré les crapuleries que vous faites ici tous les dimanches.

Glory fourra la main dans son sac et fit glisser le mug sur la table.

— Tenez. Vous pouvez vous le garder, votre truc en toc, dit-elle en se penchant vers lui. Vous devriez me remercier d'avoir élu bureau ici. Le gros de votre clientèle dominicale pousse la porte pour me voir, et non pour votre jus de chaussettes.

Noah fit claquer le torchon sur son épaule en secouant la tête.

— Vous insultez mon café, maintenant ?

— De toute façon, je ne vois pas l'utilité de ces nouveaux mugs. Les anciens convenaient parfaitement.

— Les milléniaux adorent les marques. Il faut vivre avec son époque.

Il se pressa pour accueillir les clients qui commençaient à affluer – serrant des mains, faisant un *check* avec quelques gamins –, avant de s'éclipser en cuisine.

Un grand homme svelte, vêtu d'un pantalon sombre et d'un polo à manches longues inadaptés aux températures de fin d'été, se dirigea vers sa table.

— Vous êtes la fameuse madame Broussard, n'est-ce pas ? La bookmakeuse que tout le monde recommande au casino ?

Les rides de ses yeux contaminaient son visage tanné par le soleil. Il avait une coiffure stylisée, à l'instar des homosexuels dans l'émission de relooking qu'elle regardait, mais Glory savait qu'il était hasardeux de tirer ce genre de conclusions hâtives.

— Je *pourrais* connaître une personne susceptible de vous aider. En revanche, je ne crois pas vous avoir entendu vous présenter, mon garçon. J'ai pour règle de vérifier scrupuleusement les références des gens avec qui je fais affaire.

— Benoît.

— Il y a environ un million de Benoît en Louisiane. Il va falloir être plus précis.

— Vous êtes une marrante, s'esclaffa-t-il. Ne faites pas comme si vous ne connaissiez pas ma famille.

Glory feignait l'ignorance, elle savait pertinemment qui était sa famille. À Lafayette, il y avait la clinique Benoît, le stade Benoît, sans oublier la société Benoît Chimie & Construction. Tout le monde connaissait les Benoît, de gré ou de force.

— Keller Benoît, précisa-t-il. (Il s'assit face à Glory et lui tendit la main.) Quelle est la cote de Tulane ?

Glory n'avait aucune envie de serrer la main de ce type dont la tête ne lui revenait décidément pas, mais pouvait-elle y couper ? Elle se domina, on l'avait mieux éduquée que ça.

— Je pense connaître quelqu'un à même de prendre ce pari pour vous, annonça Glory d'une voix aussi sarcastique que mielleuse. Cent vingt.

Il attrapa son portefeuille dans sa poche et palpa une liasse de billets.

— Voici ma mise, dit-il en abattant dix billets de cent dollars flambant neufs sur la table.

Glory lui adressa un sourire, jeta un coup d'œil à droite puis à gauche, et saisit le sac à main posé sur ses genoux dont elle recouvrit le paquet de billets.

— Écoutez-moi bien, mon garçon, ce n'est pas comme ça que les choses fonctionnent, ici, lui asséna-t-elle, toujours tout sourire.

Elle avala une gorgée de cappuccino et murmura :

— La prochaine fois, l'argent sera dans une enveloppe. N'inscrivez pas mon nom dessus et ne la fermez pas, afin que je puisse vérifier.

Sur ce, elle attrapa sac et billets et les fit glisser jusqu'à ses genoux. Puis elle sortit son journal en cuir bleu roi et griffonna sur une page.

— C'est bon ? s'enquit-il, les yeux rivés sur la porte, pressé de partir.

— C'est bon. (Au moment où il se leva, Glory l'agrippa par la manche de son polo.) La prochaine fois, j'apprécierai que vous me fassiez un peu la conversation. Voire que vous m'offriez un café. Histoire d'encourager le petit commerce. Je suis certaine que votre mère vous a inculqué quelques bonnes manières.

Elle relâcha son emprise et il fila, bousculant au passage Beau Landry. En dépit de son uniforme, Keller Benoît prêta à peine attention au lieutenant Landry et ne s'excusa pas. Il fonça vers sa voiture de sport flashy et délogea deux gamins en pleine séance de selfies, adossés à la carrosserie de sa décapotable jaune banane.

Comme tout le monde ce jour-là, le lieutenant Landry obtint son café après que Gus eut consulté son manuel. Ses cheveux argent étaient coupés court, le bleu pastel de ses yeux perçait sur sa peau hâlée. C'était un Blanc avec une pointe de sangs mêlés remontant à plusieurs générations, comme beaucoup de gens en Louisiane.

Son gobelet à la main, estampillé du nouveau logo, il se dirigea vers Glory et s'assit face à elle.

— À quoi riment toutes ces nouveautés ? Noah a fait des changements.

Il froissa l'enveloppe de cellophane emballant une praline locale. Il mordit dans sa friandise, semant des miettes de caramel et de noix de pécan sur la table.

— Un coup de marketing, dit-elle, en désignant l'achalandage de produits dérivés.

— C'est marrant de vous croiser ici. Je repensais justement à votre maman l'autre jour.

Viola Williams Broussard, la mère de Glory, était une grande figure de Carencro. Pendant près de quarante ans, elle avait aidé des familles et élevé des générations d'enfants, le lieutenant Landry inclus. Elle était partie sans souffrir, d'une crise cardiaque fulgurante. Le jour de ses funérailles, plus d'une vingtaine des enfants qu'elle avait pris sous son aile, aujourd'hui adultes, étaient venus présenter leurs respects et recevoir le saint sacrement lors de la messe en sa mémoire. Sœur Amity Gay, que Viola aimait comme sa propre fille, au même titre que Glory, avait dit un rosaire en créole pendant la veillée. Et le cardinal Johnson avait été délégué en personne pour conduire l'office.

— On n'en fait plus, des comme elle, dit-il.

Goûtant du bout des lèvres le café brûlant, il eut un brusque mouvement de recul. Il baissa le volume de sa radio, plus bavarde qu'à l'accoutumée ce matin-là.

— Cela me peine de le dire, mais elle représentait pour moi une vraie figure maternelle, bien plus que ma propre mère.

— Je m'amusais à vous mettre des bigoudis dans les cheveux quand je vous gardais, vous vous rappelez ? dit Glory en lui tapotant la main.

— J'aimerais en avoir encore assez pour porter des bigoudis, répliqua-t-il en passant la main sur son crâne à rebrousse-poil. Cette femme me manque, c'est sûr. Je sais aussi combien elle vous manque et combien ça a été dur pour vous, en plus de tout le reste.

Glory acquiesça et se tourna vers la fenêtre, cherchant à endiguer le flot de larmes qui l'assaillait chaque fois qu'on évoquait sa mère. En définitive, les larmes étaient plus l'expression d'un sentiment qu'une manifestation physique. La radio du lieutenant Landry s'égosillait.

Appel à toutes les unités, secteur Bonaire et Highland, on nous a signalé une femme décédée au 361, rue Bonaire, appartement 6J. Toutes les unités à proximité, répondez.

— C'était vraiment sympa de vous voir, Glory, mais je...

— Amity ! dit Glory en se levant d'un bond.

— Glory, qu'est-ce que...

— L'adresse à la radio. C'est celle de mon amie. C'est pas possible...

Elle fit un pas et se rattrapa d'instinct à la table, saisie d'étourdissements. Le mug bleu orné de lettres dorées se fracassa par terre en une multitude d'éclats. Noah Singleton accourut et les deux hommes la guidèrent vers sa chaise en la soutenant chacun par un bras.

— J'y vais. Je *dois* y aller. C'est ma meilleure amie.

— Il s'agit sûrement de quelqu'un d'autre. Pas question que vous preniez le volant dans cet état, miss Glory, vous étiez à deux doigts de vous évanouir.

— Je connais l'adresse. Vous ne pouvez pas m'en empêcher.

Je répète, appel à toutes les unités proches de Bonaire et Highland...

— Inspecteur Landry, voiture 12. Je suis dans le coin, annonça-t-il dans sa radio. Puis il se tourna vers Noah : « Je vous la confie. »

***

Glory serrait les anses de son sac à main, tel un jockey, les rênes de sa monture, mais rien n'y faisait. Ses mains tremblaient, présageant le deuil annoncé. Elle repensa à tout ce qu'elles avaient partagé, enfants, leurs danses à la kermesse de l'église, l'époque où le principal Thibideaux leur filait des coups de règle sur les mains parce qu'elles se passaient des petits mots pendant la classe. Puis elle songea à tout ce qu'elles avaient partagé, une fois devenues femmes : la grossesse surprise de Glory, son mariage contraint, le diplôme universitaire d'Amity, son noviciat à Sainte-Agnès et ce mariage d'un autre genre, avec Dieu. Au début, Glory bouillait de jalousie en voyant son amie accomplir toutes ces choses dont elle avait rêvé pour elle-même sans les réaliser. Puis sa colère et son ressentiment s'étaient peu à peu taris et mués en un sentiment plus fort et plus pur, cédant place à l'amour.

Les premiers véhicules de patrouille arrivés sur les lieux bloquaient le parking devant l'immeuble en brique d'Amity. Sans réfléchir, Glory sauta de la Honda Civic de Noah et se précipita vers le bâtiment. Elle se faufila entre les voitures de police, les ambulances et, hors d'haleine, se heurta au cordon de sécurité.

— Non, on ne passe pas, M'dame, s'interposa un jeune agent.

Elle chercha des yeux le lieutenant Landry parmi un attroupement de policiers devant l'escalier métallique

— Laissez-moi passer, Landry, l'interpella Glory.

— Désolé. La famille, uniquement.

— Je suis sa famille. La seule famille qu'il lui reste.

— Je vous conseille de bien réfléchir, miss Glory, dit-il en s'avançant à sa hauteur. Ce que vous risquez de voir, jamais vous ne pourrez l'oublier. Ce sera la dernière image que vous garderez de votre amie. C'est vraiment ce que vous voulez ?

— J'ai besoin de la voir. De mes propres yeux.

Le lieutenant Landry fit un signe de tête à l'agent, lequel leva le cordon afin de lui faciliter le passage. Glory gravit péniblement l'escalier, chaque marche plus raide que la précédente. Plusieurs policiers fumaient devant la porte ouverte de l'appartement d'Amity. L'inspecteur Landry la fit pénétrer dans le salon impeccablement rangé. Textes religieux et romances au format de poche garnissaient pêle-mêle les étagères. Le jeté de canapé qu'elle lui avait tricoté et offert pour son diplôme couvrait le dos de son sofa usé. Comme ils se dirigeaient vers la chambre, le lieutenant Landry l'arrêta de nouveau.

— Vous êtes vraiment certaine de vouloir faire ça ?

Elle acquiesça.

Quand il poussa la porte, Glory vit le corps d'Amity Gay sur le sol. Une jambe tendue, l'autre pliée. Son buste était maintenu dans son axe par la ceinture monastique qui lui enserrait le cou et était nouée à la poignée de porte du placard, à l'autre extrémité. Ses pupilles étaient constellées de petits vaisseaux sanguins. Un liquide noir et épais avait séché au coin de sa bouche et souillé le bleu délavé de son jean.

Glory se retint au cadre de la porte. Le lieutenant Landry tenta de la soutenir, hélas le poids d'un tel chagrin était trop lourd à porter pour un seul homme. Appuyée contre le chambranle, elle se laissa glisser à genoux et hurla de douleur.

2.

L'église Saint-Martin de Porres n'était pas aussi vaste que Sainte-Agnès, la paroisse que fréquentait Glory dans la ville voisine de Lafayette. C'était une église noire, bâtie en 1942, époque où le Sud était scindé en deux : les Noirs et les Blancs. Glory en avait concrètement saisi les implications à l'âge de sept ans, quand une brique avait brisé le petit vitrail de son église et le feu, dévoré tout le bâtiment. Durant six mois, le temps de sa reconstruction, la congrégation avait été autorisée à fréquenter l'église blanche à quelques pâtés de maisons. Ses petits yeux s'étaient écarquillés au spectacle du chandelier miroitant au plafond du vestibule, et ses chaussures du dimanche en cuir verni blanc tranchaient avec le tapis rouge vif qui filait entre les rangées de bancs en bois. Son église disposait de banales chaises en métal les contraignant à se prosterner sur le carrelage froid à défaut d'agenouilloirs capitonnés. Après plusieurs mois assidus, la fillette avait acquis la certitude que Dieu aimait davantage les gens de cette église. Elle avait fini par comprendre ce que les adultes autour d'elle considéraient comme un fait acquis : Noir était synonyme d'inférieur.

Il était parfaitement logique que sœur Amity ait jeté son dévolu sur l'église de Scott, un peu plus loin. Saint-Martin de Porres était le saint patron des métis et des travailleurs, à l'image des fidèles qui venaient s'y recueillir. Il n'y avait pas de vitraux. Pas d'orgue. Pas d'encens. Sa simplicité évoquait davantage le local des œuvres caritatives de l'Elk Lodge qu'une église catholique traditionnelle. C'est pourquoi sœur Amity en avait fait son port d'attache. Elle s'adressait au peuple. *À son peuple.*

Ses chaussures lacées à semelles épaisses émettaient des petits *plop* sur le linoléum tandis que Glory s'avançait vers l'autel, couvert d'un tapis élimé marronnasse. Elle portait la bonne robe noire qu'elle réservait aux grandes occasions, surmontée d'une broche Swarovski en forme de cœur. Quand bien même elle aurait pu s'offrir des diamants, ce qui n'était absolument pas le cas, Glory leur aurait préféré le cristal Swarovski, plus brillant que la pierre précieuse. Une croix bleue était clouée sur le mur habillé de bardage de bois. Sa démarche était aussi solennelle que l'occasion : les funérailles de sœur Amity Gay.

Glory serra les dents en découvrant sa meilleure amie coincée dans ce cercueil rembourré d'un satin bleu layette et attifée d'une chemise de nuit en soie beige. Une des bretelles avait glissé, dénudant son épaule. Un galon de dentelle délicate terminait le décolleté de la tunique qui la couvrait à peine jusqu'aux genoux. Comment avaient-elles osé commettre un tel sacrilège ? Comment avaient-elles pu l'exposer dans cet accoutrement ? Elle tâcha de ravaler sa colère afin de ne pas gâcher ses derniers instants avec son amie adorée.

Elle inspecta la salle d'un air circonspect en secouant la tête, réfléchissant au moyen de la sauver de ce mauvais pas. Elle observait les sœurs encourager les paroissiens à s'asseoir et, notant la présence du père Romero près de l'autel, elle en déduisit que l'office commencerait sous peu. Elle aurait tout le temps d'identifier la responsable de ce travestissement et de lui exprimer son mécontentement avec fermeté. Pour l'heure, elle devait faire ses adieux et regagner sa place avant le début du service.

Pour la communauté, elle était sœur Amity, mais pour Glory, ce mot n'était pas un titre. Sœurs, Amity et Glory l'étaient véritablement, des sœurs sans majuscule, fruit d'un divin hasard à défaut d'être du même sang. Ces deux-là partageaient un lien indéfectible, quand bien même elles avaient pris des chemins différents. Amity avait toujours répondu présente, lui offrant une main secourable, une épaule sur laquelle pleurer, ou un shot de whiskey quand plus rien n'avait d'effet. Consciente qu'elle voyait Amity pour la dernière fois, Glory contempla son visage. Ses grands yeux en amande étaient clos, Dieu merci, mais Glory n'oublierait jamais la terreur qu'elle y avait lue ce jour-là, dans son appartement, cet instant furtif où Amity avait compris que la vie la quittait.

Glory lui caressa la joue et, après un bref coup d'œil alentour, elle laissa sa main glisser vers son cou. Sa peau était douce, son cou, cireux et désarticulé. Elle redressa la bretelle rebelle en coinçant la longueur de tissu superflu dans son dos.

On entonnait le rosaire et Glory prit place aux côtés des fidèles endeuillés.

Je vous salue, Marie, pleine de grâce ;
Le Seigneur est avec vous.
Vous êtes bénie entre toutes les femmes,
Et Jésus, le fruit de vos entrailles, est béni.
Sainte Marie, mère de Dieu,
Priez pour nous, pauvres pécheurs,
Maintenant, et à l'heure de notre mort.
Amen[1].

1. En français dans le texte.

Il s'agissait d'une prière particulière, conduite par des religieuses et un groupe de croyantes tout aussi révérencieuses. Ce chœur de femmes âgées évoluait dans l'église et récitait le rosaire intégralement en créole. Quasi en transe, elles chantaient *Notre Père* et *Je vous salue Marie*, serrant dans leurs mains arthritiques un chapelet de perles transparentes. Elles étaient les gardiennes de la langue et de la tradition sacrée. C'était bien plus qu'une prière. C'était une veillée.

Glory peinait à les suivre. Ses lèvres articulaient les mots, mais son esprit était sans cesse renvoyé au domicile d'Amity. La ceinture enserrant son cou tel un garrot, le sang coagulé sur son jean délavé. Elle luttait pour canaliser ses pensées quand une clameur s'éleva à la porte, troublant fâcheusement le cours de la cérémonie. Qui avait l'outrecuidance d'arriver en retard aux funérailles d'une nonne ? Glory pivota sur son banc, prête à foudroyer du regard le malappris, et sa colère s'éclipsa quand elle aperçut sa fille.

Les paroissiens ne se privaient pas de loucher dans sa direction, eux aussi. Delphine était vêtue simplement – pantalon noir et chemisier blanc – et elle était plus élégante que toutes les personnes réunies ici. Même dans cette tenue décontractée, elle avait l'air chic. Et elle l'était. Mais il échappait probablement aux fidèles que son pantalon était en gabardine de laine, son chemisier, en charmeuse de soie, ses sandales tressées, en cuir, un caprice importé d'Italie. Elle avait peint ses lèvres en rouge et dompté ses boucles noires en un chignon empirique : ses mèches restaient tranquilles, ce n'était pas le moment qu'elles lui jouent des tours. Grande et tout en souplesse, elle avait de « beaux » cheveux et la peau claire, comme disaient les gens d'ici ; elle ressemblait bien plus à son père qu'à sa mère.

Delphine descendit l'allée, fouillant les bancs du regard jusqu'à ce qu'elle localise Glory et se glisse à ses côtés.

— Je ne pensais pas que tu réussirais, murmura Glory en tendant sa main dodue vers les doigts délicats de Delphine.

— Moi non plus, mais j'ai fini par convaincre mon client d'accepter un accord à l'amiable et de nous éviter un procès, ce qu'il aurait dû faire depuis des mois.

Une sœur réprima Delphine d'une grimace, comme seules les religieuses en ont le don.

Delphine se renfonça sur son banc, obéissante. On ne contestait pas l'autorité d'une nonne, peu importe qu'on soit adulte et propriétaire d'un appartement à Manhattan. Elle redressa la tête et garda le silence jusqu'au terme de la prière.

— Maman, pourquoi Amity porte un déshabillé ? demanda-t-elle en se penchant.

— Ne me lance pas sur le sujet, soupira Glory. Une vieille coutume créole ridicule. Promettre aux morts le grand sommeil en pyjama, tu vois le genre. Je n'arrive pas à croire que ces vieilles nonnes grincheuses aient pu lui faire ça. Ce n'est pas parce qu'on est pieuse qu'on n'a aucune classe.

Le père Romero tira de nouveau ses notes de la poche de sa veste et les étudia avant de prononcer son éloge funèbre.

— C'est le fameux prêtre ? s'enquit Delphine.

Elle sortit de son sac une étole en cachemire dont elle couvrit ses épaules.

— Cette énorme bourse dont j'ai oublié le nom lui est montée à la tête. Dis, tu peux m'expliquer ce que tu fiches avec un foulard en laine au beau milieu du mois d'août ?

— C'est la bourse Lewiston. Tu sais bien, j'ai tout le temps froid en avion, sans compter ce foutu air conditionné du Sud.

— Avec ces dames de la Red Hat, nous avons presque dû le supplier pour figurer à son agenda depuis qu'il a obtenu cette bourse. Un million de dollars pour accomplir ce que bon lui semble, ou même rien du tout si ça lui chante. Je n'ai jamais entendu pareille ineptie.

— Il est *beaucoup plus* beau en vrai, remarqua Delphine.

Abstraction faite de son habit de prêtre, il était de ces hommes mûrs capables de séduire une femme de vingt ans leur cadette. Avec une chevelure grise abondante et des pectoraux attestant qu'il ne comptait pas ses efforts à la salle de gym. Dans la catégorie « Hommes noirs d'âge mûr », il jouait plus dans la cour de Denzel Washington que de Morgan Freeman.

— C'est un serviteur de Dieu. Comment oses-tu dire des trucs pareils, surtout à un *enterrement* !?

— Songe à tout cet argent, maman. Si tu dérouillais un peu ton déhanché d'ancienne reine de beauté et que…

— Delphine !

Un claquement de langue à gauche, le sifflement d'un « Chhuuut » à droite les invitèrent à différer leur conversation. Le nombre de fidèles présents à l'office avait sensiblement doublé pour la célébration des funérailles. Les bancs étaient bondés, les épaules à touche-touche, les retardataires jouaient des coudes pour se faire une petite place et, confrontés à une impasse, ils se résignaient à rester debout à l'arrière. La petite église était pleine à craquer, les funérailles pouvaient commencer.

Les éloges funèbres avaient ceci de commun : ils louaient la générosité de sœur Amity envers les nécessiteux. Des témoignages, pour la grande majorité, de personnes ayant personnellement bénéficié de son soutien. Il y avait cette jeune mère avec un problème de boisson qu'Amity avait aidée à retrouver le chemin de la sobriété. L'enfant dont elle avait été la tutrice à l'école élémentaire, désormais boursier d'une grande université. Assise au premier rang, une famille de quatre retraçait les faits d'armes qui avaient élevé Amity du rang de religieuse anonyme à celui de légende locale.

Lorsque la maison familiale des Fontenot avait été emportée par le feu, à Opelousas, Amity avait employé des trésors de persuasion et obtenu de Benoît

Chimie & Construction qu'ils fournissent matériaux et main-d'œuvre pour la rebâtir. Tandis que les parents narraient cette histoire édifiante, leurs enfants faisaient face à la congrégation. L'aîné brandissait une photo encadrée sur laquelle sœur Amity tenait une queue de billard et se penchait pour marquer, dans leur salle de jeu flambant neuve. Le cadet agrippait un cliché la montrant avec l'équipe d'ouvriers à la peau burinée, prête à entamer une journée de travaux à leurs côtés.

Les hommages personnels achevés, sœur Jocelyne Cormier empoigna sa guitare pour les cantiques. Derrière l'autel, le père Romero approcha un tabouret en bois face au cercueil de Glory. Sœur Jocelyne passa la sangle de l'instrument autour de son cou et entonna « Whatsoever You Do », de Williard Jubusch.

Whatsoever you do
to the least of my people,
That you do unto me[1]

Sa voix cristalline eut raison du reste de sang-froid qui régnait dans l'assemblée et libéra les sanglots. Si grand que soit leur chagrin, les catholiques ne renâclent jamais à chanter en chœur, ce qu'ils firent consciencieusement, le moment venu.

When I was hungry, you gave me to eat ;
When I was thirsty, you gave me to drink.
Now enter into the home of my Father[2].

1. « Tout ce que vous faites / Au plus petit d'entre les miens, /C'est à moi que vous le faites. »

2. « Quand j'avais faim, vous m'avez donné à manger ; / Quand j'avais soif, vous m'avez donné à boire. / Entrez maintenant dans la maison de mon Père. »

Le père Romero s'avança à l'autel :

— Je veux tout d'abord remercier le père Andrew de m'avoir permis de conduire cette messe en mémoire de mon amie et collègue bien-aimée, sœur Amity Gay, décédée la semaine dernière en de tragiques et regrettables circonstances. Beaucoup parmi vous le savent, la congrégation des Sœurs de la Sainte-Famille a été fondée par des esclaves affranchies pour que les femmes de couleur apportent secours à leurs semblables. Telle fut la vocation de sœur Amity sa vie durant. Néanmoins, vous ignorez sûrement que, lorsque j'ai fondé le « Projet Égalité » il y a huit ans, je n'étais pas seul à m'investir. Cette fondation est le fruit d'une formidable collaboration avec sœur Amity. Elle a cependant refusé de s'en attribuer les mérites. Elle n'a jamais cherché les honneurs. Elle n'a jamais convoité votre adoration. Au contraire, son vœu le plus cher était d'aider les personnes dans le besoin, de créer un monde plus égal et plus juste pour tous.

« Sans elle à mes côtés… (Il marqua une pause, ses lèvres tremblaient…) Elle était l'oxygène de mon mouvement, le cœur vibrant de Scott, et le meilleur des anges en chacun de nous. Sa mort est une tragédie, un triste et insaisissable mystère. Que chacun trouve consolation au travers de ses nombreux bienfaits. Qu'elle repose en paix, et que le Seigneur ait pitié de son âme.

Il posa une main sur son pupitre et se couvrit le visage de l'autre, alors que l'ensemble de la congrégation était gagné par les sanglots.

Il s'agissait d'informations inattendues, même pour Glory, qui savait tout de son amie. Du moins le croyait-elle. Elle serra les poings et tâcha de se maîtriser, si elle craquait ses larmes couleraient à flots continus pires qu'une lance à incendie. Amity avait voué sa vie aux autres, et elle était morte violemment et seule dans un appartement terne. Glory se remémora ses bonnes actions, la dévotion dont elle avait fait preuve. Jamais elle n'accepterait sa mort.

Son calme recouvré, le père Romero s'avança au centre de l'autel pour donner l'eucharistie.

Les fidèles en deuil s'attardèrent plusieurs heures sur le perron de l'église. En plus d'être une messe en l'honneur d'une figure pilier et adorée de la communauté, la cérémonie devint curieusement l'événement de la saison, comme seul cela est possible en Louisiane. Être convié à de telles obsèques, qui plus est conduites par le célèbre prêtre, n'était pas donné tous les jours. Malgré le soleil fier, l'humeur était morose. La tristesse se lisait sur les visages comme sur de vieux daguerréotypes. Delphine cherchait ses lunettes de soleil dans le fouillis de son sac quand le lieutenant Landry l'aborda.

— Tiens, tiens… regardez-moi ça. Delphine Broussard. Mais au fait, comment je dois t'appeler déjà ?

— Murphy.

— Ah oui, dit-il en détournant les yeux. Je ne pensais pas te voir ici.

— Amity était comme une seconde mère pour moi, répliqua-t-elle en croisant furtivement son regard avant de vite se concentrer sur l'horizon. Si seulement j'avais su qu'elle souffrait à ce point.

— Nous sommes tous sous le choc, ta mère, surtout. Ce n'est pas faute d'avoir essayé de l'empêcher de pénétrer sur la scène du drame, mais elle est restée sourde.

— Quoi ?

— Elle ne t'a pas dit ? Nous étions ensemble au CC's quand j'ai reçu l'appel radio. Elle a exigé de voir le corps. J'ai eu beau la mettre en garde, tu sais à quel point ta maman peut se montrer butée.

— Mouais. Disons qu'elle a son petit caractère.

Elle coula un regard vers sa mère, qui s'affairait au stand café et donuts. En Louisiane, toutes les occasions sont bonnes pour faire bombance, même les enterrements. Les gens cèdent facilement à un petit creux, peu importe le contexte.

— La dernière fois que je suis venu jusqu'à Scott, c'était pour les obsèques de ta grand-mère.

Landry s'interrompit, regrettant immédiatement ses paroles.

— Bref, toi et ton mari, vous devriez réfléchir à faire un petit. Ce serait chouette, un baptême. Histoire de célébrer un événement heureux dans cette église, pour une fois. Le dernier en date remonte à Mathusalem.

— On y pensera, Landry, répliqua Delphine, agacée. J'imagine que maintenant tout le monde te donne du « lieutenant Landry ». Bon... Je vais voir comment s'en sort maman.

Il y avait affluence, les gens se serraient devant la table pour glaner café et donuts.

— Je vais vous filer un coup de main, lança Delphine.

Noah Singleton avait offert la collation, une généreuse attention, même Glory en convenait bien qu'elle juge son café fade. Delphine saisit une Thermos et remplit des gobelets, tandis que sa mère réapprovisionnait les gâteaux qui disparaissaient à vue d'œil. Une fois tout ce petit monde rassasié, Glory s'octroya une pause méritée.

— Ils se comportent comme s'ils n'avaient jamais mangé de donuts de leur vie, maugréa-t-elle.

— Pourquoi tu n'irais pas t'asseoir une seconde ? suggéra Delphine.

— Si je m'assois, je n'aurai jamais la force de me relever.

À l'autre extrémité du parking, un groupe de femmes éclata de rire. Aveuglée par le soleil, Delphine mit sa main en visière et plissa les yeux pour observer la scène.

— Tu ne m'avais pas dit que tante Shirley serait là.

— T'occupe. On ne lui parle pas, répondit Glory en mordant dans un beignet aux pommes.

— Et pourquoi ça ? s'étonna Delphine en inclinant la tête.

— Elle niera tout en bloc, mais j'ai la quasi-certitude qu'elle me vole à la maison.

Elle s'interrompit pour essuyer le gras à la commissure de ses lèvres et avaler une gorgée de café.

— Je lui ai confié un double des clés en cas d'urgence. Résultat, ma collection de broches s'est mise à fondre *illico*. Plus tard, je la croise dans la rue avec un ange épinglé à son manteau, pile comme le mien. Et ensuite, c'est ma cocotte orange qui disparaît, ma supercocotte Guy Fieri, je suis certaine que c'est elle qui l'a piquée aussi.

— Maman, tante Shirley a beaucoup de défauts, mais je ne l'imagine pas en voleuse. Pourquoi elle te ferait ça ?

— Parce qu'elle est jalouse, voilà pourquoi. Elle est jalouse que *maman* m'ait laissé la maison. Sans compter qu'elle ne s'est jamais remise de ton succès. Vu que ses gosses sont des bons à rien.

— Ce n'est pas très charitable de ta part.

— Je n'ai jamais prétendu l'être.

Elle avala le reste de sa pâtisserie et approchait déjà la main d'une deuxième quand sœur Jocelyne se planta devant sa table.

— Est-ce votre si jolie fille dont j'ai tellement entendu parler ? demanda-t-elle.

— Oui, elle débarque tout juste de New York, répondit béatement Glory.

— J'ai été très émue par vos chants, la complimenta Delphine. Vous avez une voix magnifique.

— Vraiment ? Je n'avais pas chanté depuis longtemps.

Glory se retenait de ne pas lever les yeux au ciel. Jocelyne Cormier savait chanter, ce n'était un secret pour personne, et encore moins pour Jocelyne Cormier.

— Ma dernière prestation en public remonte à un moment, mais j'avais à cœur que la messe soit aussi belle que possible. Je suis heureuse qu'on ait pu présenter Amity sous son meilleur jour, malgré les circonstances. La mère supérieure était trop souffrante pour superviser le rituel, j'ai dû prendre les choses en main.

Glory s'avança si près d'elle que son visage cramoisi était à deux centimètres du sien.

— Honte à vous ! cria-t-elle.

— Pardon, je...

— Honte à vous de l'avoir habillée de la sorte. Une servante de Dieu, attifée comme une clocharde dans sa propre église. Quel sacrilège !

— Vous osez me critiquer ? Vous ne manquez pas de culot ! rétorqua sœur Jocelyne avec une moue de dégoût. Regardez une seconde autour de vous. Son suicide a terrifié les sœurs, elles sont bouleversées. Et les doyennes, mère Louisa la première, estiment qu'elle a commis un grave péché envers Dieu. Elle a refusé de voir le corps et m'a laissée l'habiller seule, craignant d'être contaminée par son crime. Critiquez-moi tant que vous voudrez. J'ai fait mon possible pour la rendre acceptable aux yeux du Seigneur après l'acte contre-nature qu'elle s'est infligé.

Les paroissiens ne perdaient pas une miette de la scène, se croyant devant un match sur une chaîne du câble. Le père Romero s'exfiltra de sa conversation avec le cardinal et accourut.

— Je vais vous dire un truc, vous n'arrivez pas à la cheville de la femme qu'était Amity, avec votre sourire faux et votre stupide guitare, sans oublier...

— Sœur Jocelyne, voudriez-vous apporter un verre d'eau à sœur Eleanor ? Elle ne se sent pas bien, comme vous pouvez le deviner, dit le père Romero en décochant un regard noir à Glory.

Sœur Eleanor se tenait le front, adossée contre un muret de soutènement au jardin.

— Oui, bien sûr, avec plaisir, dit sœur Jocelyne, s'éloignant déjà avant de faire brutalement volte-face. C'est elle qui a commencé !

Glory esquissa quelques pas dans sa direction, comme si elle allait la gifler.

— Doux Jésus, intervint Delphine en la retenant par le bras. Laisse tomber, n'envenime pas les choses.

Un peu plus tard, alors que l'excitation de la foule s'était réduite à un vague murmure et que les lieux se vidaient, les sœurs s'orientèrent une à une vers le cimetière adjacent. Le perron était presque désert, excepté les deux hommes envoyés par le diocèse pour veiller au bon déroulement de la cérémonie.

Comme elle regagnait sa voiture avec sa fille, Glory s'arrêta brusquement.

— Attends. On ne va quand même pas rester les bras croisés et laisser Amity rejoindre l'au-delà dans la tenue d'une délurée convoitant le Seigneur et son salut.

Elles rebroussèrent chemin vers l'église, conscientes qu'elles ne disposaient que d'une courte fenêtre de temps pour agir. Delphine tirait sa mère par la main pour qu'elle presse le pas. Tentative vouée à l'échec vu que Glory n'avait jamais été une adepte des records de vitesse. À l'intérieur, Delphine fit un rapide tour des lieux pour s'assurer que la voie était libre et sortit son châle de son sac à main.

Elle fit délicatement rouler le corps rigide sur le côté, puis l'autre, permettant ainsi à sa mère de draper sa poitrine avec l'étole en cachemire douillet. Une fois assurée que son amie était convenablement couverte, Glory dégrafa la broche de sa robe et l'épingla sur le châle pour le garder en place, puis elles refermèrent le cercueil.

Au retour, Delphine avait pris le volant du SUV de sa mère. Un marécage planté de cyprès chauves et de gommiers noirs s'étendait de tous côtés, même jusque sous leurs roues. La mousse gagnait les cimes des arbres qui oscillaient dans le souffle poisseux de l'été finissant. Des nuées de moustiques hystériques zonzonnaient sur les eaux, malgré les températures fraîches, et les criquets entonnaient leur concert nocturne.

— Maman, qu'est-ce que sœur Jocelyne a voulu insinuer en te disant : « Vous ne manquez pas de culot » ?

— Je n'en ai pas la moindre idée. Tu sais comment sont les gens ici, ils adorent semer la zizanie.

— Landry m'a dit que tu étais entrée dans l'appartement d'Amity… avec la police. C'est vrai ?

— Oui. Un bizarre concours de circonstances. Ou un funeste hasard. Et tu sais quoi… je n'y crois pas.

— Tu ne crois pas à quoi ?

— Qu'Amity se soit suicidée. Ça n'a aucun sens.

— Maman, la police a enquêté. Et tu l'as vue de tes propres yeux, non ? Elle s'est pendue.

— C'est ce que j'ai vu, oui. Mais ça ressemblait plus à une scène de crime qu'à un suicide.

— Qu'est-ce qui te fait penser ça ?

— Simple intuition.

Elles poursuivirent leur route en silence jusqu'aux abords de Lafayette, longèrent une décharge, le centre commercial d'Acadiana et des kilomètres de hangars marchands tous identiques les uns aux autres, avant de retrouver enfin à la maison familiale de Viator Avenue. Dès le premier coup d'œil, Delphine commença à lister mentalement toutes les choses dont elle devait s'occuper avant son retour à New York, par exemple tondre la pelouse ou, encore mieux, embaucher un jardinier. À quand remontait le dernier ramonage de la cheminée ? Il n'y avait pas à tortiller, un coup de peinture ne serait pas du luxe et les gouttières avaient sacrément besoin d'un bon décrassage, ruminait-elle en rangeant la voiture au garage.

Alors que Glory peinait à s'extraire du véhicule, sa fille la devançait d'une bonne longueur. Elle trouva une enveloppe orange vif glissée derrière la porte-écran en verre et la décacheta.

— C'est quoi ? s'enquit Glory.

Delphine la regarda, bras ballants.

— Ça vient de la ville de Lafayette. Ils menacent de condamner ta maison.

3.

Glory Broussard
3763 Viator Avenue
Lafayette, Louisiane 70596

Je vous informe, par la présente, qu'une plainte ouvrant à des poursuites a été déposée aux bureaux de la ville de Lafayette, en raison de l'état périlleux du domicile situé au 3763 Viator Avenue.

Il a été jugé que la maison représentait un risque immédiat au regard de l'état de décrépitude du bâti. Les motifs préoccupants incluent la prolifération d'objets obstruant les issues, l'insalubrité de la cuisine et/ou la salle de bains, et la saleté généralisée.

En conséquence, nous vous invitons à répondre de cette plainte devant la cour supérieure du tribunal d'Acadiana sous un délai de trente jours.

Cordialement,

Javiera Garcia
Greffier à la cour du tribunal de Lafayette

En pénétrant dans la maison, Delphine fut saisie par une odeur entêtante de naphtaline et ne put se retenir de se pincer le nez. Suivaient les piles. Les colonnes de journaux alignées dans l'entrée. Les livres de cuisine aux pages et couvertures maculées de gras qui formaient presque un banc. Face au grand téléviseur allumé en permanence, trônait un buffet rempli de bols à punch en cristal, de plats à cake et de services à thé en porcelaine, détail caustique vu qu'on ne conviait jamais personne pour le thé ou autres mondanités dans cette baraque. Dans un coin, une pile d'assiettes chintz tintait au moindre pas. Un fouillis de sacs bourrés de vêtements encore avec leurs étiquettes encombrait l'angle, derrière le fauteuil usé en tartan.

Glory lui avait emboîté le pas, elle relisait en boucle le courrier du tribunal.

— À quoi ça rime ? Ça n'a aucun sens.

— Je vais te dire, moi, à quoi ça rime. Ils ont peur que tu finisses étouffée sous une pile de *Good Housekeeping* datant de 1986, ou empalée par une de tes théières en toc.

— Retire ça tout de suite, fulmina Glory. C'est de l'argent massif.

— Je savais que j'aurais dû venir te voir plus souvent, surtout après la mort de mamie, dit Delphine en se tenant le front. Tu n'as jamais été la femme la plus ordonnée au monde, mais là, ça relève carrément de l'accumulation compulsive. Ça dure depuis quand ?

— L'accumulation compulsive ? Mais pas du tout, répliqua Glory, tordant la bouche comme si elle venait d'avaler un truc amer. Oh, je vois bien ce que tu fais, tu t'amuses à me diagnostiquer, tout ça parce que tu as entendu parler de ce fameux truc de Diogène à la télé. Ces gens sont répugnants. Moi, je n'accumule pas, je collectionne.

Delphine ne se laissait pas attendrir.

— Tu n'auras qu'à raconter ça aux services municipaux quand ils viendront condamner ta porte et tes fenêtres avec des planches, dit-elle en cherchant un endroit où s'asseoir.

Ses choix se limitaient au fauteuil en tartan de sa mère ou au sofa sur lequel traînait toute une collection de colliers de Pâques alors qu'on était en pleine canicule d'août. Elle se replia dans la cuisine et posa son sac en cuir sur le comptoir en mélaminé, tout en pianotant sur son téléphone.

— Qu'est-ce que tu fais ?

— J'écris à ma juriste pour qu'elle obtienne une date d'audience à ma détraquée de mère qui passe son temps à dévaliser les vide-greniers et qui a sérieusement besoin d'un coup de main pour remettre de l'ordre dans sa maison.

— Tu ne feras rien de tel, pesta Glory en se calant dans son fauteuil, hissant ses pieds sur le pouf, fatigué lui aussi. Je fais mon affaire de la municipalité. Je ne comprends pas pourquoi je reçois ce courrier. À quoi ils jouent ? Ils envoient leurs employés espionner à mes fenêtres ? Fouiller dans mes poubelles ? Je vais demander à Beau Landry ce qu'il en pense.

— Arrête, dit Delphine, exaspérée. C'est très grave, tu réalises au moins ? Ils veulent condamner ta maison. Ça ne t'inquiète pas ?

— Si, Delphine. Ça m'inquiète. Mais mon esprit ne fonctionne pas comme le tien. Ma priorité, c'est de découvrir le responsable de tout ça pour élaborer ma vengeance. Je t'accorde que je me suis laissée un peu déborder, dit-elle en jetant un coup d'œil circulaire à son intérieur embouteillé.

— Je pourrais déposer une demande d'appel ou de report… Histoire de gagner un peu de temps. Toujours est-il que dès demain, à 8 heures pétantes, on s'occupe de nettoyer ce bazar.

Son antique réveil affichait 6 h 30 quand un raffut énorme la tira du sommeil. La veille, Glory s'était endormie d'un trait dans sa chemise de nuit rose, les cheveux enturbannés d'un bonnet en soie. Elle n'était peut-être plus une reine de beauté mais en respectait encore les commandements : la nuit, tu ne laisseras pas une taie d'oreiller en coton assécher tes cheveux comme une voleuse. Elle tira d'un coup sec sur l'armature de son soutien-gorge Maidenform qui martyrisait sa chair généreuse. Glory jugeait inconvenable de dormir les fesses à l'air, même en l'absence de témoin. Elle n'avait jamais compris comment les gens pouvaient dormir à poil. Elle avait essayé, une fois, et passé la nuit à redouter une descente d'organes.

Elle se pencha dans son lit pour enquêter sur l'origine du bruit. Elle écarta le rideau et plissa les yeux dans la lumière du soleil. La responsable de ce grabuge n'était autre que Delphine, laquelle avait visiblement dévidé l'intégralité de sa maison dans le jardinet à l'arrière. Glory balança ses jambes hors du lit en rouspétant. Elle opéra plusieurs flexions des chevilles avant de poser le pied par terre, étape cruciale de son rituel quotidien pour échauffer ses articulations rouillées.

Encore l'année dernière, elle se rendait chaque jour au petit studio de sa mère, lavait et repassait son linge, cuisinait ses repas, et maquillait d'un doigt sa bouche ridée avec un rouge à lèvres Merle Norman. Depuis qu'elle était morte, elle n'avait aucune raison de se lever, excepté le dimanche.

Elle posa les mains sur ses genoux et se déplia de tout son long. Sur sa lancée, elle poussa jusqu'au couloir. Au saut du lit, son squelette grinçait et ses plantes de pieds entraient en fusion, l'affligeant d'une boiterie passagère. Ces derniers temps, elle avait l'impression que son corps se désintégrait pendant la nuit et qu'elle devait tout ressouder au lever. Elle marchait déjà mieux en sortant sur le porche qui donnait sur le jardin.

— J'ai pris un peu d'avance ! lança Delphine, habillée d'un jean et d'un tee-shirt avec le sigle de l'université de New York.

Glory reconnut au premier coup d'œil le vêtement qu'elle lui avait offert des années auparavant, le jour où elle l'avait accompagnée à l'université et que sa fille était devenue quelqu'un d'autre.

— Qu'est-ce qui te prend, ma grande, d'étaler mes affaires sous le nez des voisins dès l'aube ?

Une dizaine de cartons renfermant ce que Glory considérait comme des papiers importants occupait une partie de la pelouse. Diverses trouvailles chinées dans les vide-greniers encombraient l'autre : porcelaines ébréchées, vulgaires croûtes à l'huile, livres jaunis, plus un fatras de bibelots. Glory pinça les lèvres en découvrant que sa fille avait déterré sa collection complète de décorations de fêtes.

— C'est trop exigu pour travailler à l'intérieur, annonça Delphine, occupée à tirer un sapin de Noël artificiel sur la pelouse.

— Arrête de traîner mon bon sapin comme ça. Il va perdre ses aiguilles.

— Tu ferais mieux de me filer un coup de main, tu ne crois pas ?

Glory évaluait l'ampleur du désastre. Elle savait que son obsession était devenue incontrôlable. Elle en avait bien conscience. Et ce chaos ne datait pas d'hier, comme, d'ailleurs, l'humidité putride qui avait rongé son vieux magnolia. Un mal au début imperceptible, mais quand on avait détecté le gonflement à la base du tronc, l'arbre était déjà perdu. Une pauvre souche, c'était tout ce qu'il en restait aujourd'hui.

— D'accord. Laisse-moi le temps de m'habiller.

Glory réapparut une bonne heure plus tard, vêtue de son jean en Lycra et d'une chemise assortie. Elle tenait dans une main un des nouveaux gobelets du CC's, dans l'autre, un sac en plastique de chez Piggly Wiggly.

— Bon sang, maman, je te croyais en train de t'habiller et tu faisais tranquillement tes courses ?

Delphine se frappa le bras pour écraser un moustique, composant incontournable de la formule moléculaire de l'air estival.

— Je suis incapable de commencer la journée sans un café. Et pas de bol, Noah Singleton était en rupture de crème. J'espère qu'il était meilleur marine qu'il n'est gérant. Du coup, j'ai fait un saut à la supérette. Pas question de boire le mien avec du lait écrémé. Sans parler du lait de flocons d'avoine dont il s'est récemment entiché.

— Du lait d'avoine, la corrigea Delphine.

— Peu importe.

Glory posa son gobelet sur la table du porche et y ajouta de la crème avant de la rejoindre au jardin.

— Alors dis-moi, c'est quoi, le programme ?

— J'ai presque vidé le salon et j'ai tout organisé par familles. La porcelaine de ce côté, les livres là, et tes papiers là-bas. L'idée est d'explorer chaque pile et de décider ce qui est à garder, à virer, ou à donner aux bonnes œuvres.

— Ça me semble un bon plan, capitula Glory.

— Commençons par tes décorations de fêtes. Ces bougies bleues et blanches, par exemple. Je dirais, poubelle.

— Poubelle ? Ce sont des bonnes bougies. On garde.

— Ce sont des bougies de Hanoukka. On est juives, maintenant ?

Delphine les jeta dans le sac-poubelle noir super-résistant suspendu à la clôture, et déjà rempli de tickets de caisse de chez Dillard et Chico, de factures de gaz vieilles de plusieurs décennies, sans oublier une boîte de crackers Ritz dont la date de péremption remontait à quatre ans. Elle s'attaqua à la pile des objets divers, de laquelle elle extirpa une boîte en carton rouge. Elle lui destinait le même sort quand Glory l'arrêta. Elle avait dressé la tête comme une tortue sort de sa carapace.

— Apporte-moi cette boîte, dit-elle en s'asseyant à la table du porche.

— Maman, on ne va pas tout passer au peigne fin. On ne fait pas des fouilles archéologiques.

— Tu voulais que je trie ? Alors je trie.

Delphine soupira en lui abandonnant la boîte en carton moisi dont les coins étaient enfoncés. Glory ôta le couvercle et déversa une pluie de photos sur la table. Tout en haut de la pile atterrit un cliché de Delphine bébé, pris à la maternité. Ses yeux fermés et tuméfiés lui donnaient un faux air de boxeur professionnel et ses petites mèches bouclées formaient une boule au sommet de son crâne.

— Je n'avais jamais vu celle-ci, dit-elle.

Elle se pencha et en examina de plus près une poignée d'autres.

— C'est qui, cette femme ? demanda-t-elle en lui montrant un vieux polaroïd aux bords jaunis.

Une inconnue noire vêtue d'un haut en macramé sur un jean à pattes d'éléphant était juchée à l'arrière d'une Harley Davidson rouge. Elle levait les bras, victorieuse. Le pilote de la moto était tourné vers elle, il la regardait langoureusement.

— C'est Amity.

Delphine se couvrit la bouche de la main sous l'effet de la surprise.

— Elle n'a pas toujours été nonne, tu sais. En ce temps-là, elle était plutôt dévergondée. Tequila. Mauvais garçons. Mauvais choix.

— Qui est l'homme sur la Harley ?

— L'un de ses mauvais choix.

— Elle n'a jamais replongé depuis ? demanda Delphine.

— Elle a changé de vie. Elle a choisi d'entrer dans les ordres et suivi le droit chemin.

— Tu en es sûre ? dit Delphine en s'asseyant à ses côtés. Enfin, je veux dire, comment tu peux en être si certaine ?

— Écoute-moi bien. Je l'ai vue quand elle était sous l'emprise de la drogue, toutes ces années. Et ce n'était pas joli joli.

— Comment fonctionne au juste le boulot de nonne ? demanda Delphine. Je veux dire, elles ne font pas des journées types de huit heures. Tu crois qu'Amity rendait des comptes à quelqu'un… l'informait de l'endroit où elle se trouvait, de ce qu'elle faisait ?

— La mère supérieure les supervise, j'imagine. Mais j'ai entendu dire que mère Louisa était allée passer des examens, récemment. Elle a des problèmes de santé, je crois. Jocelyne Cormier est la numéro 2 dans la hiérarchie.

— J'ai beaucoup réfléchi à ce que tu m'as dit hier dans la voiture en rentrant de l'enterrement, remarqua Delphine. Pourquoi penses-tu que ce n'est pas un suicide ? Sur quoi tu te fondes ?

— Question de bon sens, répliqua Glory. Amity avait un emploi du temps chargé cet automne, je veux dire ultra-chargé. Elle organisait d'autres manifestations contre l'usine chimique de Mosstown. On disait aussi qu'elle et le père Romero iraient témoigner à Bâton-Rouge. Peut-être même devant le Congrès. Ce n'est pas le comportement d'une personne au bord du suicide.

Delphine toucha l'épaule de sa mère.

— Je sais que tu es bouleversée. Mais il y a eu une enquête, Landry s'est lui-même rendu sur les lieux, et l'autopsie a conclu au suicide.

— La police n'a pas la science infuse, Delphine. Pas ici. Pas même Landry.

— Oui. Tu as raison.

La sonnerie d'un téléphone interrompit leur conversation. Delphine attrapa son portable dans la poche arrière de son jean.

— Je reviens. C'est Chad, dit-elle en s'éclipsant à l'intérieur, tirant la porte derrière elle.

Delphine avait atterri à l'aéroport régional de Lafayette deux jours plus tôt. Il était grand temps que son bon à rien de mari prenne de ses nouvelles. Delphine lui trouvait constamment des excuses. « Il est interne en chirurgie. Il est débordé », disait-elle, jamais à court d'arguments.

Et Glory détestait cette manie de toujours se languir pour lui, d'autant qu'elle savait pertinemment ce que la famille blanche de Chad pensait d'elle. Il n'avait échappé à personne, pendant le banquet de mariage à l'Essex House, que la mère de Chad avait sciemment relégué Glory en bout de table, à distance respectable de ses amis huppés. Ou quand elle avait accouru à toute vitesse parce que Glory menaçait de s'asseoir sur une de leurs antiquités, dans leur appartement tentaculaire. Comme si elle allait souiller leur fauteuil. Comme si elle n'en était pas digne. Elle avait éprouvé la même chose qu'à l'époque où elle fréquentait l'église des Blancs, enfant.

Du coin de l'œil, Glory avisa un chat ébène émergeant des plates-bandes qu'elle n'avait jamais fleuries et qui était maintenant colonisées par les mauvaises herbes. Elle l'observa traverser la pelouse. Glory avait déjà vu cet animal. Il se glissait parfois dans le jardin d'une démarche chancelante, la gueule bouffie et zébrée de cicatrices. Pas de griffures aujourd'hui, *a priori*, mais il faisait peine à voir.

— Allez, tire-toi d'ici ! lança-t-elle à l'intrus. Ouste.

Le félin ne bougea pas, il miaulait en fixant Glory dans les yeux.

— Je te l'ai dit, sac à puces, je n'ai rien pour toi.

Impassible, le chat se léchait la patte et se frottait le museau. Il s'arrogea ensuite la chaise que Delphine occupait plus tôt.

Glory soupira, exaspérée, et chapitra de nouveau la bestiole.

— Je n'ai rien pour toi. *Barre-toi.*

Couché sur le coussin, l'animal plissait les yeux, l'air satisfait.

— Doux Jésus, pesta Glory en se levant, empoignant son gobelet et la brique de crème. On ne peut plus boire tranquillement un café dans son jardin sans qu'une vile créature vienne vous casser les pieds.

Elle vida le reste de sa boisson sur la pelouse et se dirigeait déjà vers la maison quand le chat se mit à miauler de plus belle. Elle avait maintenant une vue plongeante sur le félin, qui l'implorait du regard, ses côtes saillaient sous son poil.

Elle déchira le gobelet et posa le morceau le plus étroit sur la table, qu'elle remplit de crème. L'animal ne se fit pas prier et s'en délecta. Glory avait eu sa dose de chagrin, ces derniers jours.

Comme elle s'éloignait vers la maison, elle enfonça le clou en le menaçant du doigt : « Que ça ne devienne pas une habitude. » Puis elle claqua si fort la porte que les persiennes tremblèrent.

— Chad, ce n'était pas ce qu'on avait convenu.

Delphine s'énervait, sa voix résonnait jusqu'au salon.

— Tu te fiches de moi ? Je vais me battre.

Glory s'immobilisa net, au moindre bruit sa fille saurait qu'elle écoutait aux portes.

— Non, je ne veux pas avoir cette conversation. Laissons ça à nos avocats.

Delphine surgit de la chambre en marmottant quelque chose pour elle-même et se figea en trouvant sa mère au salon.

— Oh, coucou, dit-elle, surprise. Tu fais une pause ?

— Le soleil est infernal aujourd'hui. Tout va bien avec Chad ?

— Oui, juste une histoire de famille, répondit-elle en se grattant la nuque. Ses parents rédigent leur testament et tu sais comment ils sont. Ils adorent compliquer les choses.

Delphine ouvrit un des placards de la cuisine et attrapa un verre en plastique provenant de l'hippodrome Evangeline-Downs, parmi une quarantaine de gobelets emboîtés façon poupées russes. Elle le remplit d'eau et s'assit à la table.

— J'ai pas mal cogité, dit Glory en se joignant à elle. Ici, chaque fois qu'il arrive malheur à une femme noire, la police ne bouge même pas le petit doigt. Par exemple, on ne sait toujours pas qui a assassiné cette personne l'an dernier à Grand-Coteau, ou la gamine d'Opelousas. En revanche, quand cette Blanche s'est fait renverser par un van et kidnapper, ils ont mis le grappin sur le type et l'ont écroué à Angola en deux temps trois mouvements. Ça a même fait l'ouverture des JT.

— Exact. Mais je ne vois toujours pas le rapport avec Amity.

— Je vais te dire, moi, en quoi toutes ces affaires se ressemblent. Pour la simple raison que, lorsqu'une femme noire est attaquée ou qu'elle disparaît, les gens regardent ailleurs. Personne ne se fatigue à faire des heures supplémentaires pour nous. Ils ne remplissent déjà pas leur quota réglementaire. Et moi, j'en ai ma claque. On ne peut compter que sur nous-mêmes. Si on veut la vérité, à nous de la découvrir.

— Qu'est-ce que tu as en tête ?

— Je ne sais pas, mais je vais trouver. Et… (elle hésita) une avocate ne serait pas de trop pour m'épauler.

— Tu veux que je t'aide ? demanda Delphine. C'est non. Pas question.

Glory se sentait en manque d'arguments, alors elle abattit sa dernière carte.

— Ici, la justice ne court pas les rues. Et elle ne vient pas frapper juste comme ça à la porte des femmes comme nous. Obtenir justice, ce n'est pas ton métier ?

Le visage de Delphine s'adoucit. Glory espérait que ses mots avaient touché au but. En plus, Delphine prendrait un malin plaisir à commander sa mère et à se mêler de ses affaires, elle n'en était pas à sa première tentative.

— À l'évidence, tu vas avoir besoin d'une bonne avocate, vu les ennuis que tu vas t'attirer à fouiner en ville comme une nouvelle Miss Fletcher noire. Sans compter que mon affaire est pliée… soupira-t-elle en roulant des yeux. Très bien, voici comment je vois les choses : je passe d'abord un coup de fil au bureau pour vérifier combien de congés je peux prendre, puis on occupera nos matinées à remettre cette maison en état. Et tu consacreras tes après-midi à ton enquête, tandis que je ferai mon possible pour t'éviter la prison. D'accord ?

Glory ravala un sourire.

4.

Glory envoya un grand coup d'épaule dans la porte d'Amity, priant pour qu'elle cède.

— Maman, tu espères vraiment enfoncer cette porte ? En plus, ils ont sans doute vidé l'appartement.

— Il y a sûrement un moyen.

Glory souleva le paillasson tressé, puis se hissa sur la pointe des pieds et fit glisser ses doigts sur le cadre de la porte. Faisant chou blanc, elle déplaça une plante en pot posée sur le palier, révélant un rond de terre et une clé.

Un homme blanc d'un âge certain grimpait l'escalier métallique dans un concert de tintements, signalant par mégarde sa présence. Il avait le visage rougeaud et boursouflé, la faute à une maladie de peau, visiblement. Un tee-shirt rouge moulait sa bedaine, et ses chaussettes remontées jusqu'aux genoux étaient assorties à ses tennis blanches.

— Bonjour, Mesdames, je suis le gardien de la résidence, dit-il. Vous ne pouvez pas entrer. La propriétaire est… absente.

— Laissez-moi vous expliquer, rétorqua Delphine avec son assurance d'avocate new-yorkaise. Nous sommes des amies de…

— Nous travaillons pour Acadiana Nettoyage Extrême, l'interrompit Glory. Une boîte spécialisée dans les ménages des scènes délicates, comme…, ajouta-t-elle la voix réduite à un filet conspirateur. Vous savez, genre suicide et compagnie. On vient vider l'appartement. Pour le compte de l'église.

Glory fit tourner la clé sous son nez tel un laissez-passer.

Le gardien rougit de plus belle, même si la chose semblait impossible. Il resta hébété quelques secondes avant de bredouiller : « Je vous laisse bosser alors, Mesdames », et se précipita dans l'escalier sans demander son reste.

Delphine dévisageait sa mère, estomaquée.

— La rapidité avec laquelle tu élabores tes mensonges est aussi bluffante que flippante.

— Quand on ment, plus c'est gros, mieux c'est, dit Glory.

Elle glissa la clé dans la serrure et poussa la porte.

— Tu mens comme ça en permanence ?

— Écoute, ce type tombe sur deux Noires et nous catalogue direct « femmes de ménage ». Ce n'est pas ma faute s'il manque d'imagination.

Glory tira les rideaux et ouvrit grand les fenêtres. Le tissu flottait dans la brise.

— Ne touche qu'au strict nécessaire, l'alerta Delphine.

— C'est une vieille coutume de Louisiane. On ouvre les fenêtres pour libérer l'esprit des défunts.

La mine confuse de Delphine ne la surprenait pas.

— Laisse-moi faire, tu veux.

Cette coutume avait plus de sens que leur affreuse chemise de nuit, songea Glory.

Hormis l'atmosphère lourde et viciée, l'appartement avait exactement le même aspect que lorsque Glory rendait visite à Amity, à l'heure du café pour échanger les derniers ragots. Elle avait beau être nonne, Amity aimait se tenir au courant, surtout des adultères et autres histoires sordides.

— On cherche quoi, au juste ? demanda Delphine en mitraillant les lieux avec son portable. Je n'ai pas trop l'habitude de rentrer chez les gens pour enquêter sur un présumé meurtre, il va falloir que tu m'aiguilles.

— N'importe quoi d'inhabituel ou qui pourrait appartenir à un tiers. Tout ce qui paraît… bizarre.

Les deux femmes se mirent au travail, explorant la pile de courrier sur le comptoir de la cuisine, fouillant derrière les coussins du sofa, passant la bibliothèque au peigne fin.

— Amity avait un gros faible pour la romance, remarqua Delphine en faisant courir son index sur une étagère remplie de romans du genre. Elle vivait seule, n'est-ce pas ? Tu ne trouves pas bizarre qu'elle ait caché un double des clés sous le pot ? Pour qui ?

— Bon point, la félicita Glory en consignant l'information dans son carnet au moment de pénétrer dans la chambre.

Elle se figea sur le seuil. Ses bras se hérissèrent au souvenir du spectacle qu'elle avait découvert ce jour-là. Son estomac se noua. C'était la chambre où son amie avait perdu la vie. Ou, plus vraisemblablement, où on lui avait ôté la vie.

Elle fouilla du regard la pièce, tout aussi ordonnée que le reste de l'appartement.

— Viens voir, Delphine.

Delphine pénétra à son tour dans la chambre.

— Vise un peu ça, dit Glory en désignant la pièce. Un modeste couvre-lit gris bordait le matelas de chaque côté. Des dossiers étaient soigneusement alignés sur le petit bureau d'angle. Quelques jupes rêches et chemisiers défraîchis, fleurant bon la lessive, étaient suspendus à la tringle du placard presque vide.

— Qu'est-ce que je suis censée voir ? demanda Delphine.

— Justement. La police n'a quasi touché à rien ici. Ils ne se sont même pas donné la peine de fouiller l'appartement. Tu crois qu'ils auraient eu l'idée de regarder si elle avait laissé un mot ? Qu'ils auraient ouvert un seul tiroir ? Se sont-ils seulement donné la peine de chercher des indices ? Je vais te dire, moi, ce que je crois : ils ont mis son corps dans un sac mortuaire, tapé leur rapport et sont tranquillement rentrés chez eux.

Glory posa son gros sac à main sur le lit et fourragea à l'intérieur. Elle en extirpa un pinceau en forme d'éventail ainsi qu'un pot de poudre noire dont elle couvrit la poignée de porte de la chambre.

— Tu te balades avec de la poudre pour relever les empreintes digitales ? demanda Delphine, incrédule. Où diable as-tu dégoté ça ?

— Je l'ai trouvé en rangeant la maison. Je l'avais commandé sur Amazon, rapport à mes soupçons sur les vols de tante Shirley. Je voulais la mettre devant le fait accompli.

— ... Ça n'aurait pas été plus simple de poser une caméra ?

— Excellente idée ! On vous apprend ces trucs en fac de droit ? Tant que tu es là, tu devrais en installer une, ajouta Glory. Allez, ne reste pas plantée comme ça. Aide-moi à chercher.

La poignée poudrée commençait à livrer ses secrets. Des torsades et des éraflures se révélaient. Glory tira des profondeurs de son sac un rouleau de scotch transparent. Elle appliqua délicatement le collant sur la poignée et le replia sur lui-même.

— Qu'est-ce que tu comptes en faire ? interrogea Delphine. Tu projettes de débarquer au commissariat pour qu'ils les comparent au fichier des empreintes, comme dans un épisode de *New York, unité spéciale* ?

Delphine risqua un coup d'œil sous le lit : pas un brin de poussière. Elle consulta les dossiers sur le bureau. Coupures de presse sur Mosstown. Études de l'Agence de protection environnementale. Biographies des membres du conseil d'administration.

— J'emporte les dossiers d'Amity sur Mosstown, je vais faire des recherches de mon côté. Ils n'ont pas apprécié, j'imagine, qu'une religieuse trop zélée s'oppose publiquement à l'usine.

— Ah, je te reconnais bien là, ma fille ! s'exclama Glory. Tu vois, j'étais certaine que tu te prendrais au jeu.

Delphine tira la chaise de bureau jusque devant le placard et grimpa dessus pour inspecter les étagères supérieures, où elle trouva une demi-douzaine de boîtes remplies de papiers.

— Je n'aurai pas besoin de trop me fatiguer. On dirait qu'Amity a déjà fait le boulot.

— On emporte tout ça.

Delphine commença à descendre les boîtes, soigneusement alignées sur l'étagère du haut, à l'exception d'une boîte à chaussures, plus petite, qui dépassait de quelques centimètres du bord. Elle l'inclina sur le côté, elle était remplie de sucettes.

— C'était une dingue de sucre, dit Glory quand elle la lui mit sous le nez.

Delphine examina une des sucettes de plus près : emballage violet, forme rectangulaire aux bords arrondis, code-barres courant le long du bâtonnet en carton.

— Elles ont un drôle d'aspect, remarqua Glory.

— Ce ne sont pas des sucettes du commerce. Je parie que c'est du Fentanyl.

— Du Fentanyl ? La drogue qui tue les petits Blancs ?

— Pas exclusivement, maman. Tu n'as pas honte de propager ce genre de préjugés ?!

Glory leva les yeux au ciel.

— C'est essentiellement un fléau de Blancs. On ne croise pas beaucoup de Noirs accros à ce truc.

— Ce n'est plus le cas, la reprit Delphine. J'ai travaillé sur une grosse affaire l'année dernière. Un cancérologue respecté prescrivait ces sucettes en lien avec un réseau de trafiquants. La compagnie pharmaceutique avait fait appel à notre cabinet, ils craignaient pour leur réputation.

Elle déroula son exposé. Les sucettes de Fentanyl étaient prescrites à des patients en grande souffrance, le plus souvent des malades atteints d'un cancer en phase terminale. Le médecin remplissait des ordonnances à foison pour un hospice de Manhattan. Il y avait une certaine logique qu'un centre accueillant des personnes en fin de vie en bénéficie. Du moins en apparence. En réalité, le médecin était de mèche avec un dealeur notoire du Bronx. Son complice, à l'intérieur de l'hospice, enregistrait les sucettes au nom de vrais patients en faisant croire qu'elles leur avaient été prescrites, puis il fauchait des boîtes entières et revendait les sucettes vingt dollars pièce dans la rue.

— Je me pose trois questions, dit Delphine. Comment s'est-elle procuré le Fentanyl ? Pourquoi en avait-elle ? Et pourquoi autant ?

— Je ne sais pas, mais je connais quelqu'un susceptible de nous éclairer.

5.

Le ventilateur de plafond du café CC's peinait à vaincre la chaleur humide et étouffante. Pour l'heure, on pouvait dire qu'il avait perdu la partie. Le samedi après-midi, la clientèle était plus clairsemée que le dimanche, elle se résumait pour l'heure à quelques quidams penchés sur leur téléphone. Leur présence avait d'ailleurs quelque chose d'héroïque compte tenu de l'atmosphère suffocante. Glory s'assit à sa table attitrée pendant que Delphine passait commande au bar.

— Un café frappé sans trop de glaçons. Avec un nuage de lait d'amande, dit-elle en fouillant dans son portefeuille. On se connaît, non ? remarqua-t-elle, perplexe, en tendant son billet au serveur.

— Je ne suis… euh, je ne suis pas sûr, répondit Gus avec sa nervosité naturelle comme si on l'avait pris la main dans le sac.

Il jeta un coup d'œil derrière lui et haussa les épaules.

— Attends. Je me souviens. Le CE2. Mme Buck.

— Oh. Waouh. Exact, fit-il en prenant son billet pour lui rendre la monnaie. Je crains de ne pas avoir une aussi bonne mémoire que toi.

— Delphine Broussard. J'étais déléguée de la classe.

— Oh ouais, sourit-il. L'école élémentaire Prairie. La Maison des pandas.

— « Ici on parle français[1] ! » lancèrent-ils à l'unisson, se rappelant la pancarte devant l'école, vantant les enseignants francophones.

Contrariée, Glory se démanchait le cou pour entendre ce qu'ils se racontaient. Elle le revoyait sourire comme un benêt à cette Blanche crâneuse, à sa dernière visite, sans parler du programme de réhabilitation dont il bénéficiait.

— Je doute qu'il y ait jamais eu un seul francophone là-bas.

— Jamais entendu un mot de français.

Il versa le café, qu'il couvrit avec un peu de glace.

— T'es avec elle ? demanda-t-il en désignant Glory d'un mouvement de la tête.

— Oui, c'est ma mère. Tu la connais ?

— Un peu. J'ai l'impression qu'elle ne me porte pas dans son cœur. Elle se plaint constamment que je lambine.

— Ne le prends pas personnellement. Elle ne supporte pas les trois quarts des gens, dit Delphine avant d'avaler une gorgée de son café. Son air renfrogné et son regard oblique, c'est de naissance.

— En tout cas, elle est très populaire ici, le dimanche.

— Ah bon ?

Glory toussa bruyamment en se tenant la gorge, un signal de détresse internationalement connu. Son talent d'actrice et sa crédibilité égalaient ceux d'une étudiante d'art dramatique en passe de se faire recaler à Juilliard.

— Je suis convoquée, on dirait. C'était chouette de te voir, Gus, le salua Delphine en rejoignant sa mère. À quoi rime cette comédie, maman ? Tu as avalé un éléphant ?

— Non, j'essayais de te sauver.

— De qui ? Mon camarade de CE2 ?

— Non, d'un repris de justice, pesta Glory. Tu te souviens de la fille de Noah Singleton qui a fini dans les

1. En français dans le texte.

rues ? Il ne s'en est jamais remis, depuis il embauche des taulards *via* une sorte de programme de réhabilitation.

— On ne dit plus « repris de justice », maman. On parle aujourd'hui d'« individus avec des antécédents judiciaires ». On valorise la personne. Ça m'attriste d'apprendre qu'il a mal tourné. C'était un gamin tranquille, il ne s'attirait jamais d'ennuis, précisa Delphine en tripotant sa paille. Que Dieu bénisse Noah de l'avoir embauché. Ce n'est pas facile pour ces types de se remettre en selle.

— J'aimerais seulement avoir le droit de déguster mon café sans risquer une prise d'otages.

— Tu ne trouves pas que tu dramatises ? répliqua Delphine. Tu sais au moins pourquoi il était en prison ?

— Ça change quoi ?

Les couinements du seau à roulettes de Noah vinrent interrompre leur prise de bec. Il passait la serpillière, sa chemise était trempée de sueur sous l'effet combiné de l'effort et de la chaleur. Glory lui fit signe.

— Je vous préviens, Glory, on n'a pas le temps d'écouter vos doléances, aujourd'hui. Oui, l'air conditionné est en carafe. Et oui, un technicien va venir le remettre en route, dès qu'il aura réparé les quelque trois cents climatiseurs qui ont rendu l'âme à Greater Lafayette. Si ça ne vous convient pas, vous pouvez toujours aller vous rafraîchir dans un de ces centres pour personnes âgées.

— Croyez-le ou non, je n'avais pas la moindre intention de me plaindre.

— Je ne vous crois pas.

— Je tiens également à préciser que, jusqu'à nouvel ordre, je ne fais pas partie des seniors vu que je ne touche pas encore ma pension de retraite fédérale. En plus, l'air conditionné fonctionne à merveille chez moi et avoisine les températures du cercle polaire.

— À cause du réchauffement climatique, ils ont aussi des records de chaleur au cercle polaire, railla Delphine.

Noah se retint de rire.

— Approchez. J'aimerais vous montrer quelque chose, insista Glory.

Il abandonna son seau et sa serpillière sur le côté et obtempéra en soupirant.

— De quoi s'agit-il ?

Il n'était clairement pas d'humeur, à en juger par ses épaules voûtées et son front transpirant.

— J'ai officiellement ouvert une enquête sur le meurtre d'Amity Gay.

— Le meurtre ? Sans moi, M'dame. Je ne veux pas être mêlé à ça. C'est non. Vous faites déjà de moi le complice de votre autre bazar.

Elle connaissait bien ce regard, sa fille mourait d'envie de le bombarder de questions, et Glory ne voulait pas en faire les frais. Il était urgent d'agir. Elle sortit une des sucettes de son sac et la fit claquer sur la table en bois.

— Auriez-vous par hasard des infos sur ceci ?

Noah se figea. Il avait beau être son fidèle sparring-partner, une petite lueur de bonté brillait toujours dans ses yeux. Mais son regard avait changé du tout au tout quand il avait vu cette chose diabolique sur la table. Son visage s'était fermé d'un coup.

— Du Fentanyl, précisa Glory, en mode commissaire aux mœurs.

— Je sais ce que c'est, dit-il en haussant la voix. Où avez-vous trouvé ça ?

— Dans l'appartement d'Amity, murmura Delphine, espérant que Noah l'imiterait et baisserait d'un ton.

Il ôta l'emballage et lissa le papier bien à plat : le dessin d'un serpent apparut, la langue ondulante et fourchue.

— Ne me dites pas qu'Amity était embarquée dans ce trafic. Je vous en supplie.

— Nous n'en avons aucune certitude, répondit Delphine. Vos lumières nous seraient d'une grande aide. Que savez-vous ?

— Vous voulez que je vous dise ce que ce serpent représente ? Un logo. Il lui sert à faire sa promotion, pour que tout le monde sache qu'il a la meilleure came de Lafayette. C'est ce qui a tué ma Sarah. Non, *il* a tué ma Sarah.

Les ténèbres qui habitaient Noah éclataient au grand jour. Il connaissait mieux que personne la douleur de voir un de ses proches plonger dans la drogue. En deux ans à peine, il avait regardé sa fille dégringoler du statut d'étudiante infirmière, major de sa promotion à la LSU, à celui d'une junkie avec une aiguille plantée dans le bras. C'était le danger d'élever un enfant en Louisiane. Glory en savait quelque chose. Pas assez d'opportunités et trop de tentations. En définitive, cela vous pendait au nez quoi que vous fassiez et, avec le recul, Glory se félicitait que Delphine ait eu l'opportunité de goûter à une autre vie, à New York. Elle aurait pu connaître le même sort que Sarah.

— Qui est cet individu ? l'interrogea Delphine.

— Milton Knowles.

— Grand Dieu, dit Glory.

Elle secouait la tête en se tenant les joues. Elle avait toujours considéré Milton comme un cancer en rémission, qui pouvait resurgir n'importe quand et vous détruire. Cet homme dépravé était sorti de sa vie depuis vingt ans, mais Glory ne l'avait jamais cru disparu pour de bon.

— Qui est ce Milton Knowles ? s'enquit Delphine.

À voir leurs visages pincés, il était clair qu'il n'appartenait pas à la crème de la crème des citoyens de Lafayette.

Glory avait perdu sa morgue et son assurance. Elle n'arrêtait pas de secouer la tête, incrédule, comme si elle s'éveillait d'un cauchemar.

— Tu te souviens de la photo que tu as trouvée à la maison ? Celle sur laquelle Amity est assise à l'arrière d'une moto ? L'homme avec elle, c'est Milton Knowles.

Elle leur parla de Milton, l'ancien petit ami d'Amity et *a priori* son dealeur. Ils avaient connu une histoire d'amour tumultueuse. Un jour, ils faisaient des projets, parlaient maison et bébés. Le lendemain, Amity portait l'empreinte de sa paume imprimée sur la figure. Et pour finir, ils se rabibochaient dans les larmes et trinquaient à leurs retrouvailles avec une goulée de ceci et un sniff de cela. Glory avait toujours pensé que son entrée dans les ordres était en partie motivée par la peur de replonger. Alors qu'en définitive, c'était une garantie de ne jamais se remettre avec Milton.

— C'est sa signature, dit Noah. (Il chiffonna le papier dans son poing et le jeta par terre.) Vous l'avez trouvée dans son appartement ?

— Pas seulement une dose, dit Delphine, elle en avait une boîte entière.

Ils restèrent tous trois assis en silence, fulminant intérieurement, encore sonnés par cette découverte. Glory n'avait pas repensé à cet homme depuis des lustres. Elle savait qu'il avait fait de la prison. Elle savait que c'était un vaurien. Mais pas tellement davantage. Amity avait choisi d'en finir avec lui fort longtemps auparavant, du moins Glory l'avait-elle cru. Cependant Milton n'en avait pas terminé avec elle.

6.

Glory était couchée dans son grand lit, lequel en vérité se limitait à un banal matelas deux places, au regard de l'espace disponible. Il était en large partie encombré de fringues, sacs de courses, vieux cadres et livres de cuisine vintage, chinés dans diverses vide-greniers et, plus insolite, de boules de pétanque. Delphine avait le projet de s'attaquer à cette pièce, mais Glory s'était montrée catégorique : accès interdit à sa chambre. Sa fille avait pour l'heure battu en retraite, soucieuse de ne pas mettre en péril les progrès réalisés par ailleurs, une victoire en demi-teinte. Glory savait néanmoins qu'elle n'y couperait pas.

De son côté, Delphine ignorait que sa mère quittait rarement sa chambre les jours de semaine. Sa table de nuit regorgeait de bonbons et crèmes pour les mains, pris en sandwich entre des piles de courriers non décachetés et une collection de flacons translucides orange, soignant le cholestérol, la tension et ses problèmes de thyroïde, dont elle respectait la prescription à la lettre.

Il y avait aussi les cachets contre la tristesse inconsolable qui la tenaillait depuis son divorce. Elle lui était tombée dessus sans prévenir. Au début, Glory s'était délectée de sa liberté retrouvée, goûtant au plaisir d'avoir la maison pour elle seule. Mais les choses s'étaient révélées plus difficiles qu'escompté. Le médecin lui avait prescrit un autre médicament pour les moments où elle avait l'impression que les murs se refermaient sur elle, apparus depuis le décès de sa mère. *La tristesse n'est-elle pas un passage obligé de la vie ?* se disait-elle. Elle n'avait pas pris ces pilules parce qu'elle ne méritait aucun passe-droit. Elle n'était en rien exceptionnelle. Du moins le pensait-elle.

Le dimanche en revanche, Glory se levait à 4 heures pour assister à l'office de 7 heures. Le temps nécessaire pour se préparer. Non pas parce qu'elle cédait à un rituel de beauté fastidieux, mais parce que le moindre geste la faisait souffrir. Les matins étaient cruels, particulièrement au moment de poser le pied par terre. Les étirements, la kinésithérapie ou l'Advil s'étaient révélés sans effet : elle avait tout essayé.

Les gens adoraient vanter le courage des femmes noires, *a contrario* on n'évoquait jamais leurs pieds meurtris. La faute sans doute aux escarpins avec des bouts d'acier qu'elle avait portés toutes ces années à la supérette et qui lui avaient broyé les pieds. Ou encore le poids d'avoir tout le temps dû s'occuper de tout. Le travail, l'éducation de sa fille, la cuisine, plus tous les tracas qui lui retombaient inévitablement sur les épaules. Ses pieds avaient payé le prix fort.

Le premier pas lui arracha une grimace, elle boitilla jusqu'à la salle de bains. Quelques mètres suffirent à échauffer ses tendons et à lui rendre une démarche normale, bien que poussive. L'eau chaude ferait le reste et remettrait son corps en état de fonctionnement. Elle actionna le robinet à fond vers la gauche. Une fois l'eau presque brûlante et les miroirs embués, c'était prêt. Se tenant à la main courante qu'elle avait installée au mur, elle escalada prudemment la baignoire d'une jambe puis de l'autre. Ses épaules se relaxèrent, l'eau brûlante la réchauffait mieux qu'une étreinte. Elle garda la tête sous le jet chaud quelques minutes.

Elle enfila ensuite le peignoir jaune en tissu-éponge qu'elle avait acheté en solde chez Dillard et oublié depuis dans son armoire. Elle opta pour un haut à fleurs et un pantalon ample noir. Elle portait généralement des chaussures noires, robustes et sans lacets. Glory avait pour règle de ne se baisser qu'en cas d'absolue nécessité. Elle compléta son look par une paire de boucles d'oreilles étincelante en diamants.

Son réveil indiquait 7 h 10, lui signifiant qu'elle était en retard pour l'office avant même d'avoir quitté sa chambre. Elle inspecta son sac à main, plutôt deux fois qu'une, s'assurant que son journal de comptes s'y trouvait, elle attrapa ses clés, et se glissa enfin au volant de sa Honda CR-V. Un de ces jours, elle réussirait peut-être à convaincre Delphine de l'accompagner, songea-t-elle, même si sa fille limitait désormais ses incursions à l'église aux mariages et aux enterrements.

Glory déboucha en trombe sur le parking de Sainte-Agnès, récupéra le macaron « Handicapé » dans le porte-gobelet et l'accrocha au rétroviseur. Elle l'avait trouvé dans la maison de sa mère, il datait de l'époque où celle-ci faisait des ménages. Glory se faufila dans l'église pile à la fin de la communion. Après la messe, elle se joignit au groupe des lectrices de la Red Hat et guetta le moment opportun pour approcher Constance Wheeler.

— Constance, comme je suis contente de te voir ! lança Glory. Je pensais justement à toi l'autre jour, en plus du fait que je dois renouveler mon permis.

Constance avait grandi à deux kilomètres de chez Glory, mais se comportait comme l'égale de Michelle Obama plutôt que comme la chef régionale du service des immatriculations. Elle avait adopté ces grands airs après avoir épousé Clarence Wheeler et son diplôme de comptable de la Xavier University. Il travaillait pour une des compagnies pétrolières et se montrait sans doute très compétent dans son boulot. Il était en revanche moins perspicace concernant d'autres opérations fiduciaires en particulier, Glory était bien placée pour le savoir.

— Bonjour Glory, dit Constance, tout sourire, cherchant du regard un moyen de lui échapper. Tu tiens le coup ? Je voulais t'appeler après les funérailles d'Amity. Je sais combien vous étiez proches.

Baratin. Glory n'était pas dupe de sa fausse compassion et ne se laissa pas déconcentrer.

— Merci, dit-elle en glissant la main dans son sac pour l'y garder au chaud. Je suis dévastée, bien sûr, mais il faut aller de l'avant. Au fait, j'ai une faveur à te demander.

Le sourire feint de Constance se fissura.

— Je ferais n'importe quoi pour une des nôtres.

Constance jeta un coup d'œil circulaire dans la pièce, ces dames étaient toutes en conversation ou faisaient la queue devant la table des donuts provenant de chez Meche. Aucune échappatoire ne s'offrait à elle.

— Je ne sais pas qui est capable d'un truc pareil, mais quelqu'un s'est introduit chez moi et a saccagé mon jardin. Tu comprends, je me suis récemment découvert la main verte. Je ferme tout le temps le portail, sauf qu'en rentrant un jour j'ai trouvé mon jardin tout retourné. Les pilleurs ont embarqué mes tomates et mes radis.

— C'est terrible, mais je ne vois pas en quoi je pourrais t'aider, se débina Constance. Tu devrais songer à mettre un verrou.

— J'ai eu la même idée, figure-toi, j'ai foncé chez Guidry Harware. Tu sais, la boutique de bricolage, plus bas sur Jefferson ? Bref, ils l'ont scié et m'ont chipé mes gombos. Tu le crois, ça ?

— Sincèrement, je suis désolée, mais je ne vois vraiment pas comment t'aider, dit Constance en avisant un petit groupe de femmes près de la Thermos à café. Je te souhaite une bonne journée.

Glory se planta devant elle et fit barrage de son corps.

— J'aimerais que tu m'aides à analyser ces empreintes. J'ai entendu dire que le service des immatriculations avait accès à toutes sortes de bases de données gouvernementales. Je les ai relevées sur le pilier de ma clôture, expliqua Glory en lui tendant les empreintes provenant de l'appartement d'Amity.

— Désolée, mais je ne peux pas. Ce serait contraire au règlement.

— Je vois, dit Glory. Je t'aurais cru plus flexible, sachant que ton mari a engagé un pari regrettable auprès de moi, il y a un mois. J'ai essayé de me montrer accommodante, mais je suis au regret de constater qu'il n'a pas vraiment respecté notre échéancier de remboursement.

Autour de Constance, la météo estivale sembla virer à la tempête de grêle.

— Et tu comptes faire quoi ? répliqua-t-elle. Aller te plaindre aux flics qu'un de tes clients doit de l'argent à ton officine de paris illégaux ? Ça donnerait quoi, Glory ?

Constance jubilait. Elle l'avait mise échec et mat.

— Je vais te dire ce qui me chiffonne à propos de ton époux. C'est un type intelligent, mais il parie avec son cœur plutôt qu'avec sa tête. Du coup, quand je sens qu'il est sur le point de faire un truc stupide, j'exige une garantie, répliqua Glory en lissant ses cheveux en arrière pour dévoiler les diamants à ses oreilles. Il m'a confié ces pépites dans la jolie boîte bordeaux d'un magasin new-yorkais. Carter… si je me souviens bien.

— Cartier, la corrigea Constance, consternée. Comment as-tu mis la main dessus ? C'est un cadeau d'anniversaire !

— Chic type, mais piètre flambeur, comme je te disais. Je les garde en caution jusqu'à ce que ton cher époux revienne à la raison. Ou bien préfères-tu qu'on s'accorde sur une remise de dettes ?

Un petit groupe de femmes observait à distance leur échange se prolonger. La mésaventure de l'an dernier à Mardi gras avait laissé des traces. Elles se détournèrent d'un seul bloc quand Constance les surprit en flagrant délit d'espionnage.

— OK, mais d'abord tu me rends mes boucles, dit-elle en saisissant l'enveloppe.

— Bien tenté.

Glory s'éclipsa et alla s'asseoir pour assister à la réunion mensuelle du club de lecture. Elle n'avait pas lu le livre.

Après la rencontre, Glory rejoignit le café CC's, prête pour sa journée de travail. Gus officiait derrière le comptoir, aussi lambin qu'à son habitude, mais au moins il s'était débarrassé du manuel.

— Cappuccino, commanda-t-elle.

— Oui, M'dame.

Il cala le percolateur dans la machine, plaça un mug bleu et doré dessous, et fit mousser la crème.

— Eh bien, vous avez fini par apprendre quelques trucs, à ce que je vois.

Il acquiesça en poussant la tasse vers elle.

Glory regagna sa table et s'occupa de ses habitués. Des échanges brefs et amicaux. Ses clients connaissaient la musique : l'argent dans une enveloppe, offrir un petit quelque chose pour soutenir son commerce.

— Quelle est la cote de l'équipe de la Louisiana State University ? demanda un homme dont le ventre tiraillait la boutonnière de sa chemise.

— Moins de cinq, dit Glory.

— Pourquoi vous margez autant sur LSU ? J'obtiens mieux en ligne.

— On ne conteste pas mes cotes, vous devriez le savoir, Wilson. Libre à vous d'aller voir ailleurs, si vous préférez leurs conditions. C'est ça ou rien.

L'homme soupira et misa à regret quarante dollars.

Glory l'enregistra dans son journal bleu. Son horizon s'assombrit tout à coup lorsqu'elle aperçut sa fille franchir la porte, vêtue d'un jean à revers et d'une chemise blanche impeccable, ses bouclettes ramassées sur le sommet du crâne. Sa première pensée fut qu'elle aurait voulu être jeune et belle, pouvoir ressembler à ça au naturel. La seconde fut de trouver une astuce pour lui cacher son métier, si tant est qu'on puisse l'appeler ainsi. Elle referma son journal et le planqua sur ses genoux.

Delphine salua Gus de la main en la rejoignant.

— J'ai entendu dire que tu étais populaire ici, le dimanche. J'ai eu envie de passer voir ça.

— Ben, j'aime me détendre après la messe. Et m'offrir un café, dit Glory en avalant une gorgée de cappuccino. Oui, j'ai grandement besoin d'un café quand je me lève aux aurores pour l'office de 7 heures.

— Alors, éclaire-moi, quelle est la cote de LSU, aujourd'hui ?

Les deux femmes maîtrisaient l'une comme l'autre le langage des jeux d'argent à la perfection.

Glory se creusait la tête pour lui servir une réplique choc, mais à quoi bon puisqu'elle était démasquée ?

— OK, je suis prise la main dans le sac. Et tu sais quoi ? Je n'en ai pas honte.

— Tu as passé ta vie à reprocher à papa d'être un flambeur et voilà que tu prends le relais ? Attends un peu qu'il découvre que tu lui piques sa clientèle…

— Détends-toi, ma fille. Il est au courant. C'était prévu dans notre arrangement.

— Votre arrangement ?

— Oui, notre arrangement, confirma Glory. On voit que tu n'as jamais eu à te casser le dos en bossant comme je l'ai fait à la supérette, et j'ai toujours souhaité qu'il en soit ainsi. Mais quand ton papa et moi avons divorcé, je me suis dit : pourquoi je ne m'assiérais pas un peu pour changer ? Je comptabilisais ses paris et fixais les cotations.

Une des clauses de notre accord de divorce officieux était que je reprenne sa clientèle et que lui recommence à zéro. C'est ce qu'il a fait. Nouvelle femme. Nouvelle ville. Nouveau journal de comptes. Et, pour moi, un nouveau départ.

Gus faisait pulser la vapeur de la machine à expresso. Glory lui décocha un coup d'œil contrarié, et il se détourna.

— Maman, mener une activité illégale, ce n'est pas exactement ce que j'appelle un « nouveau départ ».

— Ça n'a rien d'une activité illégale. Je gère ma petite entreprise, voilà tout. Je suis consultante en gestion des risques. Attends... comment vous appelez ça, vous, les milléniaux ? dit Glory, cherchant ses mots tout en ajoutant de la crème dans son mug. Une femme dirigeante. Oui, je suis une femme dirigeante. On ne va pas en faire un plat.

— Tu enfreins la loi au vu et au su de tout le monde. Dans un lieu public.

— Je suis une entrepreneuse qui travaille dans un espace de *coworking*, rien d'autre, dit Glory avant d'enfoncer le clou. Réfléchis. Je suis vieille, grosse et noire. Personne ne me prête un sou d'intelligence. À vrai dire, les trois quarts des gens pensent que je n'ai pas de cervelle et encore moins la faculté de réfléchir et de me débrouiller.

À en juger par sa posture, Delphine semblait se détendre.

— Je sais que les choses n'ont pas été faciles pour toi, particulièrement ces dernières années. Mais c'est trop dangereux. Tu risques des ennuis avec la justice et je préfère ne pas imaginer de quoi un de ces lunatiques malchanceux au jeu et infichus d'honorer ses dettes serait capable.

— Écoute, les choses fonctionnent différemment de nos jours, argua Glory. Les paris en ligne existent. Mes clients à moi apprécient le contact humain. Ils ne savent pas se servir d'un ordinateur. Ou n'ont pas la somme minimale exigée sur les sites. Ou préfèrent éviter les traces écrites. Je suis fière de t'annoncer que la bookmakeuse locale n'a pas été avalée par Internet.

— Il se passe quoi quand quelqu'un ne peut pas payer ?

— C'est très rare. Dans ce cas, je fais appel à mon réseau d'indépendants.

— Tu veux dire tes gros bras ?

— Mon commerce n'est pas assez florissant pour que j'embauche un employé à plein temps, alors oui, je travaille avec des indépendants. Ils touchent un pourcentage sur les sommes qu'ils recouvrent.

Delphine regardait sa mère comme si elle avait deux têtes.

— Il fallait me demander si tu avais besoin d'argent.

— Je m'en sors et puis ça me plaît de gagner mon propre argent, la réassura Glory. J'ai passé ma vie à bosser pour les autres. Maintenant, je travaille pour moi.

Delphine soupira.

— Si on m'avait dit qu'un jour ma mère deviendrait la tête pensante d'une organisation de paris urbains basée dans un café.

— Plutôt cool, hein ? dit Glory en levant sa tasse. Je suis surprise que tu sois déjà debout. Puisque tu te lèves si tôt, tu pourrais m'accompagner à la messe.

— Tu ne t'en tireras pas si facilement. On poursuivra cette conversation, ajouta Delphine en bâillant. Je me suis couchée tard hier, j'ai compulsé une montagne de paperasse.

— Et ?

— Il y a une tonne de documents sur Mosstown. J'ai à peine effleuré la question.

Elle farfouilla dans un tote bag et examina une liasse de papiers écornés.

— Tu as déjà entendu parler des Industries Oleander ?

— Non, c'est quoi ? demanda Glory, intriguée.

— C'est une société écran implantée à Breaux-Bridge. Elle possède trois entrepôts, cinq unités de stockage, un immeuble et deux maisons individuelles. Les baux des maisons et de quatre appartements sont au nom d'un certain Milton Knowles.

— Punaise ! dit Glory en tapant sur la table. Où as-tu dégoté cette info ?

— Ma juriste a mené l'enquête au bureau.

— Comment savoir dans lequel de ces endroits vit Milton ?

— J'ai ma petite idée.

7.

La nuit était tombée quand Glory et Delphine mirent le cap vers Jennings. Malgré l'obscurité, on devinait les silhouettes au fusain des vieux cyprès. Comme les formes s'impriment sur nos paupières, quand on ferme les yeux après avoir fixé quelque chose face au soleil.

— C'est trop calme dans les parages, dit Glory en allumant la radio.

Une chanson pop aux rythmes entraînants et syncopés se mit à pulser à travers les enceintes.

— C'est mon morceau. Les Pointer Sisters ! s'exclama-t-elle. Elle monta le son, ses épaules oscillaient en rythme : « *If you want to take my kisses in the ninth inning... jump ! Jump !* »

— Tu t'es gourée[1], dit Delphine. Les paroles, c'est : « *If you want to take my kisses in the night then...* »

— Tu vois, c'est la différence entre toi et moi. Tu chantes le morceau tel qu'il est écrit. Je le chante tel qu'il aurait dû l'être, crâna Glory en augmentant le volume. Fiche-moi la paix, laisse-moi apprécier ma musique.

---

1. Glory fait une erreur phonétique et chante : « Si tu me laisses t'embrasser à la neuvième manche... » au lieu de : « Si tu me laisses t'embrasser cette nuit... »

Les Pointer Sisters. Luther Vandross. Anita Baker. Maze. Bobby Womack. Curtis Mayfield. Al Green. Chaka Khan. Glory était dans son élément. Elle se trémoussa sur ses standards favoris pendant quasi tout le trajet. *Quelle tristesse que la musique d'aujourd'hui soit si affreuse*, se disait-elle. *Ces pauvres gosses n'auront que des paroles vulgaires et de l'électro comme bande-son de leur jeunesse.* À l'approche de Jennings, les gesticulations de Glory derrière le volant se firent moins ostentatoires, puis cessèrent. Elle avait réduit le volume de la radio au minimum si bien que le chant des cigales se confondait avec la musique.

Delphine avait les yeux rivés sur son téléphone et, au vu des grimaces qui lui tordaient sporadiquement la bouche, Glory conclut qu'elle réglait des trucs avec Chad. Elle l'avait pourtant mise en garde de ne pas l'épouser, même si sa tirade : « Les hommes blancs n'apportent que des problèmes » n'était pas la meilleure méthode pour l'en dissuader. En levant le nez de son portable, Delphine croisa le regard inquisiteur de sa mère et le planqua sur ses genoux.

— Dis, quel genre d'individu était Milton avant de devenir trafiquant ? demanda Delphine.

— Je ne me souviens pas lui avoir connu une autre vie. Un sale type de naissance, si tu veux mon avis.

Glory s'était raidie à l'évocation de son nom. Ses bras qui, la minute d'avant, se balançaient et gigotaient en rythme avec la musique étaient désormais crispés sur le volant, ses yeux braqués sur la route.

— Comment as-tu déduit qu'il habitait à cette adresse ?

— Honnêtement, je n'en ai aucune certitude.

— Quoi ? fit Glory. Tu affirmais être sûre qu'il habitait là-bas. Ne me laisse pas croire qu'on a fait une heure de route pour rien…

— « J'ai ma petite idée », c'est tout ce que j'ai dit.

Elle attrapa son téléphone, pianota sur le clavier et présenta l'écran à Glory.

— Qu'est-ce que c'est ?

— J'ai recherché chacune des propriétés enregistrées au nom des Industries Oleander. Elles se trouvent toutes à Lafayette, sauf une, bizarrement, celle de Jennings. J'ai zoomé sur les images satellites de l'adresse et, sur certains clichés, on aperçoit des gens dans le jardin. J'ai zoomé sur les autres : personne. Je ne peux pas te certifier qu'il vit là, mais je présume que, quand on est à la tête du plus gros trafic de drogue du sud-ouest de la Louisiane, on s'établit ailleurs qu'en ville.

Le silence s'installa dans l'habitacle. Delphine attrapa son sac *New Yorker* et en sortit un tube de gloss clair et luisant.

— Alors… c'est quoi notre plan d'attaque ? demanda Delphine.

— Je ne sais pas vraiment.

Elles roulèrent trente minutes encore avant de quitter la voie rapide, traversèrent un écheveau de petites rues résidentielles puis empruntèrent une longue route sans habitations ni éclairage public. L'obscurité à la campagne était d'une autre nature. Ces routes avaient toujours rendu Glory nerveuse, à l'idée que tout pouvait y arriver. Sans témoins. Ni secours en cas d'urgence.

Glory se rangea sur le côté, décélérant sur le gravier jusqu'à l'arrêt.

— Qu'est-ce que tu fiches ?

— Tu voulais connaître mon plan. Eh bien, je crois que j'en tiens un. Donne-moi juste une minute pour le peaufiner, dit Glory, gobant le caramel qu'elle venait d'attraper dans le porte-gobelet. On ne va tout de même pas aller sonner bêtement à sa porte. Il serait capable de nous descendre. Assurons-nous d'abord qu'il habite ici.

— Ça me paraît bien, réagit Delphine en ouvrant la portière.

Elle trébucha dans un fossé caillouteux, se rattrapa, et fit le tour de la voiture. Comme toutes les femmes noires ayant dépassé la cinquantaine, Glory avait posé son sac à main sur le siège arrière. Elle était penchée au-dessus et fourrageait à l'intérieur. Elle émergea de la voiture avec une paire de jumelles autour du cou et un Taser à la main.

— Où diable as-tu déniché ces trucs ? demanda Delphine, choquée.

— Ma fille, arrête de me traiter comme une criminelle. Je les ai achetés au Walmart. On n'est pas à New York. Les gens sont moins regardants par ici. Les jumelles, ça remonte à mon engouement passager pour l'observation des oiseaux. Les gens de l'Audubon Society nous avaient dit d'acheter celles-ci, même si mes yeux étaient plus fiables dans la plupart des cas.

Occupée à ajuster les lentilles optiques, Glory zooma sur le visage ahuri de sa fille : « Tu ne connais pas tout de ma vie. »

Elles longèrent le fossé en silence dans le noir. L'air s'était chargé d'une odeur pestilentielle, suggérant une mouffette ou une charogne. *Un tatou ou un raton laveur ?* s'interrogea Glory. Peu importe l'espèce, la bestiole était raide morte.

La bâtisse était une grande baraque louisianaise aussi prétentieuse que vaste. Des colonnes corinthiennes filaient du jardin jusqu'au rez-de-chaussée, soutenant une fausse terrasse à l'étage. Elle était surmontée d'un toit en tuile rouge évoquant une franchise de Pizza Hut. Pas moins d'une dizaine de véhicules encombraient l'allée : surtout des SUV de marques européennes. Les jantes ornées scintillaient au clair de lune, et presque toutes les vitres étaient fumées.

Elles remontèrent l'allée pavée. Une dizaine de projecteurs s'allumèrent simultanément sans prévenir, inondant de lumière le chemin et les alentours. Delphine saisit Glory par le bras et l'entraîna dans l'ombre. Si Delphine était assez souple pour faire volte-face en un clin d'œil, Glory n'avait pas la même agilité. L'élan la fit basculer vers l'avant et son menton heurta la terre. Sa tête glissa sur le sol et le reste de son corps suivit.

Delphine se précipita vers elle : « Ça va ? »

Elle gisait à plat ventre, le nez dans la terre humide.

Delphine se plaça à califourchon au-dessus d'elle et la souleva par les épaules.

— Arrête de me tirer, se rebiffa Glory, glissant ses mains sous ses joues. Je peux me relever toute seule, dit-elle en décollant son torse du sol, ramenant ses jambes sur le côté.

Sa fille lui tendit la main, mais Glory n'était pas disposée à accepter son aide. Qu'à cela ne tienne, Delphine s'accroupit et banda ses biceps pour la relever de force.

— Je n'arrive pas à croire que tu m'aies flanquée par terre.

— Je ne t'ai pas poussée ! Je voulais te mettre à l'abri. Mieux vaut être prudentes. Regarde autour de toi, dit Delphine en pointant les caméras braquées sur l'allée. Un vrai parking de trafiquants. Des lampes à détecteur de mouvement, des caméras. Le périmètre en est truffé. Espérons qu'ils ne nous aient pas repérées.

Glory ressentit une brûlure et porta la main à sa poitrine. Les jumelles pendues à son cou l'avaient heurtée dans sa chute. Elle épousseta ses vêtements et recula de quelques pas pour récupérer son sac. Elle s'aspergea les mains de désinfectant et les frotta jusqu'à les rendre huileuses.

Elle consacra quelques secondes à évaluer les dégâts, essuya la crasse sur son visage et frotta ses mains sur son jean, maculé de terre et déchiré en deux endroits. Un filet de sang coulait le long de son genou. Ses socquettes ne couvraient pas du tout ses jambes et la chair sur l'os noueux de sa cheville était écorchée.

Delphine se retourna brutalement.

— Tu as entendu ?

Glory plissait les yeux, comme si sa grimace avait le pouvoir d'améliorer son audition. Au loin, elle perçut un grondement confus, suivi des hurlements féroces d'une meute de chiens.

— Ayez pitié, Seigneur, ils nous envoient leurs clébards, dit Glory, claudiquant aussi vite que possible jusqu'à la voiture avant de s'agripper à la portière.

Les aboiements devenaient plus primitifs, plus douloureux aussi. Un chœur d'hommes les encourageaient de leurs voix rauques, des coups de feu sifflèrent.

— Qu'est-ce qui se passe là-bas, putain ? dit Delphine.

Sur le point de grimper dans la voiture, Glory se ravisa tout à coup.

— J'aurais dû m'en douter. Milton a toujours mené plusieurs activités de front.

— De quoi tu parles ? demanda Delphine.

— Des combats de chiens. Voilà ce qui se passe là-bas. Je comprends mieux pourquoi cet animal hurlait comme si on l'avait éventré : parce que c'était probablement le cas.

Elle referma la portière, indiquant par son geste que leur mission de reconnaissance n'était pas terminée.

— On a mis dans le mille, on dirait. Allez, suis-moi.

S'écartant de l'allée, elles longeaient discrètement les buissons qui bordaient la maison, à l'abri des projecteurs. Elles se figèrent en voyant s'ouvrir un portail dans la clôture, côté pignon. Deux hommes apparurent. L'un d'eux, tout en muscles et affublé de colliers en or, parlait très rapidement en jurant. L'autre portait un chien sans vie dans ses bras, telle une jeune mariée au seuil de la porte. Son débardeur blanc était maculé de sang. Ils déposèrent l'animal à l'arrière de leur SUV puis s'enfoncèrent dans la campagne.

Glory scrutait la scène qui se jouait au jardin, bataillant avec les œillères en caoutchouc de ses jumelles. Le ciment de la terrasse était gorgé de sang. Un groupe d'individus avec des croix en diamant aux oreilles se bidonnaient. Une odeur de viande brûlée emplissait l'air, avec en arrière-fond une chanson des Isley Brothers. On aurait pu croire à un barbecue, abstraction faite du sang et des hurlements des chiens, prisonniers dans leurs cages en fer.

— Merde alors ! lança un grand type massif.

À cette distance, il aurait pu passer pour un vieux chauve (plutôt) beau, à la barbe grisonnante, s'accrochant à ses jours de gloire. Un sweat-shirt gris couvrait sa bedaine tandis que son short de basket ample menaçait de glisser sur ses cuisses maigres. À y regarder de près, la réalité était plus sinistre. Il avait des tatouages rudimentaires sur le cou, la marque des ex-taulards. L'encre était à peine plus noire que sa peau d'ébène. En se concentrant un peu, les formes se dessinaient plus nettement. Un roi de trèfle. Un gros symbole de dollar. Glory distingua un serpent, identique au logo sur les sachets des sucettes découvertes chez Amity.

— Je n'aurais jamais pensé vivre assez vieux pour recevoir la visite de Glory Broussard.

Delphine dévisageait sa mère, en quête d'un indice sur l'attitude à adopter. Le cœur de Glory battait la chamade. La sueur perlait sur son cuir chevelu. Elle parvint miraculeusement à recouvrer son sang-froid.

— Il ne s'agit pas d'une visite de courtoisie, Milton.

— Je m'en doute. Mes invités sont généralement mieux éduqués, ils sonnent à ma porte. Ils ne rôdent pas autour de ma maison en se planquant dans les buissons, dit-il en décrivant des cercles du doigt. J'ai mis des caméras partout dans le coin. Un piaf fait son nid sur ma propriété et je suis instantanément au parfum.

— Je suis venue te parler d'Amity.

— Minute, dit Milton en concentrant toute son attention sur Delphine.

De la terrasse, les paroles ordurières d'une chanson de rap emplissaient le silence. Milton détaillait Delphine, de ses tennis chics à ses petits seins, jusqu'à ses boucles frisottées par l'humidité ambiante.

— C'est ta fille ? Elle a bien grandi, dis-moi. *Vachement* bien, même.

Glory observait Delphine se voûter sous son regard lascif, cherchant la bonne réplique, mais elle la devança.

— Après la mort d'Amity, j'ai trouvé de la drogue dans son appartement, une pleine boîte cachée dans son placard.

Elle sortit de sa poche l'emballage violet avec le serpent et le lui présenta, à la manière d'un procureur introduisant une pièce à conviction pendant un procès.

— T'as toujours été une sale fouineuse, répliqua-t-il.

Les chiens jappaient. Une sinistre cacophonie.

— Ce logo te va comme un gant. Un crotale, c'est ce que tu as toujours été, Milton Knowles. Tu lui as vendu cette drogue, c'est ça ?

— Non, je ne la lui ai pas vendue, dit-il en ricanant. Je lui en ai fait cadeau. Et alors ?

Glory grimaçait. Elle avait l'impression qu'il disait vrai, sans vouloir y croire. Amity avait lutté si dur pour s'affranchir de la drogue et de ce sale type. L'idée que son amie avait passé ses derniers jours avec lui – chez elle – lui retourna l'estomac.

— Donc… (Glory marqua une pause) elle avait replongé.

— Je ne pose jamais de questions personnelles à ma clientèle, rétorqua-t-il en haussant les épaules. Elle m'en a demandé et je lui ai refilé le matos, en souvenir du bon vieux temps.

Derrière la maison, les hommes se marraient. Delphine se retourna par réflexe.

— Ça te dirait de te joindre à nous ? dit Milton en la gratifiant d'un sourire lubrique.

— La façon dont vous traitez ces animaux est répugnante, cingla-t-elle.

Le visage de Milton se ferma.

— Vous avez assez abusé de mon hospitalité, toutes les deux. Que je ne vous y reprenne pas, la prochaine fois je ne me montrerai pas aussi compréhensif.

Il fit volte-face et s'éclipsa.

Glory et Delphine rebroussèrent chemin, en pleine lumière cette fois, par la même fichue allée que les deux hommes et le chien mort peu avant.

— Bon Dieu, maman. Quel horrible type. Tu veux bien accélérer le pas, qu'on se tire de cet enfer ?

— J'avance aussi vite que je peux, s'agaça Glory.

Elles n'entendirent que trop tard les bruits de pas amortis par les coussinets. Quand Glory se retourna, le pitbull fonçait déjà sur elle. Il volait littéralement, battant des pattes dans les airs, et planta ses incisives dans sa jambe.

8.

Dans son lit aux urgences de la clinique Benoît de Lafayette, Glory essayait d'étendre sa jambe hors du matelas. Derrière les rideaux de séparation, Delphine observait l'infirmière lui ôter chaussures et socquettes. Tout bien considéré, la blessure était miraculeusement superficielle. Le chien n'avait pas déchiré la chair, tout juste l'avait-il perforée. L'infirmière irriguait la plaie et recueillait le liquide souillé dans un bac en métal : sang, terre, fragments de cailloux incrustés dans ses chevilles.

— Alors, comme ça, vous avez paralysé la bête avec un Taser ? demanda-t-elle.

— Je n'allais tout de même pas la laisser me croquer sans me rebiffer, dit Glory, satisfaite d'elle-même et fière d'avoir eu la présence d'esprit d'emporter l'équipement adéquat.

— Simple curiosité, poursuivit l'infirmière en tapotant la plaie avec une gaze stérile, vous n'aviez jamais croisé ce chien avant et ne connaissez pas son propriétaire. Exact ?

Glory craignait que Delphine veuille ajouter son grain de sel, déformation professionnelle de l'avocate spécialisée en droit des affaires. Mais ce n'était pas la bonne stratégie à adopter face à Milton Knowles.

— Non, M'dame, je me promenais tranquillement avec ma fille qui est là, quand cet horrible cabot a surgi de nulle part.

— Je suis désolée, ma chère, vous n'échapperez pas à quelques piqûres, par précaution. Rage. Tétanos. Et plusieurs points de suture. C'est une chance que vous ayez paralysé le chien avant qu'il fasse plus de dégâts. Bon, je vous laisse une minute, je vais chercher l'interne de garde et récupérer le matériel… je reviens tout de suite.

— Pourquoi tu as menti sur l'identité du propriétaire ? demanda Delphine, assise à côté d'elle sur le lit.

— Explique-moi ce qu'on aurait à gagner en dénonçant Milton à la police.

Elle jeta un coup d'œil à son mollet et plissa le front en évaluant l'état de sa jambe. La plaie ouverte bordée de chairs meurtries exhibait un tendon rose et blanc.

— En plus, Glory Broussard n'est pas une balance.

Le médecin et l'infirmière étaient de retour et organisaient en silence leur matériel. L'infirmière déchirait les paquets de pinces, aiguilles et ciseaux et les alignait sur un plateau couvert d'une gaze. Delphine frémit en observant le médecin planter son aiguille dans un petit flacon de liquide transparent et libérer quelques bulles d'air.

Il lui injecta d'abord un anesthésique local, sans bien entendu pouvoir l'insensibiliser avant. Glory agrippa le drap sous elle au moment où la grande aiguille fine plongea dans le muscle de son mollet. La deuxième injection se révéla à peine moins douloureuse. Le médecin attendit donc que le produit marine dans son sang et ses muscles quinze petites minutes avant de poursuivre. Puis, avec l'agilité d'un couturier de cotillons, il inséra une aiguille sous sa peau et s'employa à recoudre la plaie.

Glory baissa les yeux. Elle suivait l'aiguille onduler dans et hors de sa peau. Une fois sa couture finie, il tira sur le fil et forma un nœud avant de couper le surplus avec une paire de ciseaux.

— Nous allons vous garder un peu, histoire de nous assurer que votre état est stable, déclara l'infirmière. Nous vous ferons un vaccin contre la rage ce soir, et une série de rappels dans les prochaines semaines. Et vous rentrerez à la maison avec des antibiotiques... et des béquilles. Dans l'intervalle, essayez de vous détendre un peu, d'accord ? conclut-elle avant de quitter la pièce.

Glory se relaxait enfin. Elle ramena ses jambes sur le lit et s'adossa contre le dossier, en position assise.

— Compte sur moi, dit Glory. J'aurai ma revanche contre ce Milton. Reste à déterminer comment.

— On ferait mieux de mettre tout ça sur pause, un petit moment, dit Delphine. On a remonté sa piste et, résultat, tu te retrouves dans un lit d'hôpital avec des vaccins contre la rage.

Glory cala les mains derrière sa nuque et croisa les doigts.

— Fais comme bon te semble.

— Je vois. Pas moyen de te faire entendre raison, soupira-t-elle en se levant. Je descends à la cafétéria. Tu veux quelque chose ?

— Ohhh, ohhh ! Essaie de me dégoter un petit truc sucré, tu veux ? Parfois, ils ont du pop-corn au sirop d'érable.

Delphine abandonna sa mère dans son bloc aux urgences, isolée par trois rideaux. Béate, Glory se rejouait la soirée. Elle avait tenu tête à Milton et mis cet horrible clébard hors d'état de nuire. Si seulement ces assommantes dames de la Red Hat pouvaient la voir. Elle se remémorait les détails les plus croustillants quand un chant mélodieux s'éleva derrière le rideau. Glory connaissait cette voix par cœur : Jocelyne Cormier.

Elle fit pivoter ses jambes hors du lit et pesa avec précaution de tout son poids sur sa jambe valide. Chaque pas lui arrachait une grimace de douleur. Elle franchit en sautillant l'espace de trois lits et, sans surprise, se retrouva face à sœur Jocelyne Cormier. En revanche, la présence du père Romero et de la mère supérieure en était une.

— Glory ! Comment avez-vous su ? s'étonna le père Romero. Je ne pensais pas que la nouvelle avait filtré.

La mère supérieure reposait assoupie dans un lit. Des fils serpentaient de sa poitrine aux machines qui mesuraient ses battements de cœur, l'afflux de sang dans ses poumons. Les yeux de Jocelyne Cormier étaient secs, mais elle avait le visage écarlate. Et comme à son habitude, le père Romero s'était placidement interposé entre les deux femmes.

N'escomptant aucune visite, Glory se trouva à court de bobards. Elle baissa donc la garde et leur raconta la vérité.

— J'ai été mordue par un chien. Rien de trop méchant, juste quelques points de suture.

— On dirait que toute la congrégation est mise à l'épreuve, ce soir, soupira l'homme d'Église.

— J'avais appris que la mère supérieure était souffrante. Mais je n'imaginais pas son état à ce point préoccupant.

— Cancer de l'estomac de stade quatre, annonça sœur Jocelyne Cormier. Les sœurs sont au courant, mais je vous prierai de ne pas l'ébruiter. Je sais combien vous aimez cancaner, et ce n'est pas le moment.

À ces mots, le prêtre se renfrogna.

— Jamais je ne jaserais dans le dos de la mère supérieure, dit Glory. Est-ce la fin… là, maintenant ?

— Non, non. Enfin, nous ne pensons pas, la rassura le père Romero. Elle traverse une phase compliquée. Ses souffrances étaient jusqu'ici assez bien prises en charge, mais la douleur a empiré subitement. Et les médecins ne semblent pas avoir de solutions. Je crains que nous devions la transporter à Tulane pour une autre batterie de tests. Et vous, alors… un chien vous a mordue ? Comment cela est-il arrivé ?

— Je me promenais tranquillement avec ma fille quand un énorme cabot a surgi de nulle part. Mais ça va. C'est l'histoire de quelques vaccins.

— J'avais dans l'idée de passer vous rendre une petite visite, ajouta-t-il. Comment vous sentez-vous depuis le trépas d'Amity ?

Le *trépas*. Quel mot charmant, une façon pour le moins étrange d'évoquer sa meilleure amie qu'on avait mise en terre comme on plante les choux.

— Je ne me résoudrai jamais à croire qu'Amity se soit infligé une chose pareille. Ça, jamais ! dit-elle avant de changer de sujet. Et vous, comment allez-*vous* ? Vous travailliez beaucoup ensemble.

— Honnêtement ? Je me débats sans elle, confia-t-il, l'air abattu. Nous étions supposés témoigner à Bâton-Rouge contre cette usine chimique, elle s'investissait aussi énormément dans le « Projet Égalité ». Je crains de me noyer sous la tâche.

— Pour info, j'ai assisté Amity dans ses recherches sur cette usine chimique. Nous avons constitué les dossiers à quatre mains, mentit Glory. Je pourrais vous aider à préparer votre déclaration devant la Cour suprême.

— Vous ? ricana sœur Jocelyne Cormier. Une chercheuse ?

La mère supérieure remua dans son sommeil.

— Ce n'est pas le lieu pour vos prises de bec et querelles intestines, murmura le prêtre à l'attention de sœur Jocelyne, puis il se tourna de nouveau vers Glory. Je n'avais pas connaissance de votre implication. À quel point êtes-vous familière des rapports sur la qualité de l'eau ?

— Je connais parfaitement ces documents. Et aussi… les rapports géologiques et les relevés topographiques, ajouta-t-elle en jouant les instruites, plaidant sa cause en prenant exemple sur sa fille.

Elle se surprenait parfois elle-même en entendant les mots qui franchissaient le seuil de ses lèvres.

— J'ai tous les duplicatas des dossiers à la maison. Des boîtes et des boîtes.

— Je suis moi-même parfaitement apte à vous assister ! s'exclama sœur Jocelyne. J'apprends vite. J'ai suivi un semestre en biologie, à l'université.

Glory mobilisa toute sa détermination pour ne pas envoyer son poing dans la figure de cette bonne femme.

— J'apprécierais votre aide, Glory, trancha le père Romero.

À la cafétéria, Delphine disposa ses articles sur un plateau avant de passer en caisse : une part de tarte à la cerise à emporter pour sa mère, quelques barres de granola aux céréales pour elle. Deux cafés et deux bouteilles d'eau pour qui voudrait. Elle régla et alla se trouver une banquette. Sous la lumière écrasante des tubes fluorescents, elle posa les coudes sur la table et se prit la tête entre les mains.

À l'autre bout de la salle, le lieutenant Landry était en train de se servir un café lorsqu'il repéra subitement Delphine. Il rougit instantanément, quand bien même personne ne lui parlait ni ne le regardait. Une fois empilés les emballages de biscuits salés sur son plateau, il l'abandonna sur le tapis et marcha vers elle.

— Delphine. Tu vas bien ?

Sursautant, elle s'essuya les yeux et se tapota les joues.

— Eh bien, j'ai eu une sale journée.

Il se glissa à ses côtés sur la banquette et passa le bras autour de ses épaules.

— Allez. Ça ne peut pas être si terrible.

— Ça l'est, confirma-t-elle d'une voix plus forte et saccadée. Et pour couronner le tout, ma mère est aux urgences en train de se faire recoudre parce qu'un vicieux pitbull lui a becté un bout du mollet.

— Oh, c'était miss Glory ! On a reçu un appel des urgences signalant une déclaration frauduleuse concernant une morsure de chien.

— Oui, mais cela n'a rien de frauduleux. C'est véridique.

— Très bien. Il faut quand même que j'aie une petite conversation avec ta maman.

— Fais donc. Elle est très fière d'avoir réussi à coucher ce clébard. Je suis sûre qu'elle sera enchantée de tout te raconter.

Elle essuya ses dernières larmes avec la manche de sa chemise. Landry dégagea son bras et saisit sa tasse de café à deux mains.

— C'est pour ça que tu pleurais ? se risqua-t-il timidement. J'imagine que la mort d'Amity est une sacrée épreuve pour toi et ta maman. J'ai conscience que ça fait un bail qu'on ne s'est pas vus, mais...

Il marqua une pause et plongea dans ses yeux en amande. Les traits de son visage étaient plus marqués sous cet éclairage cru, ce qui n'altérait pas le moins du monde sa beauté. Ces imperfections la rendaient plus terrestre, plus accessible.

— Mais tu peux toujours me parler, ajouta-t-il.

— Merci, dit-elle en serrant sa main.

Happés par leur conversation, ils ne prêtèrent pas attention à la femme plus âgée qui venait de se planter devant leur table.

— Bonjour, désolée d'importuner les tourtereaux, dit-elle. Delphine Murphy, c'est bien ça ? De New York ?

— Nous ne sommes pas ensemble, la corrigea Delphine. Excusez-moi, j'ai eu une semaine affreuse. On se connaît ?

La femme décrivit un mouvement du poignet et, comme par magie, une enveloppe manille atterrit sur la table dans un claquement sourd.

— Vous avez été notifiée. C'est de là que je vous connais.

9.

Retrouver sa chambre d'enfant était l'aspect le plus pénible de ce retour aux sources, se dit Delphine. Des colonnes de trophées et rubans encombraient les étagères. Concours d'orthographe. Volley-ball. Joutes orales. Une photo encadrée trônait sur la table de nuit, une version d'elle-même à seize ans avec les cheveux lissés, sa taille fine perdue dans une robe rose bouffante, prise lors de son bal des débutantes Jack & Jill, un cercle réservé aux enfants noirs aisés. Son adhésion avait été sponsorisée par un client de son père assez flambeur. Son instinct paternel du « peut-mieux-faire » lui avait acquis son ticket d'entrée au sein de l'élite des bonnes familles noires de Lafayette, quand bien même elles étaient tout l'inverse.

Ce bal constituait sa première tentative d'ascension sociale même si, en toute franchise, l'idée ne venait pas d'elle. Mais de Glory. Peu importe, elle avait adoré les boulettes de viande teriyaki nappées de sauce soja et la danse avec ces garçons en smoking. Le bal Jack & Jill lui avait aussi offert l'occasion de découvrir un monde plus grand qu'elle, et, par la suite, elle était entrée à la New York University, puis avait épousé Chad et sa famille. Elle se retrouvait maintenant à la case départ, affalée sur un couvre-lit en chenille rose, dans sa chambre d'enfant, sur le point de participer à une visioconférence où elle risquait de perdre tout ce pour quoi elle avait travaillé si dur.

Elle posa son ordinateur sur le bureau blanc à roulettes, sur lequel elle révisait jadis ses examens. Les papiers du divorce s'étaient substitués aux cours d'algèbre. Sur les étagères, elle remplaça trophées et rubans par des livres afin d'improviser un décor acceptable. Lorsqu'elle cliqua sur le bouton de l'audience disciplinaire, deux participants s'affichaient déjà dans des petits carrés à l'écran. Leo Swenson, associé principal, et Elizabeth Buck, directrice des ressources humaines.

— Bonjour, Delphine. Comment ça se passe en Louisiane ? demanda Leo, visiblement réticent à aborder ce fâcheux ordre du jour.

— Ça va. Je suis là pour un enterrement, en fait.

— Navré de l'apprendre, dit-il. Dans ce cas, mieux vaut ne pas nous éterniser. Le cabinet a conclu son enquête sur votre conduite des derniers mois.

Sur quel genre de *conduite* portait au juste leur enquête ? se demanda-t-elle. S'agissait-il des longues soirées passées avec cet autre avocat, quand ils planchaient ensemble sur le plus important dossier de l'année ? Au début, leur relation s'était limitée au strict cadre professionnel. Puis, insensiblement, elle avait glissé vers le flirt puis le sexe (en toute légalité et avec le consentement des deux parties). Delphine mit un point d'honneur à leur rappeler que, dans cette affaire, le cabinet l'avait emporté, le client était satisfait, sans compter les tonnes d'heures facturées.

Ils s'étaient promis de gérer la situation en adultes. Pas de larmes, pas de scènes au bureau, pas de crises. Ils étaient tous deux assez intelligents pour être capables de bosser et coucher ensemble, dans le plus grand secret.

Les choses avaient perduré ainsi, tout du moins jusqu'à la fête de l'été. Delphine avait été malade sur le bateau ancré dans le port de New York, la faute au champagne à gogo ou au mal de mer, sans doute. Elle ne se souvenait plus des détails, tout était flou, elle se rappelait en revanche l'instant où la main de l'épouse de son collègue avait cogné sa joue. Puis, indignité suprême, elle avait vomi par-dessus bord. Leo faisait probablement allusion à cet épisode. Elle revoyait l'expression de Chad, ce soir-là, aussi amère que les relents acides qui lui râpaient la gorge. Elle se rappelait l'odeur aigre de vomi dans ses cheveux, et le retour en taxi jusqu'à l'hôtel où elle avait passé la nuit. Le chauffeur avait conduit la fenêtre ouverte en jetant des coups d'œil compatissants dans son rétroviseur.

— Cela ne fait aucun doute, vous êtes une excellente avocate. Parmi les meilleures de notre cabinet, déclara Leo à l'écran. Bien que certains de nos associés pensent préférable que vous alliez exercer vos compétences ailleurs, dans l'immédiat, j'ai réussi à sauver votre peau. Considérant vos heures facturées et votre talent à recruter de nouveaux clients, il apparaît plus avisé sur un plan financier que vous restiez. Cela étant dit, vous serez sanctionnée d'une période de probation de trois mois sans salaire, dont notre directrice des ressources humaines se propose de vous exposer les détails.

Delphine était rouge de honte. Quand elle se faisait réprimander, adolescente, cette pièce représentait son sanctuaire. Et voilà qu'elle se retrouvait à nouveau punie et consignée dans sa chambre.

— Je vous laisse discuter des détails, mais, avant de filer, permettez-moi de vous donner un conseil. Mettez de l'ordre dans votre vie et réglez vos histoires personnelles avant de revenir. Ne me faites pas regretter de vous avoir soutenue.

Sur ces mots, il disparut de l'écran.

Bobby Womack passait à la radio lorsque Delphine s'engagea sur le parking du tribunal de Lafayette. Glory attrapa par réflexe le macaron handicapé et l'accrocha au rétroviseur.

— Range-moi ça, la gronda sa fille. Tu n'es pas handicapée.

— J'ai des béquilles, répliqua Glory, triomphante.

— Ne joue pas sur les mots, dit-elle en coupant le moteur, puis elle décrocha le badge, qu'elle dissimula dans le porte-gobelet. Tu me laisseras parler, surtout. Tu n'ouvres pas la bouche. Pas aujourd'hui.

— Dis à ce juge que ma maison est en ordre. Et que la ville a sûrement autre chose à faire que d'espionner à la fenêtre des gens, dit Glory en montrant l'autre côté de la rue. Qu'ils commencent par réparer ces nids-de-poule sur West Congress, s'ils manquent tellement d'occupations.

— C'est *exactement* ce que nous ne dirons pas. Nous allons expliquer à la cour que tu as fait de considérables avancées dans la maison, et implorer son pardon et sa clémence. Allez, c'est parti.

La combinaison humidité-béquilles ne tarda pas à dilater les pores de sa peau. Après trois minutes de marche, les cheveux de Glory avaient frisé aux pointes et son chemisier blanc en polyester était trempé sous les aisselles.

Les talons de sa fille cliquetaient sur le carrelage ébréché du tribunal, et ses béquilles – héritage du « chien méchant » – engendraient un terrible raffut. Elles placèrent leurs sacs dans les machines à rayons X. Delphine traversa en premier le portique de sécurité.

— Dans la machine, les béquilles, aboya un agent de police.

Glory s'exécuta en boudant. Elle sautilla pour épargner sa jambe blessée et le portique se mit à sonner.

— Par là, dit l'agent en la pointant du doigt, sur un ton que Glory jugeait irrespectueux.

Sans le sermon de sa fille, elle lui aurait exprimé le fond de sa pensée, elle était championne en la matière. Delphine ne s'en était pas cachée, toute cette histoire de maison ne l'enchantait guère, et la pointe d'irritation dans sa voix, sinon la colère, n'avait pas échappé à Glory.

L'agent de police agita un détecteur de métal le long de son corps, en commençant par les pieds. Elle soupira quand l'appareil glissa entre ses jambes et sur son torse.

— C'est vraiment nécessaire ? se plaignit-elle.

— Vous pouvez circuler, aboya l'agent en lui adressant un regard bref, mais implacable.

Delphine tendit ses béquilles à sa mère et elles utilisèrent l'ascenseur pour rejoindre la salle qui leur avait été assignée. Le ventilateur en forme de palmier au plafond se montrait peu clément envers les petits chanceux assis pile en dessous. Elles franchirent l'échiquier du carrelage noir et blanc et prirent place au premier rang sur un banc en bois, semblable à ceux des églises.

Un vieux juge blanc aux cheveux ébouriffés et à la robe froissée s'installa derrière un bureau surélevé. Puis, le silence se fit dans la salle lambrissée.

— La ville de Lafayette contre Glory Broussard, annonça le juge.

Glory et Delphine se levèrent et approchèrent le podium qui se trouvait face à lui.

— Dois-je comprendre, poursuivit-il en se grattant la tête avec un crayon, que le domicile de l'accusée viole les règlements de la ville et représente un danger selon le plaignant et la communauté ?

— C'est ce que vous avez écrit dans cette lettre, celle que vous avez laissée à ma porte. Mais c'est une pure invention, répliqua Glory.

Delphine la foudroya du regard et prit la parole.

— La défenderesse comprend et apprécie le point de vue de la ville sur cette question, elle s'est employée de bonne foi à garantir que son domicile réponde aux normes locales. Puis-je approcher ?

Le juge acquiesça. Elle lui tendit une grande enveloppe contenant des photos du domicile de Glory remis en état.

Le juge fit glisser ses lunettes au bout de son nez et examina les clichés, hochant épisodiquement la tête. Il prit quelques notes, avant de se prononcer.

— Selon les documents que j'ai sous les yeux, la plainte concernant le domicile de Glory Broussard a été confirmée par la ville, toutefois ces photos attestent de progrès significatifs qui méritent d'être salués.

— Je propose que la plainte soit rejetée sans préjudice de recours, plaida Delphine.

Glory croisa les bras et abonda de la tête.

— Minute. Pas si vite. Bien que j'aie plaisir à constater que Mme Broussard prend cette affaire au sérieux, la cour n'a aucune assurance à ce jour qu'elle persévérera dans cette voie, déclara-t-il, arrachant un petit sourire narquois à Glory. Cela étant dit, je souhaite soustraire cette affaire du système judiciaire et la confier aux mains expertes de notre équipe municipale. Mme Broussard se verra assigner un défenseur des droits de la communauté. Ce médiateur procédera à une visite du domicile la semaine prochaine, à une autre dans trois mois, et à une dernière d'ici à six mois. Il rendra un rapport, et la plainte pourra être abandonnée si Mme Broussard obtempère. Cela vous convient-il ? demanda le juge en s'adressant à Delphine.

— Je souhaiterais pouvoir m'entretenir avec mon avocate, intervint Glory, en équilibre sur une seule béquille.

— Faites donc, confirma le juge, quelque peu froissé.

Delphine était furax.

— Qu'est-ce qui ne tourne pas rond chez toi ? Je t'ai demandé de ne pas parler.

— Tu ne penses quand même pas me convaincre d'ouvrir ma porte à un inconnu pour une inspection ? Je refuse. C'est non.

— Très bien. Ton alternative, c'est la condamnation de ta maison et une amende de dix mille dollars. Tu préfères ça ?

Glory faisait la grimace, elle était pieds et poings liés.

— Non, consentit-elle.

— L'intervention de la municipalité sied à ma cliente, Votre Honneur.

— Si vous n'avez pas d'autres questions, je vous reverrai ici dans six mois, déclara le juge.

— En fait, j'ai une question, dit Glory.

Delphine se massait les tempes, résignée.

— Comment ma maison a-t-elle atterri sur vos radars ? Comment me suis-je retrouvée épinglée par la justice ?

— Il semble que la ville ait reçu un appel anonyme, répondit le juge. Une personne apparemment très préoccupée par votre bien-être.

Glory hocha la tête d'un air entendu, comme mue par une révélation soudaine.

— Merci, Votre Honneur.

— Je n'arrive pas à croire que tu te sois comportée de la sorte. Tu as de la veine qu'on ait résolu ton problème aussi vite, explosa Delphine, une fois assise derrière le volant.

— Ce que moi, je n'arrive pas à croire, c'est pourquoi on m'a inculpée, rétorqua Glory, droite comme un « i ». C'est une parodie de justice, rien d'autre. Sans compter qu'on ne sait pas qui ils vont envoyer chez moi.

— La décision leur appartient. Tu n'as qu'à surveiller ta boîte aux lettres. D'ailleurs, puisqu'on aborde le sujet, c'est quelque chose dont tu ferais bien de t'occuper. Il faut que tu apprennes à gérer ton courrier. Tu sais, ouvrir les lettres et les *lire*, au lieu de les entasser sur le banc dans l'entrée.

Glory ne bronchait pas. Visiblement, plus elle parlait, plus Delphine s'emportait. Depuis son arrivée, Glory avait senti que quelque chose ne tournait pas rond, mais elle avait choisi de faire le gros dos. Elle ne voulait pas l'énerver davantage. En plus de ça, elle n'avait aucun argument à lui opposer. Oui, une montagne de lettres poussait à côté de la porte, ce qui ne signifiait pas qu'elle n'honorait pas ses factures. Chaque mois, elle se présentait en personne à la compagnie de gaz et d'électricité pour lui donner un chèque, et quand elle avait quelques jours de retard, elle arrondissait les angles de vive voix avec eux. Le reste du courrier que le postier glissait dans sa boîte aux lettres, c'était du vent.

— Tu as oublié de tourner, remarqua Glory.

— Non. Changement de programme.

— Je n'ai pas le temps pour tes détours, protesta-t-elle. Je suis totalement claquée. Ma jambe me fait souffrir et tu m'as épuisée avec ton audience, sans compter qu'un inconnu va débouler pour son inspection. Ramène-moi à la maison.

— Maintenant, c'est moi qui conduis.

10.

Elles roulèrent une heure sans prononcer un mot. Elles empruntèrent l'autoroute puis des petites voies reculées de campagne où des enfants jouaient sur le trottoir avec des chiens errants, les grésillements électriques des grillons en musique de fond.

Avisant l'expression figée de son visage, Glory conclut que sa fille avait quelque chose derrière la tête, toute objection de sa part ne servirait qu'à la conforter. Vu qu'elle avait temporairement réglé ses soucis avec la justice, Glory se résolut à fermer son clapet, du moins dans l'immédiat.

Delphine s'engagea sur un chemin poussiéreux qui avait tout l'air d'un cul-de-sac. Il les mena jusqu'à un terrain vague flanqué d'une douzaine de mobile-homes miteux, disséminés de telle sorte qu'on aurait dit qu'ils avaient été avalés puis recrachés par un ouragan.

— Tu vas m'expliquer ce qu'on fiche ici, tonna Glory.

— Eh bien, il y a une femme à laquelle nous faisons parfois appel sur certains dossiers, l'informa Delphine en attrapant ses tennis sur la banquette arrière. Pour être tout à fait exact, c'est une des fondatrices du cabinet qui utilise ses services, elle s'intéresse aux chakras, aux énergies et autres solutions peu orthodoxes. Je me suis entretenue une fois avec elle, elle m'a semblé aimable et compétente.

— Tu es là pour un dossier ? demanda Glory. Comment s'appelle cette femme ?

— Felice Phelps. Une hypersensible spirituelle, précisa Delphine en laçant ses tennis de course noires. Et oui, je le confirme, c'est pour une affaire. L'affaire Amity Gay.

— Je t'arrête tout de suite, hors de question que je me commette dans une espèce d'activité sacrilège.

— À en croire le *Daily Advertiser*, le Département de police de Lafayette a collaboré avec elle pour retrouver la disparue de Vermilionville. Il la consulte souvent. Je me suis dit qu'elle pourrait nous aider dans notre enquête, ou au moins nous confirmer si oui ou non Amity se droguait.

— Rentrons avant que Jésus nous foudroie et qu'on soit englouties dans ce terrain vague. Qu'Il nous châtie de lui préférer un autre dieu.

— Rappelle-moi, ce n'est pas toi qui as une application d'astrologie sur ton téléphone ? répliqua Delphine. C'est la même chose, non ?

— C'est pour m'amuser ! se justifia Glory en tendant la main vers les clés de voiture. Je te préviens, je n'irai pas me prosterner sur l'autel d'un dieu bidon.

— Je t'en prie. Maintenant qu'on est là, plaida Delphine en arrachant les clés du contact avant qu'elle s'en saisisse. Allons voir ce que cette femme a à nous raconter. Tu n'auras qu'à jouer les observatrices.

— Je ne bouge pas de cette voiture.

— OK. Comme tu voudras.

Delphine attrapa son sac et sortit du véhicule. Glory fulminait intérieurement. Quoi de pire que de se trouver dans un terrain vague paumé mis à part se retrouver toute seule dans ledit terrain vague paumé ? Glory quitta sa voiture à contrecœur. Les raclements indolents de ses béquilles et ses chaussures orthopédiques tout confort suffirent à attirer l'attention de Delphine.

— Je refuse de participer à cette mascarade, réaffirma Glory. Mais je ne vais quand même pas laisser ma fille unique se jeter seule dans la gueule du loup. Mieux vaut la présence d'une femme pieuse pour t'empêcher de succomber à sa magie noire.

— Merci, maman, j'apprécie l'attention.

Elles inspectèrent le terrain vague, lequel ressemblait plus en réalité à une décharge. Un fauteuil de jardin bringuebalant au cadre rouillé abritait des chatons infestés de puces avec des gros ventres. À chaque pas, ses béquilles s'enfonçaient dans la terre détrempée par la pluie. Delphine scrutait successivement son bout de papier et les mobile-homes jusqu'à ce qu'elle repère enfin le bon.

— Ça doit être ici ! lança-t-elle en grimpant sur les deux parpaings qui tenaient lieu de marchepied, puis elle toqua à la porte.

La femme qui leur ouvrit avait un look mystique chic, un style à la Stevie Nicks revisité par Eileen Fisher. Elle portait une chemise noire boutonnée, glissée dans l'élastique d'une jupe longue à volants. Une énorme bague turquoise et argentée cerclait son doigt fin et sa queue-de-cheval tressée lui couvrait le dos.

— Bonjour. Je suis Delphine Murphy. Nous avons rendez-vous à 14 heures.

Felice les invita à entrer d'un geste de la main. Delphine s'exécuta après avoir fait signe à sa mère de la suivre. Glory se déplaçait avec une lenteur précautionneuse, regardant de gauche à droite et de bas en haut, avant que ses béquilles franchissent enfin la porte. Le lino vert était démodé, quoiqu'il soit propre. À un bout de la pièce se trouvait une kitchenette avec une plaque chauffante flambant neuve, rougeoyant sous une bouilloire. Un torchon humide était posé sur un égouttoir où séchaient une assiette et une tasse à café. Des fragrances de patchouli et de lilas embaumaient l'air.

— Je vous en prie, asseyez-vous, dit la femme en désignant un canapé couvert d'un plaid. Puis-je vous offrir un thé ?

— Avec plaisir, répondit Delphine.

— Non merci, dit Glory, qui regardait ailleurs en serrant son sac sur ses genoux.

Felice plongea un sachet de thé dans un mug qu'elle posa sur une soucoupe. Elle enfonça la main dans une poche à fermeture Éclair et disposa trois petits gâteaux sur la soucoupe, puis plaça le tout sur un plateau qu'elle déposa sur la table, devant elles.

— Je devine, à la façon dont vous serrez votre sac, que vous êtes anxieuse ou bien vous trouvez mon intérieur mal tenu, dit-elle en fixant Glory droit dans les yeux. Ma maison n'est peut-être pas grandiose, mais elle est propre. Comme on dit... la propreté est proche de la piété.

Que savait cette païenne de la piété ? songea Glory en abandonnant son sac par terre. Il fallait toutefois le reconnaître, cette mécréante savait se montrer hospitalière.

— Que me vaut votre visite ? s'enquit Felice en s'asseyant sur une chaise basse en bois.

— Une amie de la famille... est morte. La police a conclu au suicide, mais nous avons des raisons de penser qu'il s'agit d'un meurtre, déclara Delphine. Nous cherchons des réponses, la validation de certains indices, en quelque sorte.

— Elle a été assassinée, intervint Glory, fatiguée de tant de circonvolutions et simagrées.

Felice se pencha au-dessus de la table et alluma une grande bougie violette. Elle tendit les bras et tourna ses paumes vers le ciel, puis entonna un chant d'une voix dure et gutturale. Les lumières se mirent à clignoter momentanément. À son tour, Glory affichait cet air de mépris qu'elle avait décelé plus tôt dans la journée sur le visage de sa fille. Delphine lui fit les gros yeux en toussant et avala une gorgée de thé.

Le chant cessa subitement. Felice rouvrit les paupières, comme si on l'avait tirée brutalement du sommeil.

— L'énergie dans la pièce est très opaque, plus particulièrement autour de vous, dit-elle en s'adressant à Glory.

— Moi ? s'étonna-t-elle en ouvrant de grands yeux. Je vous arrête tout de suite, je ne suis pas sensible à vos discours vaudous impies.

— Protestez autant que vous voulez, des forces obscures vous entourent. Une malédiction venue des profondeurs du monde souterrain s'est abattue sur vous, il y a des années. C'est une affliction calamiteuse. Dans votre entourage, une femme jalouse souhaite votre perte.

Glory applaudit et donna une tape dans l'épaule de Delphine.

— Tante Shirley ! C'est la seule femme jalouse que je connaisse. Je t'avais bien dit qu'elle m'en voulait. Je le savais ! s'exclama-t-elle en se tournant vers Felice. Comment on brise le sort ?

— Je ne suis pas en mesure d'en confirmer l'origine. Malheureusement, on ne peut pas s'en libérer.

— C'est quoi ces conneries ? Vous prenez l'argent des gens, les assommez avec vos mauvaises nouvelles, puis vous les laissez en plan ? Quand on annonce à quelqu'un qu'il est maudit, j'estime que le moins qu'on puisse faire, c'est de lui donner des remèdes pratiques.

— Ce n'est pas du vaudou et je ne suis pas une prêtresse, dit Felice, qui peinait à masquer son agacement. La malédiction ne peut être levée, mais ça ne signifie pas qu'il n'y a pas de solution, dit-elle. Vous devez prier qu'un symbole de protection s'offre à vous et, dans l'hypothèse où cela se produirait, il faudra faire preuve de courage et de sagesse et accepter ce soutien. Je vois que vous êtes du genre têtu, ce qui vous complique singulièrement la vie, conclut Felice en se retranchant derrière son mug de thé.

Delphine posa une main pacificatrice sur le genou de sa mère, craignant qu'elle soit tentée de lui rendre ses coups.

— Est-ce que vous disposez d'informations sur la mort de notre amie ? dit-elle pour changer de sujet et l'empêcher de lui sauter à la gorge.

— Derrière les portes de la perception, je vois que votre amie a trouvé la paix, elle l'a trouvée il y a fort longtemps, et après bien des errances, je me trompe ?

Glory et Delphine échangèrent discrètement un regard entendu.

— J'ai deux choses à dire sur votre amie. Comme vous le suspectiez, elle a été tuée. Et, comme souvent dans la vie, les réponses se trouvent juste sous votre nez.

— C'est tout ? demanda Glory.

— C'est tout.

— J'en ai ma claque de ce charabia vaudou. Partons, dit-elle en se levant.

Delphine posa son mug sur la table, s'apprêtant à la suivre.

— Avant de partir, ma chère, laissez-moi vous donner un conseil. Au contraire de votre mère, je vous sens encline et ouverte à la sagesse, dit-elle en décochant un regard noir à Glory. Pour vous, je vois le fardeau d'une dette. Vous devrez vous libérer de ces sinistres obligations pour aller de l'avant.

Glory éclata de rire.

— Voilà qui montre les limites de votre savoir. Ma fille a épousé le fric. Un gros paquet d'argent. Elle n'a pas un centime de dette, n'est-ce pas ?

Delphine détourna la tête, embarrassée.

— Comment pouvons-nous vous dédommager pour votre temps ? demanda-t-elle avec un sourire.

— *Via* Venmo, dit-elle. CreoleIntuit52.

Glory fulmina intérieurement tout le trajet du retour.

— Je n'arrive pas à croire que tu m'aies emmenée chez elle. Et pour m'entendre dire en plus que j'avais une énergie *opaque*. Ce qui est obscur, tu vois, c'est sa fichue caravane ! Je me doutais bien que ta tante Shirley m'avait jeté un sort. Un symbole de protection ? Il va falloir que je reste sur mes gardes. Tu y crois, toi ?

Delphine emprunta le même chemin qu'à l'aller. Elles longèrent le vieux magasin Piggly Wiggly où Glory avait autrefois été promue manager. Le Rexall Drugs à Scott où, petite, Delphine avait chipé des bougies parfumées en les cachant dans ses poches. Glory avait fini par découvrir le pot aux roses et l'avait traînée par le col jusqu'au magasin pour qu'elle présente ses excuses, ce à quoi elle s'était pliée même si elle n'était pas du tout désolée de convoiter des belles choses.

— C'était le pompon quand elle a sorti ces sornettes sur tes dettes.

Delphine déglutit et se jeta à l'eau.

— C'est le moment ou jamais de t'en parler... Chad et moi divorçons. Et il réclame une pension alimentaire.

— Quoi ? Comment c'est possible ? demanda Glory, confuse. C'est lui qui est plein aux as.

— Pas lui, ses *parents*. Ils ont toujours exigé qu'on fasse nous-mêmes notre trou. Ils nous louent leur appartement moyennant un loyer réduit que j'assume, le temps que Chad termine son internat. Il prétend que... (Delphine peinait à s'exprimer.) Il prétend que, comme je suis le soutien principal du foyer, il est en droit de réclamer une pension alimentaire.

— Tu paies un loyer ? À ses parents ? s'étonna Glory.

— L'idée était qu'à terme il deviendrait chirurgien et qu'un jour il hériterait. Évidemment, je n'avais pas prévu qu'il voudrait...

Elle se tut. Parler était au-dessus de ses forces.

— Je t'avais bien dit de ne pas l'épouser, commenta sa mère en secouant la tête. J'aurais dû deviner qu'il se tirerait avec une Blanche. Une femme comme lui.

— Il n'y a pas d'autre femme. Il souhaite juste… se barrer.

Delphine n'avait aucune envie de lui révéler le motif véritable de leur rupture.

Sous le choc, Glory s'affaissa sur son siège et n'ouvrit plus la bouche jusqu'à la maison.

11.

Le ciel bleuissait à peine lorsque Glory s'éveilla. Elle avait plus de facilité à quitter son lit, ces derniers temps, parce qu'elle avait un but.

Sa nouvelle routine n'avait pas manqué d'attirer l'attention du personnel au CC's. Habitués à ses horaires de bureau dominicaux, ils avaient cru voir double quand Glory s'était mise à fréquenter le guichet à 6 heures, les jours de semaine.

— Regardez-moi ça, notre Belle-de-Jour est la première cliente, ricana Noah.

— Je me passerai de vos commentaires fleuris de bon matin, Noah Singleton. Et je vous prierai de demander à ce garçon de ne pas noyer mon café dans la crème, plaida-t-elle en faisant des moulinets vers Gus, qui, autant qu'elle pouvait en juger, était toujours aussi lent et maladroit. Il n'avait guère fait de progrès en dépit de tous les services qu'il avait assurés.

— Maintenant, écoutez-moi bien. Vous avez plongé mon employé dans un état tel qu'il prend la peine de doser votre crème. Au sens littéral du terme, il *dose* deux cuillerées à soupe, précisa-t-il en désignant Gus, qui tenait d'une main tremblante une cuillère en plastique et, de l'autre, une brique de crème. Il ajoute scrupuleusement le même volume à votre café quotidien, Glory.

Elle fourrageait dans les recoins de sa voiture à la recherche de monnaie.

— Tenez, dit-elle, penchée à la vitre, agitant deux billets et quelques pièces à son intention. Et n'oubliez pas de tamponner ma carte.

— Téléchargez notre application, vous n'aurez plus à chercher votre monnaie, dit-il en lui tendant son café et sa carte de fidélité.

— Absolument pas, je n'ai aucune envie que le gouvernement chinois pirate mon téléphone et pique mes informations personnelles, dit-elle en fourrant son café dans le porte-gobelet à moitié plein. Bonne journée, le salua-t-elle en remontant la vitre pour rentrer chez elle.

Elle s'était réveillée particulièrement tôt ce jour-là, le médiateur commis d'office devait se présenter dans la matinée pour sa première inspection. Et elle ne voulait prendre aucun risque. Elle avait veillé fort tard pour nettoyer les surfaces et passer un dernier coup d'aspirateur sur la moquette du salon qui courait d'un mur à l'autre. On lui avait imposé cet arrangement et Glory souhaitait que cela se termine aussi vite que le permettrait la loi.

Ce branle-bas de combat avait tiré Delphine du sommeil aux aurores. Elle s'était proposé d'assister à la visite, mais Glory ne voulait pas d'elle à la maison. Elle commençait à en avoir assez que sa fille régente tout. Elle rentrerait de toute façon bien assez tôt à New York, et Glory devrait gérer seule la situation.

Dans l'intervalle, Delphine avait prévu de retrouver Landry, lequel avait sollicité son aide pour relire un acte de vente, une histoire de cabane de chasse dans la paroisse de Catahoula. Elle avait feint la corvée, mais Glory avait reniflé l'odeur de son parfum de luxe lorsqu'elle était partie.

Glory se gara et entra dans la cuisine par le garage. Delphine ne s'en était pas cachée, elle trouvait la maison encore très encombrée. Les étagères de son antique buffet en acajou regorgeaient de porcelaines, de bols en faïence, moules à gâteau et théières, mais elle avait fini par estimer la purge satisfaisante. Elle n'allait tout de même pas la laisser bazarder tous ces trésors dans un bac de récup. Sa fille avait beau être cultivée, elle n'appréciait pas comme elle les belles choses. Elle aimait les trucs chers, mais les aimerait-elle autant sans prix ni étiquettes ?

Devant l'évier, Glory ôta le couvercle de son gobelet pour un rapide contrôle. Elle désapprouva de la tête. Ce garçon ne savait décidément pas doser correctement, elle fulminait. Elle attrapa une brique de crème et ajouta quelques gouttes. N'ayant jamais été fan de silence, elle alluma la radio posée sur le rebord de la fenêtre.

« C'est ma chanson », dit-elle à un interlocuteur fantôme en identifiant Luther Vandross. Elle haussa le volume et chantonna pour elle-même. Elle oscillait en rythme, quand elle perçut un bruissement au jardin. Cette fois, elle savait à qui elle avait affaire. Le pauvre chat qui mendiait autour de sa maison était de retour.

Il était vraiment trop maigrichon pour être bien portant, mais son pelage noir demeurait malgré tout étonnamment brillant. L'animal était juché sur la table du porche, fier et silencieux, et fixait ostensiblement Glory. Il lui rappelait les chats égyptiens qu'elle avait vus dans ce musée où Delphine l'avait traînée à New York. Le nom lui échappait, en revanche elle se souvenait très bien avoir beaucoup crapahuté ce jour-là, ainsi que du foulard froufrou qu'elle avait acheté à la boutique de souvenirs.

Sans peser les conséquences de son geste, elle sortit du buffet une soucoupe en porcelaine raffinée et décorée de marguerites jaunes. Elle l'emporta dehors remplie de lait à ras bord et la posa sur la table. Le chat miaula et frotta sa tête contre son poignet. « Tu ne sais vraiment pas te tenir », pesta-t-elle en éloignant la main. Le chat miaula de nouveau puis lapa le lait. « N'espère pas de caresses. »

En retournant à la cuisine, elle se retrouva nez à nez avec la bonne dizaine de boîtes d'archives trouvée chez Amity. Il lui restait deux heures à tuer avant son rendez-vous, pourquoi ne pas s'y plonger ?

Glory vida sur la table le contenu d'une des boîtes labellisées « Dossiers Agence de protection environnementale. Analyses d'eau, rapports topographiques, liste de délits environnementaux », et un tas d'autres documents réunis par Amity. Glory s'immergea dans le monceau de papiers. Elle nota tout ce qu'elle ne comprenait pas, faits et chiffres qu'elle jugeait choquants, les questions et points qu'elle souhaitait approfondir. Comment viendrait-elle à bout de tout cela, elle n'en avait pas la moindre idée, mais elle commençait à entrevoir pourquoi son amie s'était impliquée de la sorte. Plus elle lisait, plus elle avait de questions.

Puis, comme tirée d'un état hypnotique, elle entendit une portière claquer. Elle jura en consultant l'horloge, l'heure de son supplice était venue. Elle se leva d'un bond, éteignit la radio et se dirigea vers l'entrée. Sa mâchoire faillit se décrocher lorsqu'elle ouvrit la porte.

Constance Wheeler – sœur ennemie, commère de bénitier, et parfaite casse-pieds – se tenait face à elle. Elle portait une robe rouge trop cintrée pour ses rondeurs et ses cheveux étaient décolorés, à l'image de beaucoup de femmes noires du coin, avec cette pointe de jaune orange couleur cul de babouin.

— Que fais-tu ici ? demanda Glory. Je suis à jour de ma cotisation annuelle.

— Bonjour, Glory. Je suis la médiatrice commise d'office par la ville. Je suis ici pour ma première inspection, à la suite de… (elle consulta les documents accrochés à un porte-bloc) une violation de la loi sur le logement.

Son visage était figé dans une expression de triomphe.

— Ben voyons, lâcha Glory.

— Procédons dans l'ordre, s'enhardit Constance, lui tendant sa paume ouverte. Rends-moi mes boucles d'oreilles.

— Tu les auras quand ton mari arrêtera ses paris hasardeux.

— Tu te trouves face à un sérieux dilemme, je te signale. Soit tu me rends mes boucles, soit tu échoues à ton évaluation, ce qui te coûtera... (elle consulta ses papiers) une amende de dix mille dollars et la condamnation de ta maison. Tu as un fil à la patte, on dirait.

Quelle expression stupide, songea Glory. Un fil à la patte. Qu'est-ce que cela signifiait au juste ? Qu'elle n'avait pas les coudées franches ? Constance disait malheureusement vrai.

— Tiens, fit Glory, qui avait ôté les diamants et les lui remit. Bon sang, comment t'es-tu retrouvée commise d'office ? Tu es responsable du service des immatriculations et tout juste qualifiée pour délivrer les permis.

— Je te rappelle que j'ai obtenu une licence en psychologie au Southern Louisiana Community College, c'est précieux pour évaluer les pathologies complexes comme le syndrome de Diogène, dont tu souffres.

Cela dit, elle coinça le porte-bloc sous son bras et serra les coudes contre ses flancs pour enfiler ses solitaires en diamant.

— J'ai aussi suivi quatre-vingts heures de formation dispensée par la paroisse de Lafayette. Certaines parlent de charité à longueur de journée. D'autres agissent, vois-tu.

— Je n'ai pas cette maladie, insista Glory. Toute cette histoire est une farce. Et j'ai ma petite idée sur qui a passé ce coup de fil anonyme bidon pour me dénoncer. J'ai juste besoin de preuves.

— Libre à toi de poursuivre je ne sais lequel de tes fantasmes délirants pendant tes loisirs, mais, de l'avis de la cour supérieure de la ville de Lafayette, ta maison représente un danger, déclara Constance. Tu as de la veine, j'ai une conscience professionnelle et un grand cœur, tout cela restera confidentiel, comme le veut la loi.

— Je dois te remercier, je suppose, dit Glory aussi courtoisement que possible.

Elle comprit sur l'instant que ses démêlés feraient vite le tour de la Red Hat Society d'Acadiana, sans parler du diocèse. Constance avait un tel bagout qu'ils viendraient probablement aux oreilles du pape avant la fin de la semaine.

— Si on commençait par le potager ? demanda Constance.

— Le potager ? Il n'y a que des mauvaises herbes au jardin. Je me contente des légumes du Sam's Club.

— Voilà qui est intéressant, étant donné que tu m'as pratiquement fait chanter pour que j'identifie des empreintes, sous prétexte qu'on s'était introduit dans ton jardin… Ce n'est pas le motif que tu as invoqué ?

Le visage de Glory se glaça. Cette fable inventée pour contraindre Constance à l'aider lui était totalement sortie de la tête. Elle prenait conscience de deux choses : Constance n'était pas là pour s'amuser. Et elle était plus futée qu'elle l'avait supposé. À l'avenir, il lui faudrait redoubler de vigilance dans ses investigations.

— C'était un petit mensonge, je présume, concéda Glory en cherchant ses mots. Écoute, des choses disparaissent chez moi et, je vais être franche, j'ai des raisons de croire que le responsable est un membre de ma famille. Naturellement, je préférerais laisser la police en dehors de ça.

— Je savais que tu pipeautais, répliqua Constance en secouant la tête de dégoût.

Glory s'apprêtait à lui déverser un flot d'insultes sur sa famille et son chien. Mais ce n'était vraiment pas le moment. Mieux valait garder ses opinions pour elle, aussi pénible cela soit-il.

— Je n'ai pas toute la journée à consacrer à cette mascarade, Glory. On s'y met.

Elle commença l'inspection de la maison, porte-bloc en main. La montagne de livres de cuisine et les cadres posés à même le sol avaient disparu de l'entrée. Les lettres avaient été ouvertes, lues et déchirées. Sur une petite table, une boîte accueillait le courrier du jour, une assiette vintage provenant de sa collection faisait office de vide-poches. Delphine avait accroché les tableaux aux murs, créant une charmante ambiance de galerie d'art. Constance perdit momentanément l'usage de la parole et griffonna sur son formulaire. Glory se tordait le cou, espérant lire par-dessus son épaule. Elle lâcha un soupir agacé et cacha son porte-bloc d'une main parfaitement manucurée.

— Pièce suivante, je te prie.

Glory serra les dents et ne dit mot en l'escortant au salon. Un grand Chesterfield en cuir était flanqué de fauteuils coordonnés en velours bordeaux, le tout provenant d'un vide-grenier. Le favori de Glory, un fauteuil à oreilles en lambeaux, était drapé d'un suzani vintage. Des objets hétéroclites décoraient le manteau de la cheminée : une horloge en laiton, des livres, le chandelier en céramique de sa mère. Un tapis turc plaisamment vieilli conférait à la pièce un aspect cosy propice au recueillement.

— C'est de bien meilleur goût que ce à quoi je m'attendais de ta part, dit Constance en prenant d'autres notes.

Glory soupira et tourna la tête du côté du porche, tâchant de contenir sa rage. Elle déployait ses efforts pour ne pas lui casser son porte-bloc sur la tête, et réussit à éteindre sa rébellion intérieure.

Constance enchaîna avec la cuisine, où le comptoir en mélaminé avait été dégagé, excepté un grille-pain chromé et la machine Mister Coffee.

— C'est quoi, toutes ces boîtes ?

Glory surgit du salon et fit écran avec son corps.

— Ce sont des papiers personnels, Constance. Cela ne te regarde pas.

Il n'aurait pas été moins efficace de lui adresser cette vague et intrigante injonction par bristol. Constance se courba pour lire les étiquettes écrites de la main d'Amity, collées sur les boîtes. « Dossiers Agence de protection environnementale de Mosstown. Holdings Famille Benoît. Notes témoignage à la Cour. Potentielles poursuites et actions judiciaires. Recherches/Discours du père Romero. »

— Glory Broussard, j'exige de savoir ce que tu trafiques ! s'exclama Constance en faisant claquer son porte-bloc sur la table.

— D'accord, céda-t-elle.

Il est parfois plus facile de dire la vérité que d'improviser un mensonge convaincant.

— Le père Romero doit témoigner à Bâton-Rouge devant une commission sur la justice environnementale, je l'aide à se préparer.

Glory n'inventait rien, le prêtre avait requis son assistance lorsqu'ils s'étaient croisés aux urgences. Constance était médusée.

— Il est titulaire d'un doctorat de théologie du séminaire de Chicago. Et il vient de remporter la bourse Lewiston. Pourquoi solliciterait-il ton aide ?

Et pas la tienne ? Le sous-entendu était clair, mais Glory se domina. À la vérité, elle jubilait de voir sa mine déconfite. Était-ce de la colère ou un sentiment plus intime, de la jalousie peut-être ?

— Tu penses tout savoir de moi, je me trompe ? Je t'ai vue te payer ma pomme avec les autres dames de notre club, jaser dans mon dos. Tu ne me prends pas au sérieux, mais le père Romero, si. J'ai collaboré pendant des mois avec lui et sœur Amity, paix à son âme, osa Glory parce qu'à la vérité, elle faisait maintenant partie de l'équipe, enfin, plus ou moins. Pendant que tu organisais la chasse aux œufs de Pâques, moi, je participais à de précieuses recherches.

Constance semblait soudain la proie désignée d'un banc de nuages pleuvant au-dessus de sa tête.

— Tu sais ce qu'est une communauté *fence-line*, Constance ?

— Eh bien, euh…

— Une communauté *fence-line*, c'est un quartier qui, littéralement, borde la clôture d'une usine rejetant des déchets toxiques. Est-ce que tu sais que Mosstown, dont la population est à 80 % noire, en est une ? Que les quartiers exposés sont majoritairement noirs ? Tu crois que les raffineries de pétrole s'implantent par accident à côté de ces communautés ?

— J'imagine que non.

La bonne vieille ruse. Comme sur un ring, Glory savait que quand on renvoyait son adversaire dans les cordes, il fallait l'y garder.

— Est-ce que tu es au courant que selon le CDC, le Centre fédéral de réduction des maladies, trois mille sept cents Américains sont frappés d'un cancer de la vésicule biliaire chaque année ? C'est un cancer très rare. Et pourtant cinquante personnes ont été diagnostiquées à Mosstown pendant la seule année dernière.

— Quelle honte.

— Tu l'as dit, c'est une honte, confirma Glory. Et tu ne sais pas le pire. Un Afro-Américain a plus de probabilités de respirer un air pollué, quels que soient ses revenus. Riche ou pauvre, ça ne fait aucune différence. Ces compagnies polluantes ciblent les Noirs, peu importe où ils vivent. Et que dire des organisations qui luttent pour une prétendue justice environnementale ? Il n'y a quasiment aucun Noir à leurs conseils d'administration. Donc, tu m'excuseras si je n'ai pas épousseté mes cadres ou si je suis un peu en retard dans mon courrier parce que, franchement, j'avais plus important à faire.

Elle marqua une pause avant de lui porter le coup grâce.

— Et maintenant, j'aimerais me remettre à ce travail crucial.

Les yeux de Constance papillonnaient, elle fuyait son regard comme pendant les réunions de la Red Hat. Elle attrapa son porte-bloc et tourna les pages plus vite que nécessaire pour les lire.

— Eh bien, cette maison est affreusement encombrée à mon goût, mais je suppose que ce que les uns jugent comme un foutoir a valeur de cocon pour les autres. Je remettrai mon rapport à la cour.

— Un rapport favorable ? demanda Glory en la suppliant d'un regard aimable.

— Je ne vois aucune raison qu'il ne le soit pas.

— Bon sang, je suis débarrassée.

— Pas tout à fait, lui rappela Constance. Il reste deux inspections pour confirmer que tout est conforme.

Glory frissonna.

— J'ai terminé ma mission, on dirait.

— Écoute, je sais que je ne suis pas ta personne préférée, mais j'apprécierais que tu restes discrète sur tout cela.

— Je te l'ai dit, je suis tenue par le secret professionnel.

— Enfin, pas seulement l'inspection, mais… tout le reste ?

Constance tira une enveloppe manille de son sac.

— Tu as piqué ma curiosité en m'accostant au club de lecture. Je me suis demandé ce qui était si important pour que tu t'abaisses à faire du chantage à une femme bien et respectable. Du coup, je me suis occupée des empreintes.

Glory essaya de saisir l'enveloppe. Constance l'éloigna par-dessus son épaule.

— Tu n'es pas la seule dans cette ville à avoir des talents d'enquêtrice, précisa-t-elle. Que reproches-tu au juste à cet Angus Valentine ? Il te doit de l'argent ? C'est ton homme de main ?

— « Homme de main », répéta Glory, l'air incrédule. Seul un de mes clients m'est redevable, et c'est ton mari. Il est toujours en vie, pas vrai ?

Glory se creusa la tête.

— Angus Valentine ? Je n'ai jamais entendu ce nom.

— Je te conseille de ne pas t'en approcher, précisa Constance en jetant l'enveloppe sur la table. Il a fait de la prison et bénéficie d'un programme de réinsertion professionnelle.

Glory inventoria les données dans sa tête et, l'équation enfin résolue, s'exclama en tapant dans ses mains : « Gus ! » Le Gus de Noah Singleton. Le Gus qui jouait les jolis cœurs avec cette Blanche. Le Gus infichu de préparer un bon cappuccino.

Constance jeta son porte-bloc dans son sac, sonnant la fin de sa visite.

— Un de ces jours, je découvrirai ce que tu trafiques *réellement*, Glory Broussard. Et ce jour-là, ce ne sera pas beau à voir ! lança Constance, une main sur la hanche, l'autre pointée vers le visage de son interlocutrice.

— Je ne te raccompagne pas, ironisa Glory, qui la salua d'un geste dédaigneux de la main.

La porte d'entrée grinça. Avant de la refermer derrière elle, Constance lui cria depuis le seuil : « On t'a livré un paquet ! »

Sûrement une commande passée en ligne par sa fille, se dit Glory. Elle avait reçu plusieurs paquets depuis son retour à Lafayette, cette crème réparatrice oubliée à New York par exemple, bien que Glory l'ait invitée à utiliser sa gamme Merle Norman. Plus une nouvelle parure de draps puisque la chambre d'amis avait besoin d'être « modernisée », selon elle.

Glory marcha vers l'entrée en traînant des pieds et resta déconcertée devant le paquet posé à sa porte. Il ne portait ni étiquette ni ruban adhésif. Les rabats étaient négligemment enchâssés l'un dans l'autre, comme ces boîtes où on relègue les décorations de Noël au sous-sol. Elle jeta un regard circulaire ; personne en vue à l'exception de Constance, qui rejoignait sa voiture et l'ignorait ouvertement.

Elle tira sur les côtés, et laissa échapper un cri à vous glacer le sang. Une nuée d'abeilles grouillait autour d'elle. Constance se retourna et sursauta en découvrant la scène. Glory balança un coup de pied dans la boîte et agita les bras, les jambes, pour refouler les centaines d'abeilles. Trop tard. Sa main dodue enflait déjà. Des zébrures rouges couraient le long de son bras. Sa vue se troubla. Elle parvint tout juste à articuler : « Appelle les secours » et s'effondra au sol.

12.

Lorsqu'elle rouvrit enfin les yeux, Glory gisait dans l'herbe humide devant sa maison. Deux secouristes étaient penchés sur elle, ainsi que la tignasse bariolée de Constance Wheeler.

— Madame, vous m'entendez ? demanda l'urgentiste en promenant une petite lampe devant ses pupilles.

— Quoi… Qu'est-ce qui s'est passé ?

Constance avait appelé les secours, sous le choc, après avoir vu Glory tituber jusqu'à la pelouse et s'effondrer. À l'arrivée de l'ambulance, la main de Glory faisait déjà la taille d'un gant de base-ball. Les soignants lui avaient administré une piqûre d'épinéphrine dans la cuisse, ce qui avait ralenti l'irruption des rougeurs sur son bras.

— Vous avez fait un choc anaphylactique, dit l'ambulancier. Vous êtes allergique aux abeilles ?

— Je n'avais jamais été piquée, grogna-t-elle. À votre avis ?

— On n'a trouvé qu'un dard, là, dans votre battoir droit.

Pas d'humeur à plaisanter, Glory fusilla l'homme des yeux. En d'autres circonstances, elle l'aurait réprimandé au nom du Seigneur, mais pour l'heure elle avait la sensation que la terre s'ouvrait sous elle. Elle se redressa sur ses coudes. Une voiture surgit à toute allure, au mépris de la limitation de vitesse du quartier. Delphine et le lieutenant Landry bondirent du véhicule et s'élancèrent vers elle.

— Maman ! cria Delphine, plongeant littéralement sur la pelouse et lui enlaçant les épaules. Qu'est-ce qui est arrivé ? Landry a reçu un appel d'urgence à ton adresse, et on a foncé.

— Quelqu'un a déposé une boîte pleine d'abeilles sur mon paillasson.

— Des abeilles ? dit Delphine, interdite. Pourquoi ferait-on une chose pareille ?

La radio de Landry crépita.

— Je suis sur place. Un paquet rempli d'abeilles a été déposé devant la porte du 3763 Viator Avenue. Pas besoin de renforts pour le moment, mais envoyez dès que possible une équipe vétérinaire sur les lieux.

Landry contrôlait la situation, comme toujours.

— Miss Glory, on doit vous conduire à l'hôpital, dit-il.

— Non. Pas besoin, insista-t-elle. C'est juste une piqûre. Les secouristes m'ont déjà fait une injection. Ça va aller. Aidez-moi juste à me relever.

— Je pense que vous n'avez plus besoin de moi, claironna Constance, soulagée.

Sans un regard en arrière, elle regagna sa voiture aussi vite que le pouvait une femme presque sexagénaire perchée sur des talons hauts.

— Je prends le relais, confirma Landry, congédiant les secouristes.

Delphine soutint sa mère par le bras et elles titubèrent jusqu'à la cuisine en passant par le garage, évitant les abeilles qui bourdonnaient devant la porte d'entrée.

Glory se laissa choir sur une chaise de la cuisine. Elle se sentait toujours sonnée, les effets de l'injection probablement, elle avait toutefois la présence d'esprit de prier pour que Landry débarrasse au plus vite le plancher. Elle souhaitait s'épargner un interrogatoire en règle concernant les boîtes rapportées de chez Amity, sans compter l'enveloppe manille qui traînait sur la table. Plus vite il serait parti, plus vite elle passerait à l'étape suivante de son enquête.

— Miss Glory, pourriez-vous m'expliquer qui aurait intérêt à déposer une ruche à votre porte ?

— Aucune idée, dit-elle, impassible. C'est moi la victime, je vous rappelle.

— J'ai pour habitude de fermer les yeux sur vos activités de paris illicites, mais est-ce qu'un de vos clients est remonté contre vous ? Quelqu'un qui vous devrait de l'argent ?

Glory grattait à deux mains les zébrures écarlates qui barraient sa clavicule.

— Je ne pratique pas ce genre d'intimidation. Vous le savez. Quiconque m'est redevable prend un arrangement et personne ne me doit une somme justifiant un coup pareil.

Glory feuilleta mentalement son journal de comptes, par acquit de conscience. Le seul à lui devoir une somme coquette n'était autre que l'époux de Constance, un homme aussi insipide qu'un litre de thé glacé infusé par temps gris.

— C'est le moment d'avouer la vérité, je crois, intervint Delphine.

Comment disait-on des yeux : *Ferme-la, ma fille* ? C'est ce que Glory essayait de lui exprimer, hélas, sans parvenir à l'empêcher d'ouvrir sa grande bouche.

— Nous ne croyons pas au suicide de sœur Amity, continua Delphine. Nous pensons qu'elle a été assassinée, du coup, on a un peu enquêté et posé quelques questions. C'est peut-être lié. Quelqu'un cherche à te faire du mal ? Ou à *nous* faire du mal ?

Landry agrippa le dossier d'une chaise et baissa la tête quelques secondes. Il était à deux doigts d'exploser et faisait son possible pour se dominer, se retenir de dire ou faire une chose qu'il regretterait.

— La mort d'Amity ne relève pas d'un acte criminel, absolument pas, dit-il sèchement. Passez au poste, je vous montrerai le rapport d'autopsie. Vous verrez par vous-mêmes.

Glory sourit et lui prit la main.

— Merci, Landry. Quelques tuyaux internes nous seraient d'un grand secours pour notre enquête. Je ne vous dénoncerai pas, promis.

— Les rapports d'autopsie relèvent du domaine public, Glory, la coupa-t-il. On parle de la police de Lafayette, là, pas de la CIA.

Il recula en se pinçant le front et se mit à faire les cent pas dans la pièce, alors qu'un grand van se garait devant la maison. Un homme vêtu d'une combinaison intégrale de protection et d'un masque d'apiculteur en descendit.

— Je vais vous faire à toutes les deux une faveur. Je ne consignerai pas ces inepties dans mon rapport, mais il faut que ça cesse, Glory. Vous ne pouvez pas continuer à fouiner comme ça en ville et à mettre les gens à cran sans que les ennuis frappent à votre porte, dit-il en les quittant pour rejoindre l'équipe d'intervention.

Delphine servit un verre d'eau à sa mère.

— Landry a raison. On doit arrêter.

Le verre était posé sur l'enveloppe manille qui contenait les résultats transmis par Constance. Glory but une gorgée tout en glissant discrètement l'enveloppe sur ses genoux.

— Viens là, dit-elle, en tapotant la table, gesticulant pour qu'elle s'assoie à côté d'elle. Tu n'as pas connu mon amie Beverly. Tout le monde sait que nous étions comme cul et chemise, Amity et moi, mais peu de gens se souviennent de Beverly, parce qu'elle est morte à l'âge de neuf ans. Sa mère faisait le ménage pour une riche famille à Breaux Bridge. C'était quelque chose, cette baraque. Grandiose, avec des piliers blancs en fronton et une grande porte rouge. Sa maman l'emmenait jouer là-bas. Petit à petit, elle est devenue très copine avec la fillette blanche.

Glory s'interrompit un instant pour se gratter la clavicule.

— Maman, quel rapport avec tout ça ?

— Un jour, les gamines ont organisé une soirée pyjama. Ce n'était pas courant à l'époque : une enfant noire qui dormait dans la maison d'une enfant blanche. Du jamais-vu. La maman de Beverly n'approuvait pas, mais comment refuser ? Elle était leur employée, elle avait peur de paraître ingrate. Donc, Beverly a préparé son sac et est allée passer la nuit là-bas et, nous, on était jalouses parce que c'était une belle maison avec une piscine. Et le lendemain matin, on a appris qu'elle était morte dans cette piscine. Noyade accidentelle, a conclu la police.

— C'est affreux, commenta Delphine, captivée par son récit.

— Oui, affreux. Le truc, c'est que Beverly savait nager, elle *nageait* vraiment. L'été, nous allions à la piscine pour les Noirs, la seule que nous avions le droit de fréquenter à Lafayette. Amity et moi, on se contentait de barboter dans le petit bassin, on n'avait pas d'autre option. Beverly, en revanche, elle grimpait la grande échelle jusqu'en haut du plongeoir et sautait. Elle avait la grâce d'une Esther Williams. C'est impossible qu'elle se soit noyée. Quand sa mère est allée l'habiller au salon funéraire pour la veillée, elle avait des hématomes sur tout le corps. La moitié de son visage était enfoncée.

Delphine se couvrit la bouche d'horreur.

— Pourquoi personne ne l'a signalé à la police ?

— Oh, sa famille l'a fait, mais les flics ont joué les sourds, dit Glory avant d'avaler une grande gorgée d'eau. On n'est pas à la fac de droit ici, Delphine, c'est la Louisiane, je te rappelle, ironisa-t-elle en se levant, son enveloppe à la main. J'ai besoin de m'allonger. Je sais que

Landry et toi pensez que je suis une vieille folle, comme tout le monde en ville d'ailleurs. Je le suis peut-être. Tout ce que je sais, c'est que chaque fois qu'on enterre un crime, on fait reculer la justice. Et je suis fatiguée. J'étais trop jeune pour aider Beverly, mais je suis bien décidée à rendre justice à Amity, même si je dois y consacrer le restant de mes jours.

Glory se retira dans sa chambre et dormit d'une traite jusqu'au matin. À son réveil, une douce lumière filtrait à travers les rideaux vaporeux. Une assiette Wedgwood garnie d'un sandwich et une carafe d'eau en cristal gravé étaient apparues comme par magie sur sa table de nuit. Glory s'était débrouillée pour dormir toute une journée et une nuit d'affilée, dans un brouillard d'épinéphrine. Sa peau était toujours à vif, sa main, gonflée. Peu importe. Il fallait qu'elle se secoue, le diable ne prend pas de vacances.

Une fois douchée et habillée, elle descendit à la cuisine, où l'accueillit Delphine.

— Tu as raison au sujet d'Amity, dit-elle. On ne laissera pas disparaître une des nôtres, une fois de plus, sans envoyer le coupable derrière les barreaux. Mais il faut que tu me dises tout ce que tu sais, tout ce que tu m'as caché.

— Va t'habiller, dit Glory. Nous allons faire un tour au foyer chrétien.

13.

La ville de Scott n'avait quasi pas changé depuis l'époque où Glory et Amity couraient ses rues avec leurs Mary Jane[1] et leurs blouses amidonnées. Personne n'avait pris la peine de détruire l'ancienne fabrique de coton, un bâtiment sur pilotis en tôle grise dont le toit était rongé par la rouille. Comme si la ville était restée figée à une terrible époque. Un temps que sa population noire préférait ne pas revisiter et dont sa population blanche prétendait qu'il n'avait jamais existé.

Elles traversèrent la voie ferrée et dépassèrent la vieille pharmacie flanquée du sigle Rexall, tout droit sorti des années 1950, ou même avant. Des fils électriques couraient d'un poteau à l'autre dans les rues, bordées de vieilles maisons coquettes de plain-pied à toiture plate.

— Gare-toi ici, dit Glory. Le centre de réinsertion est plus bas.

Glory lui résuma ce qu'elle avait appris du dossier consacré à Gus. Il avait trente ans. Dont quatre passés en prison pour possession d'héroïne. Il avait bénéficié à mi-peine du programme de la Born Anew Ministries,

1. Il s'agit de chaussures à talons bas avec une bride supérieure et une fermeture à boucle sur le côté.

foyer d'accueil, programme de réinsertion pour les toxicomanes et centre de formation professionnelle. La Born Anew Ministries était un projet du père Romero visant à réduire les peines d'emprisonnement pour usage de stupéfiants, notoirement sévères en Louisiane. Son modeste « campus » était situé à Scott.

Glory observait avec ses jumelles et zooma sur sa cible. La Born Anew Ministries, clinquante sur la brochure, se résumait en réalité à une poignée de bicoques et de caravanes situées au cœur d'un quartier défavorisé.

Une maison mignonnette avec un bardage en plastique vert menthe et des volets plus foncés trônait au centre du site. Une demi-douzaine de véhicules étaient alignés sous l'abri à voitures, et plusieurs autres garés çà et là dans la cour. Une flotte de caravanes du même vert était parquée autour d'un chêne géant.

Elles n'étaient pas de la première jeunesse, bien qu'habitables, à l'exception d'une. Un coin du toit était enfoncé, probablement endommagé par la chute de branches. L'arrière était à moitié arraché et pourrissait au sol. Sans doute la faute à un ouragan ou à des locataires négligents, ou les deux.

Glory en examinait l'état de décrépitude quand la porte de la caravane s'ouvrit et que Gus en sortit. En l'absence de marchepied, il sauta sur le sol. Puis il monta dans un pick-up rutilant et navigua entre les véhicules garés dans la cour.

— En route ! lança Glory.

Le véhicule était flambant neuf, il portait encore les plaques provisoires du concessionnaire. Gus traversa les routes défoncées de Scott jusqu'à l'autoroute 10.

— Je me demande où il va, dit Delphine.

— Au café CC's, je suppose, pour prendre son service. D'après ce que j'ai compris, il travaille du dimanche au jeudi.

— Sa bagnole brille sacrément. Un peu trop classe pour un type en réinsertion.

— Je me faisais justement la remarque.

Glory avait la tête lourde, l'esprit confus et embrumé, et se laissa aller contre l'appuie-tête. La piqûre d'épinéphrine lui élançait encore la cuisse. Les haut-parleurs diffusaient les rythmes endiablés d'un frottoir[1]. D'ordinaire, Glory se trémoussait dans sa cuisine quand résonnait sur 88.7 le générique de « Bonjour Louisiane avec Mandy », mais elle n'était pas d'humour à écouter du zarico[2] aujourd'hui.

— Éteins ça, tu veux, dit-elle.

Elles poursuivirent leur route en silence, longeant un défilé ininterrompu de panneaux promouvant des casinos et des avocats spécialisés en accidents de toute sorte, le décor de carton-pâte des autoroutes louisianaises.

Glory guida Delphine vers le parking de l'épicerie Albertsons, mitoyenne du café, pour s'octroyer une pause et établir un plan d'action sans qu'elles soient repérées.

— Toi, tu vas voir Landry pour récupérer le rapport d'autopsie, dit Glory. Moi, je reste là pour garder un œil sur ce bon à rien.

Son sac à main, comme la traque de l'assassin d'Amity, lui pesait un peu plus chaque jour. Et c'est accablée de ce double fardeau qu'elle entra au CC's.

Elle fut à deux doigts d'avorter sa mission en avisant la femme blanche aux longs cheveux avec son short vulgaire. Comme la fois précédente, Gus, d'un naturel peu affable, affichait un sourire benêt. *Pourquoi ce cirque ?* pensa Glory. Qu'avait-il en tête ? La ramener dans sa caravane en plastoc au toit défoncé ? Ce n'était pas charitable de sa

1. Terme de français louisianais qui désigne un instrument à percussion traditionnel de la musique zarico connu sous le nom « planche à laver ».

2. Musique qui tire son nom d'une interprétation anglo-américaine du morceau traditionnel « Les haricots sont pas salés », devenu « zarico » tout court.

part, mais il y avait vraiment quelque chose de louche chez ce type. Un criminel en puissance, peut-être même bien.

Elle s'appelait Amber. Elle sortit son porte-clés lumineux, un méli-mélo de clés, breloques et rubans. Elle avait les cheveux secs, ce matin, et une plume pendouillait de sa crinière ébouriffée. Elle avait l'air d'un oisillon tombé du nid, se dit Glory.

Gus remplissait son gobelet en plastique de glace. Ce faisant, Glory découvrit que son bras était couvert de tatouages. Ils tranchaient à peine sur sa peau foncée, Glory ne put s'empêcher de les examiner. Une pin-up aux seins nus. Un roi de pique. *Carpe diem. Rien d'original*, songea-t-elle. Puis elle remarqua une figure encore plus pâlichonne : un serpent à la langue fourchue.

Amber exhiba son téléphone pour régler sa boisson. Son exhibitionnisme, hélas, ne se limitait pas à ça ces derniers temps, pérora intérieurement Glory. Amber se retourna sur elle en sortant, et pouffa. Était-ce parce qu'elle était vieille ? Ou grosse ? Ou noire ? Ou la méprisait-elle parce qu'elle avait décroché le triplé gagnant ? Le visage de Glory s'empourpra. Était-ce la colère ou la honte de se voir rabaissée ainsi par une nana avec des tongs Old Navy cradingues aux pieds ? Il y avait belle lurette qu'elle avait appris à réprimer ce sentiment, et elle était fatiguée.

En avisant Glory, sa cliente grincheuse en chef, le visage de Gus se décomposa et son sourire s'effaça.

— Bonjour Glory, dit-il.

On aurait dit un gosse qu'on oblige à faire la conversation à un vieux parent abhorré.

— Cappuccino ?

— Bien vu, dit Glory.

Si elle s'entêtait à le harceler, jamais il ne s'ouvrirait à elle. Elle devait changer d'approche.

— Ce boulot vous plaît ? Ça fait plusieurs semaines, maintenant ?

Estomaqué, Gus campait sur la défensive.

— Assez, je dirais. Y a beaucoup à apprendre, mais j'aime les boulots manuels, répondit-il. Vous n'entrez pas le vendredi, d'habitude.

Il était finalement plus observateur qu'elle le croyait.

— Je dois bouquiner pour mon club de lecture, dit-elle en tirant de son sac un livre de poche en piteux état. À la différence de certaines, je ne me pointe pas à nos réunions mensuelles sans avoir lu, dit-elle, même si elle faisait tout le contraire.

— Je vous apporte votre café, miss Glory.

Elle le remercia et se trouva une table. Elle faisait mine de lire, mais elle était incapable de se concentrer, quand bien même elle en aurait eu l'intention. C'était son premier moment de tranquillité depuis l'incident des abeilles. Sa main était encore gonflée et douloureuse.

Son malaise passager n'était rien en miroir de cette question : qui avait livré une boîte pleine d'abeilles sur son paillasson ? La démarche n'était pas banale, Glory en avait conscience. Était-ce lié à la visite de Constance ? Voulait-on faire capoter l'inspection ? Cela ressemblait davantage à une tentative d'intimidation. L'assassin d'Amity la savait peut-être sur sa piste ? L'avait-il suivie ? Plus inquiétant, savait-il où elle vivait, s'était-il introduit chez elle ?

Glory sursauta quand Gus posa la tasse devant elle.

— Désolé, miss Glory, je ne voulais pas vous effrayer.

En route pour le domicile de Landry, Delphine se sentait étrangement nerveuse. Il lui avait envoyé un texto disant qu'il était rentré inopinément chez lui et avait emporté une copie du rapport de police et de l'autopsie.

Elle n'arrêtait pas de repenser à leur dernière rencontre. Ils avaient relu l'acte de vente de sa cabane de chasse, autour d'un petit déjeuner. Elle s'était agacée de remarquer l'intensité de ses yeux bleus, les effluves vétiver et bois de santal de son after-shave. Elle s'était aussi égarée un instant sur les rides de sourire qui ondoyaient sur son visage telle une pierre ricoche sur un étang.

Et elle se dirigeait maintenant chez lui. Les scénarios se succédaient dans son esprit. Comment réagirait-elle s'il essayait de l'embrasser ? Elle lui rappellerait qu'elle était une femme mariée. Mais était-ce un argument solide dès lors que son mariage avait pris l'eau ? Oui, se persuada-t-elle, cela avait de l'importance. Dans l'éventualité contraire, *lui* était marié. Il avait des enfants. Non, aucune chance, regretta-t-elle. La vie était plus foutraque, tout n'était pas noir ou blanc. Bref, les choses mèneraient où elles mèneraient. En même temps, elle n'était pas dans les meilleures dispositions pour entamer une liaison. Elle avait besoin de rester concentrée, redorer sa réputation professionnelle et essayer de mettre fin à son mariage avec élégance. En un temps pas si lointain, son travail et son mariage constituaient ses priorités. Mais aujourd'hui, tout lui échappait, elle ne contrôlait plus sa vie, entre sa mise à pied temporaire au cabinet et l'éventualité de devoir verser une pension alimentaire à son époux.

Elle arriva devant l'opulente maison du quartier River Ranch. Parmi les plus chics de Lafayette, bénéficiant d'un Whole Foods et du meilleur magasin Target. Le lotissement était constitué de grandes bâtisses sur de petites parcelles, avec porches, ventilateurs de plafond et fenêtres munies de volets anti-tempête colorés, dans le plus pur style Nouvelle-Orléans, version banlieue.

Le garage de Landry était ouvert à tous vents. Un grand établi jonché de copeaux et morceaux de bois plus ou moins gros occupait un coin. Il avait installé au-dessus des étagères où des dizaines d'outils étaient rangés par tailles. Dans un coin, elle aperçut un banc de musculation et d'énormes haltères sur un rack. Landry n'y garait pas seulement sa voiture, il y passait un temps considérable.

Delphine se rangea dans l'allée et entra. Il était étendu sur le flanc, soutenant sa tête d'une main. Devant lui, un service à thé miniature était disposé sur une table basse. Une fillette, d'environ cinq ans, estimait Delphine, virevoltait vêtue d'une robe de princesse et d'une tiare. Elle s'appliquait à servir une tasse de thé imaginaire et la tendit à son père.

— Tu veux bien offrir un thé à l'amie de papa ? dit Landry en se levant.

La fillette s'exécuta et proposa à Delphine une tasse en plastique rose, dont elle but une gorgée à grand bruit.

— Eh bien merci ! C'est le meilleur thé que j'ai jamais bu.

— Sophia, va donc voir si maman a des cookies pour toi.

Ses yeux s'éclairèrent à la mention des gâteaux et elle disparut *presto* dans la maison.

— J'avoue que je ne m'attendais pas à une fillette si adorable, remarqua Delphine. Tout va bien ? Je me suis inquiétée en apprenant que tu prenais ta journée.

— Sophia s'est réveillée en larmes ce matin, un cauchemar. Nous étions en famille à Disney World, et je disparaissais. Elle a pleuré une heure d'affilée et a failli tomber dans les pommes quand j'ai voulu partir bosser. Je me suis dit qu'il valait mieux prendre ma journée et laisser ce qui trottait dans sa petite tête faire son chemin.

— Elle est magnifique. Et tu es un bon papa.

— Je m'y applique.

Un sac en Nylon du Département de police était posé sur l'établi. Il le dézippa et lui tendit le dossier.

— J'espère vraiment que ta mère et toi allez laisser tomber. Tiens, voici les documents. Ils sont publics. Tu pourras constater par toi-même qu'il n'y a rien d'ambigu. Juste une triste, très triste tragédie.

— Merci, dit-elle. Je n'avais encore jamais vu maman dans cet état. Elle est persuadée qu'il est arrivé quelque chose. Ça ne colle pas, tu vois ? J'ai eu beau tout passer en revue, ça n'a aucun sens.

— Ça n'a jamais aucun sens. C'est un sinistre pacte entre un individu et l'autre royaume.

Delphine inspira profondément et jeta un coup d'œil autour d'elle. Sur l'établi, des pinces maintenaient en place les murs d'une maison de poupées en construction.

— Alors, voici ta caverne ?

Landry regardait ses pieds, un sourire aux lèvres. Son sourire n'avait rien de jovial, il trahissait plutôt une fragilité. Le genre de sourire écran qu'on adopte lorsqu'on se sent acculé.

— On peut dire ça, je l'admets. Kerry n'arrête pas de m'aboyer dessus et de me dire ce que je dois faire. J'essaie de maintenir un semblant de paix en venant bricoler ici, une fois les filles couchées.

Des bouts de fils électriques dans des fourreaux noirs et rouges étaient éparpillés sur la table.

— Cette maison de poupées aura l'électricité ? Quel luxe !

Elle passa son doigt sur le toit pentu.

— Je vais faire passer le fil rouge le long de ce mur, là, dit-il, effleurant son épaule en désignant l'endroit du doigt, et une électricité d'une autre nature courut dans le corps de Delphine. Ça alimentera trois sources de lumière.

Sa nuque se hérissa. Elle ferma les paupières, une fraction de seconde, et respira ce parfum familier. Le bois de santal. Le vétiver.

— Pourquoi je peux pas aller à l'épicerie en princesse ? grimaça Sophia en déboulant dans le garage.

Delphine et Landry s'écartèrent d'un bond, telles les deux facettes d'un aimant.

— Hé, c'est ma maison de poupées ! ajouta l'enfant, les surprenant en pleine conférence autour de l'ouvrage en bois.

— Et elle est magnifique. Tu as une sacrée chance, insista Delphine.

Kerry, l'épouse de Landry, lui emboîtait le pas, elle avait les yeux vissés à son téléphone alors que sa fille tournoyait dans la pièce. Delphine n'en avait pas cru ses oreilles en apprenant que Beau Landry avait épousé une fille Benoît. Et encore moins qu'une Benoît, la famille royale de Lafayette, avait épousé un roturier. Landry était un homme simple, franc et honnête, tout ce que Kerry n'était pas. À son crédit, il n'avait pas changé d'un pouce après toutes ces années. Ce que ces longues heures passées dans le garage expliquaient sûrement, supputa Delphine.

Les deux femmes s'étaient croisées à une occasion, pour les funérailles de la grand-mère de Delphine, auxquelles Kerry avait fait une apparition. Elle arborait un style décontracté chic, allure que les hommes pensaient naturelle, quand les femmes savaient combien d'efforts il leur en coûtait. Pilates le samedi matin, salade au lieu du burger dont on mourait d'envie, abonnement aux fils Instagram des influenceurs. Elle portait la bonne chemise boutonnée ample à la mode, négligemment glissée dans un jean à trois cents dollars. Le sac du moment. Et un fouillis de bracelets grimpait autour de ses poignets délicats. Delphine savait jauger ces trésors comme un naturaliste distingue une buse à queue rousse d'un faucon pèlerin, à la faveur d'années d'observation sur le terrain.

— Oh, bonjour, dit Kerry, l'air désarçonnée en levant la tête de son écran.

— Tu te souviens de Delphine ? intervint Landry même s'il était clair que ce n'était pas le cas. C'est la petite-fille de Miss Viola. Nous étions à son enterrement. Elle est venue récupérer l'acte définitif pour la cabane.

Delphine vit sa mine se froisser instantanément. Était-il embarrassé par sa femme ? Kerry lui faisait-elle honte de qui il était ? Delphine soupçonnait son épouse de rechigner à souiller ses sandales Loeffler Randall dans sa cabane de chasse pourrie. Peut-être aurait-elle souhaité un mari plus branché. Plus estimé. Landry ne se faisait plus d'illusions là-dessus. La situation devenait tout à coup plus claire. Beau ne l'avait pas attirée ici pour flirter. Il s'efforçait juste d'être un bon père et un époux acceptable pour cette femme qui exigeait toujours plus de lui.

— Je regarde ça et je te fais signe si j'ai des questions, déclara Delphine avec son professionnalisme d'avocate. Bonne journée à vous.

Sur le chemin du café CC's, elle se repentait déjà. Elle s'était promis de se concentrer sur son mariage en déconfiture, et de ne surtout pas mettre celui d'un autre en péril, comme le lui avait d'ailleurs conseillé son patron. Landry et elle étaient amis, point. Entretenir ce genre de fantasmes confinait à l'absurde. Sans compter qu'elle ne se projetait pas en femme de flic épanouie. Elle finirait comme Kerry, frustrée et amère, et bannirait au garage cet homme délicieux qui fabriquait des maisons de poupées avec des chandeliers électriques. Non, ça n'avait aucun sens.

Elle se rangea sur le parking d'Albertsons, comme recommandé plus tôt par sa mère. Elle fit le tour du pick-up de Gus en scannant les alentours pour s'assurer qu'il n'y avait pas de caméras. La portière était fermée côté conducteur, elle tenta sa chance côté passager. Bingo. Elle l'entrouvrit légèrement et se faufila en se collant contre la cabine. Une odeur si particulière de voiture neuve lui sauta aux narines. Sièges en cuir tanné impeccables, intérieur soigné. Sur le siège passager traînaient un exemplaire de *Power : les 48 lois du pouvoir* et *L'Homme invisible*, de Ralph Ellison. Elle referma la porte discrètement et alla retrouver sa mère.

Après deux cappuccinos et plusieurs verres d'eau, Glory avait l'esprit plus clair et plus léger, au contraire de sa vessie. Elle n'avait pas quitté Gus des yeux de la journée, lequel n'avait fait aucun progrès, ni avec son manuel ni dans l'art de préparer un Mochasippi, le café glacé signature du CC's. Il avait visiblement l'esprit ailleurs, accaparé par la poitrine de ses clientes plantureuses par exemple, ou hypothétiquement par un meurtre.

— Tu les as ? demanda Glory alors que Delphine était à peine assise.

— Oui, dans mon sac.

— Et il en ressort quoi ?

— Je n'ai pas encore regardé, dit-elle en balayant la main impatiente qu'elle tendait. Pas ici.

Gus ôta son tablier par la tête et s'engagea dans une chorégraphie élaborée de *checks* avec Noah.

— On va le filer ! lança Glory.

Delphine alla récupérer la voiture. Elles l'attendirent près du Wingstop, le restaurant voisin, puis le suivirent à distance raisonnable dès qu'il les dépassa.

Le soleil de début septembre déclinait plus tôt chaque jour, remarquait Glory. Elle n'avait pas la moindre idée de leur destination. Après l'épisode des abeilles, il aurait été plus avisé d'opter pour la sagesse et, pourquoi pas, d'abandonner l'enquête. Dans l'hypothèse où elles n'étaient pas actuellement aux trousses du meurtrier, l'inverse était possible. Glory ajusta son rétroviseur latéral et vérifia qu'elles n'étaient pas suivies. Elles quittèrent l'autoroute 10 et virèrent à gauche, droite, gauche, sur des routes de campagne plongées dans le noir.

— Tu sais où on est ? J'ai une impression de déjà-vu, commenta Delphine.

— Aucune idée.

Elles eurent enfin leur réponse, quand le pick-up rutilant de Gus s'engagea dans une large allée. Elles étaient de retour à la propriété de Milton Knowles.

14.

— Milton Knowles ! Comment ai-je pu croire ce que racontait ce type ?! s'exclama Glory.

Delphine éteignit les phares. Elle chuchotait, craignant que les hommes les entendent, ils n'étaient qu'à quelques mètres.

— Non, tu avais raison depuis le début. Tu n'as pas gobé une seconde son baratin, et d'ailleurs Milton ne s'est jamais prétendu innocent. Sans compter que tu as eu des soupçons sur Gus, au premier coup d'œil. Et moi qui te trouvais injuste, alors que tout était fondé.

Delphine décéléra et observa Gus se garer dans l'allée. Les aboiements et les véhicules aux vitres fumées indiquaient qu'une autre soirée trop arrosée et des combats de chiens étaient en cours à l'arrière. Milton et Gus se saluaient, un enchaînement fastidieux de poignées de main, de harponnements et d'embrassades, sans s'embrasser réellement bien sûr. Ils conclurent leur rituel de salutations alambiquées sans une fausse note.

— Le serpent, dit soudain Glory. Ça m'était totalement sorti de la tête.

Elle lui parla des tatouages sur l'avant-bras de Gus, semblables à ceux de Milton. Le roi de pique. Le serpent.

— Le même serpent que sur les sucettes de Fentanyl… C'est notre assassin.

Elles virent Gus donner quelque chose de la main à la main à Milton, qui le planqua dans les poches profondes de son pantalon cargo. Milton lui fit signe de le suivre. Un geste amical, une invitation. Gus agitait les mains et secouait la tête, mais il était couru d'avance que Milton aurait le dernier mot. Il pivota brutalement, comme alerté par un bruit, et demeura un instant sur ses gardes. Puis il harponna Gus par le cou, et les deux hommes disparurent derrière la maison.

— On rentre, ma fille, dit Glory.

Glory avait subi l'assaut d'un chien et de centaines d'abeilles. Que lui réserverait Dieu la prochaine fois : un fléau de sauterelles ?

Dans le Sud, les tempêtes ne préviennent pas. En moins d'une minute, la brume se mua en pluie torrentielle. Le temps de rentrer à Lafayette, les trombes d'eau avaient muselé ses essuie-glaces. Glory était tellement exténuée par sa journée de surveillance qu'elle faillit pleurer de soulagement en passant la porte de sa maison. Elle attrapa sa chemise de nuit bleue dans le séchoir, puis direction la chambre, où elle se prépara pour la nuit.

À la radio, l'émission du soir « Quiet Storm » programmait des morceaux doux des années 1980 et 1990, elle n'était pas d'humeur à écouter autre chose. « Through the Fire », de Chaka Khan, faisait écho à sa situation. Glory avait traversé le feu et senti la brûlure des flammes. Chaka avait mis dans le mille ! Elle écouta l'eau couler. Delphine prenait une douche de l'autre côté du couloir, et sa présence était une bénédiction. Elle n'arrivait toujours pas à croire que quelqu'un avait intentionnellement déposé un colis d'abeilles sur son paillasson. Sans compter que le responsable courait toujours. Elle passa à la salle de bains et s'enduisit le visage de crème.

Qui lui en voulait à ce point ? Elle avait certes la langue bien pendue, ce qui ne manquait pas de lui attirer des ennuis. Par exemple, Glory avait regretté la fois où, à la *baby shower* de sa nièce, elle avait interrogé cette dernière sur l'identité du père de son futur enfant, question qu'elle n'était d'ailleurs pas la seule à se poser, tout le monde mourrait d'envie de savoir. Plus récemment, elle avait ri aux dépens de Millie Broward, une fidèle de son club. Millie venait de s'acheter une voiture compacte, et Glory avait fait tout haut la remarque que les femmes fortes conduisaient généralement des petites voitures. Mais rien de tout cela ne justifiait qu'on commande et livre une ruche à sa porte.

Elle se rinça le visage et essaya d'étouffer ses émotions et de se concentrer sur les faits tangibles dont elle disposait. Les sucettes de Fentanyl avec le logo de Milton découvertes chez Amity. *Un fait.* Les empreintes de Gus relevées sur la poignée de porte de sa chambre. *Un fait.* Gus, un ex-taulard en programme de réinsertion, connaissait Milton et dealait apparemment pour lui. *Un fait.*

Ces pistes suffisaient-elles à intéresser la police ? Non, conclut-elle. Trop fragiles. Il lui fallait des indices à l'épreuve des balles. Elle se doutait que les empreintes relevées *via* un kit commandé sur Amazon.com et comparées au fichier du service des immatriculations – sous la contrainte voire le chantage – ne seraient pas recevables, peu importe la désinvolture avec laquelle les policiers avaient inspecté la scène du crime. Sans oublier le mobile, qu'elle ne tenait toujours pas. Pourquoi Gus s'était-il rendu chez Amity ? Se connaissaient-ils ? Avait-il forcé sa porte ? Et surtout, pourquoi souhaitait-il sa mort ?

Elle regonfla son oreiller, chaussa ses lunettes de lecture et se plongea dans le rapport de police. Les photos couleurs de la scène du drame dépassaient du dossier. Sa poitrine se serra, comme le jour où elle avait appris la mort de sa mère. Comme à l'instant où, depuis le seuil, elle avait aperçu le corps sans vie d'Amity, un filet de sang séché au coin de la bouche et que, brusquement, il se vida de son oxygène dans la chambre. Elle posa les clichés, face contre le matelas. Elle avait vu la scène de ses propres yeux, c'était suffisant. Jamais elle n'oublierait. Landry l'avait mise en garde, cette vision la hanterait pour toujours. Et, sur ce point, il avait raison.

La lecture du rapport lui donna la nausée. Non seulement les circonstances du décès se révélaient plus horribles qu'elle se l'était figuré, mais l'apathie de la police lui paraissait plus impardonnable encore. Il y avait d'abord ce coup de fil aux secours « d'origine non identifiée », avec un téléphone prépayé. Glory n'avait regardé que quelques épisodes de « Sur écoute », tout ça parce qu'elle craquait pour le détective Lester Freamon. N'empêche, c'était suffisant pour qu'elle sache ce qu'était un portable prépayé. Appeler les secours avec ce genre d'appareil était plus que suspect. Ce détail essentiel lui avait jusqu'ici échappé… *Qui avait appelé les secours, ce jour-là ?*

Ensuite, il y avait la cause officielle du décès, le suicide par pendaison. Le rapport faisait état de multiples fractures au cou, l'os hyoïde notamment. Glory repensa à ce qu'elle avait ressenti en touchant le corps aux funérailles, son cou désarticulé. Ce type de blessures corroborait-il la thèse du suicide ? Une autre hypothèse était-elle envisageable ?

La dernière fois qu'elle avait vu son amie semblait remonter à la veille, et dans le même temps à un million d'années. Leur rencontre datait en vérité d'un mois, deux semaines avant sa mort, très exactement. *Un fait.* Comme dans les films, elle rejoua la scène dans sa tête. La Red Hat Society d'Acadiana organisait une levée de fonds pour la création d'une salle informatique en libre-service après la classe, financée par les recettes de la vente des pâtisseries. Piètre pâtissière, Glory avait supplié Miss Odile d'offrir un lot de ses légendaires tartes aux figues confites, et s'en était approprié la maternité. Elles avaient disparu en un éclair, excepté les deux parts que Glory avait glissées dans son sac. Elle s'était attardée avec Amity le temps d'un café, généreusement offert par Noah. Elles avaient délicatement ôté le papier sulfurisé qui enrobait leurs tartes et papoté comme deux écolières.

— Il m'est venu une idée… tu devrais monter un site pour vendre toutes les antiquités que tu déniches en ville, avait suggéré Amity. Tu as l'œil. Je suis sûre que tu aurais un succès fou.

— Je ne sais même pas comment on monte un site. Comment veux-tu que je rivalise avec les professionnels ?

— Tu es une entrepreneuse prospère. Si je connais une personne assez intelligente et tenace pour créer un commerce en ligne, c'est bien toi.

Amity voyait toujours le meilleur en chacun, même s'il ne le voyait pas lui-même. *Un fait.*

Leur bavardage sur de nouvelles voies possibles, entre autres, avait inspiré Glory.

— Tu aurais fait quoi, si tu n'étais pas devenue nonne ? Y a-t-il un rêve que tu aurais souhaité réaliser avant de prononcer tes vœux ?

Amity avait avalé une gorgée de café pour atténuer le goût sucré de la tarte.

— J'aurais adoré avoir un vrai amoureux, au lieu des ratés avec qui je sortais à l'époque. Quelqu'un qui m'aurait emmenée dans un endroit romantique. Paris, par exemple.

Amity avait toujours été une grande rêveuse, mais elle s'était appliquée à faire passer les désirs d'autrui avant les siens. Elle semblait épanouie, même si Glory s'était longtemps demandé si Amity n'était pas entrée dans les ordres par désespoir, dans le but de sauvegarder sa sobriété et sa sécurité. Elle aurait pu accomplir tout ce qu'elle désirait, mais cela était désormais sans importance.

— Je peux te dire un secret ? avait-elle demandé.

Et comment ? Amity était la seule personne à laquelle Glory ouvrait son cœur. Elle ne se confiait à personne d'autre.

— Puisqu'on en parle, je projette d'aller à Paris en avril. J'ai fait des économies grâce aux conférences que j'ai données ici ou là, alors je me suis offert le billet. Il faut absolument que je voie ça avant de mourir. Tant pis si je ne peux pas avoir d'amoureux, rien ne m'empêche d'y aller seule.

Glory se rappelait la joie qu'elle avait eue à partager son grand secret. Hélas, la mort ne lui avait pas laissé le temps de visiter la France.

Dehors le vent soufflait. En feuilletant le rapport, Glory tomba sur la description de la scène de crime, la liste des policiers présents, sans compter les horribles photos dont la vue lui était insupportable. Elle lut les détails sordides comme s'il s'agissait d'un roman d'horreur et s'arrêta sur le paragraphe concernant les résultats toxicologiques.

Le curateur a décliné la demande de rapport toxicologique émise par le Département de police de Lafayette.

C'était la première fois que Glory entendait parler d'un curateur. Qui était cette personne et pourquoi avait-elle décliné l'examen toxicologique ? Rien de tout cela n'avait de sens. Et elle qui croyait tout savoir de son amie. Peut-être que l'âme d'un être se révélait insondable. Peut-être qu'Amity était plus mystérieuse qu'elle l'avait imaginé.

Un craquement manqua la faire tomber de son lit. Son cœur battait la chamade. *Une branche cassée*, se rassura-t-elle. Pas moyen de dormir par un temps pareil. Autant se remettre au travail.

Glory descendit à la cuisine et examina les boîtes empilées contre le mur. Elle avait promis de compiler les dossiers sur Mosstown avec le père Romero mardi, soit… demain. Elle ouvrit la porte du réfrigérateur et attrapa un bocal de café frappé. Delphine en préparait depuis son arrivée. Infusion froide, appelait-elle ça, peu importe ce que c'était. Glory ajouta un nuage de lait d'amande que Delphine l'avait forcée à acheter au supermarché Rouses, le lait de vache causant selon elle des inflammations. Elle goûta la concoction. *Pas mal*, jugea-t-elle, *pas mal du tout*. Elle releva le repose-pied de son fauteuil inclinable et se mit à la tâche.

Glory n'avait aucune idée de l'heure qu'il était quand elle se réveilla sous le regard confus de sa fille. Elle essuya la bave sur son menton avec le col de sa chemise de nuit et plissa les yeux face au soleil qui inondait le jardin. Des monceaux de papiers étaient éparpillés sur la moquette et la petite table.

— Tu as dormi ici ? demanda Delphine, qui portait un legging noir et un grand tee-shirt, en guise de pyjama.

— On dirait bien, remarqua Glory, mi-déconcertée mi-amusée. Je n'arrivais pas à fermer l'œil avec tout ce vent et cette pluie, du coup j'ai étudié le rapport de police et d'autres dossiers sur Mosstown.

Elle frotta ses yeux lourds de sommeil.

— Un truc intéressant ? s'enquit Delphine du canapé, les jambes croisées façon bretzel.

Ayant plus de questions que de réponses sur Mosstown, Glory se concentra sur le rapport de police.

— Tu peux me dire au juste ce qu'est un « curateur » ? À quoi ça sert ?

— C'est une personne ou une entité autorisée, par acte juridique, à gérer les biens d'un tiers. Ça peut être pour plein de raisons. Comme une incapacité à la suite d'un accident ou d'une maladie mentale, ou parce que la personne est trop sénile pour prendre des décisions par elle-même. Pourquoi tu me demandes ça ?

Glory abandonna son fauteuil en boitillant et lui montra la mention suspecte sur le refus d'analyse toxicologique.

— Waouh ! s'exclama Delphine. Je ne savais pas qu'elle avait un curateur. Pas de rapport toxicologique ? Je ne suis pas spécialiste, mais, à mon avis, c'est inhabituel en cas de suicide.

Glory pointa aussi le passage sur les fractures multiples au cou.

— Ça fait beaucoup de fractures, dis-moi.

— Laisse-moi passer quelques coups de fil, maman. Mon ex-coloc de fac est assistante du procureur. Elle nous donnera son point de vue sur ces rapports de police... Elle connaît certainement quelqu'un au bureau du légiste. Je n'arrive pas à croire que tu aies passé la nuit à compulser tout ça. Je suis très impressionnée.

Glory jubilait. Elle adorait sa fille, mais leur relation n'était pas un fleuve tranquille, plutôt un amour fait de roses et d'épines. Plus que son compliment, ce qui la choquait était de ne pas se souvenir de la dernière fois où Delphine lui avait dit une chose si ouvertement gentille. De toute façon, elle n'était pas d'humeur pour les effusions.

— Je me suis contentée de lire et d'utiliser ma tête, dit-elle en haussant les épaules.

Et, croisant son reflet dans le miroir du salon, elle s'effraya devant sa mine chiffonnée et ses cheveux en bataille.

— Mon Dieu, il faut que je me prépare pour mon rendez-vous avec le père Romero. Avant de se présenter devant le clergé, une femme se doit de redessiner ses sourcils ! cria Glory en s'éclipsant dans sa chambre.

Plantée devant le réfrigérateur, Delphine se demandait où avait bien pu passer le bocal de café qu'elle avait préparé la veille.

15.

Glory gara son SUV en centre-ville, chose qu'elle renâclait d'ordinaire à faire. Le trottoir était jonché de mégots et de verre brisé. Blottis l'un contre l'autre, deux sans-abri la détaillaient des pieds à la tête. Elle ne comprenait pas pourquoi un prêtre choisissait de vivre dans un quartier malfamé plutôt qu'au presbytère du diocèse avec ses pairs, ce qui aurait été plus convenable.

Elle sonna à l'interphone du père Martin Romero. Les sans-abri la regardaient avec de plus en plus d'insistance, elle écrasa le bouton du poing sans se démonter.

— Qui est-ce ? s'enquit une voix rauque dans le haut-parleur.

— Vous savez très bien que c'est moi, dit-elle. Faites-moi vite entrer avant que je me fasse enlever et refourguer à un réseau de trafic d'êtres humains.

La porte bourdonna enfin et Glory se précipita dans l'ascenseur, soulagée d'échapper à une mort certaine. Elle grimpa jusqu'au dernier étage, où la cabine s'ouvrit directement sur un appartement, au lieu d'un palier. Elle se croyait tout à coup transportée à New York.

— Merci d'être venue jusqu'ici, Glory, l'accueillit le père Romero en la débarrassant de son manteau. Vous n'avez rien à craindre de ces hommes, je vous assure. Ils sont inoffensifs.

— Ça, c'est ce que vous croyez. J'ai vu le diable dans leurs yeux. Je vous estimais plus perspicace.

Glory n'avait jamais visité un tel appartement dans la vraie vie. Il avait peut-être l'âme d'un serviteur, mais il n'habitait pas les quartiers des serviteurs. Elle fut d'abord saisie par cet air d'opéra. Un son magnifique, bien supérieur au crincrin de son poste de radio à la cuisine. Puis par ce loft, un espace pleinement ouvert, à l'exception d'un muret dissimulant le lit. Le mobilier tout en noir et chromes n'était pas à son goût, Glory appréciait néanmoins l'intention esthétique. Le bureau encastré dans un angle, flanqué de ses récompenses et de ses propres bouquins, avait un air familier. Elle reconnaissait le décor devant lequel il se tenait lors de ses apparitions sur MSNBC. Les projecteurs géants braqués dessus confirmaient son intuition.

Suivait l'espace cuisine, qui évoquait le plateau d'une de ces émissions culinaires sur les chaînes câblées. La gazinière à six feux était flambant neuve. Glory rêvait depuis toujours de cet électroménager hors de prix avec hotte intégrée, et ne manqua pas d'admirer la crédence en marbre de Calcutta qu'elle avait repérée dans les pages du *Southern Living*. La vaisselle en faïence noire était posée sur des étagères en bois. Pas de doute, elles ne provenaient pas de l'entrepôt du Sam's Club. Glory ne savait pas quoi en penser. C'était certes élégant, mais elle ne se fiait pas plus à la vaisselle sombre qu'aux lunettes de toilettes noires. Comment avoir la certitude qu'elles étaient propres ?

Elle ne s'imaginait pas que certains vivaient ce genre de vie à Lafayette. Ou pouvaient s'offrir un tel luxe. Puis elle se rappela l'enthousiasme citoyen qui avait gagné la ville, le jour où il avait remporté la bourse Lewiston, une somme d'un million de dollars décernée chaque année à une poignée de prétendus génies, sans aucune contrepartie.

Une grande première pour Lafayette : la ville faisait enfin les titres des journaux nationaux pour un truc positif, et non à cause d'un ouragan ou d'un *serial killer*. Sans compter ses livres, les conférences et les émissions sur le câble. Le prêtre ne manquait décidément pas de ressources.

Un îlot sur mesure flottait au centre de la cuisine, sur lequel régnait un parfait désordre. Sa mère lui répétait : « Nettoie au fur et à mesure », se souvint Glory, ce dont le prêtre se contrefichait *a priori*. Une machine à pâtes était posée à une extrémité. Il y avait de la farine partout.

— Je vous offre un café ? Un expresso ?

Encore sous l'effet des trois mugs de café frappé qu'elle avait avalés au cours de la nuit, Glory déclina.

— Ça sent bon. Qu'est-ce que vous préparez ? demanda-t-elle en s'asseyant autour de la longue table.

— *Tortellini en brodo.*

— Tortellini et quoi ?

— *Brodo*, gloussa-t-il. Bouillon. J'utilise des os de veau provenant d'une ferme bio près de Shreveport. Vous allez adorer. Ça doit mijoter encore à peu près une demi-heure.

Son pull bleu, un peu lâche au niveau de ses épaules étroites, ressemblait beaucoup au cachemire préféré de Delphine. Il l'avait assorti d'un jean foncé et de tennis d'un blanc immaculé. Son look jeune contrastait singulièrement avec la tenue de Glory, d'autant qu'ils avaient sensiblement le même âge. Ça lui faisait un peu bizarre de se trouver au domicile d'un prêtre, de le voir dans cette tenue décontractée, totalement hors contexte. Qu'il porte des chaussures à l'intérieur était ce qui la chiffonnait plus que tout. Elle l'aurait cru plus avisé, il fallait croire qu'elle s'était trompée.

— Alors, racontez-moi pourquoi vous vous êtes intéressée au dossier Mosstown. Je ne savais pas que vous aidiez Amity.

Glory se creusa la tête. Le souci quand on mentait constamment, c'est qu'il ne fallait pas perdre le fil de ses inventions. C'était éreintant. Elle se fit la promesse d'opter pour plus de sincérité à l'avenir.

— Pour la même raison que vous, lutter contre l'injustice. Amity a sollicité mon aide et je n'ai jamais rien pu lui refuser.

— Elle me manque, dit-il en jetant un coup d'œil au liquide en ébullition dans la cocotte, comme si elle s'y cachait.

Glory déboucla sa sacoche en cuir et disposa sur la table plusieurs piles de documents. Elle chaussa au bout de son nez ses lunettes de lecture, reliées à son cou par un collier de fausses perles.

— Je me pose des questions à propos des rapports sur la qualité de l'air remis par l'Agence de protection environnementale.

— Moi de même. Je sais seulement que les inspecteurs sont payés par la famille Benoît, mais sans pouvoir le démontrer. Ni Amity ni moi n'avons jamais réussi à en établir la preuve irréfutable.

— Regardez ça, dit-elle.

Le père Romero se pencha par-dessus son épaule.

— Ce sont les rapports de 2017. Notez la date et la signature.

— J'ai déjà examiné ces documents. Aaron Jefferson, inspecteur principal environnemental. Rien que je ne sache déjà.

— Visez maintenant les rapports de 2018 et 2019, poursuivit-elle en posant les deux documents sur la table.

— Je ne comprends pas, dit-il, se penchant plus près.

— Les rapports sont tous datés du 5 septembre et signés par le même inspecteur, trois ans de suite. Quelle est la probabilité que la même personne inspecte les mêmes lieux et dépose son rapport à la même date chaque année ? La signature ne varie pas, en revanche, on remarque que le dernier chiffre de l'année a été retouché, c'est quasi imperceptible. Et ce, trois années d'affilée. J'ai le sentiment que quelqu'un a répliqué le document signé. Des faux, selon moi.

La vapeur embrumait l'espace cuisine et le bouillon déborda sur le feu. Le père Romero ôta la casserole du brûleur et remua le liquide, l'air décontenancé.

— Je pense que vous avez raison.

Elle n'en doutait pas. Plus elle enquêtait sur la mort d'Amity, plus elle s'apercevait que tous ces gens, supposément plus intelligents qu'elle, ne l'étaient aucunement. Et ce constat l'avait enhardie. Elle eut un haut-le-cœur en voyant le père Romero éponger la sueur sur son front avec un torchon. Il bafouait décidément toutes les règles d'hygiène.

— D'après mes recherches, les entreprises publiques dont les recettes excèdent un certain montant ont l'obligation de désigner un agent de conformité. Dans notre affaire, il s'agit de Keller Benoît. Et je vous assure, il y a de bonnes raisons de douter de ses intentions.

— Je ne suis pas certain de vous suivre, dit-il en versant son bouillon dans les bols noirs.

— Lui et moi avons été en… interaction.

— Désolé Glory, mais je suis perdu.

— Arrêtez votre char, père Romero ! s'exclama-t-elle en roulant des yeux. C'est un de mes clients.

— Ah, je vois.

Il plaça un bol devant elle, gratta un peu de parmesan par-dessus, et agrémenta le tout d'un verre de chardonnay.

— S'il est votre client, cela ne fait-il pas de vous sa complice ?

— Absolument pas. Je suis en préretraite et j'ai un revenu fixe. C'est complètement différent.

— Ça se tient… je suppose.

— Bref, les Benoît ont programmé dans la semaine une assemblée annuelle des investisseurs au Pelican Club. Tous les actionnaires sont conviés. Ça tombe bien, je viens d'acquérir six actions, ce qui fait de moi une de leurs nouvelles investisseuses, se gaussa-t-elle en levant son verre de vin pour porter un toast.

— Souhaitez-vous que je vous accompagne ?

— Non, la présence d'un prêtre ferait tache, répliqua-t-elle avant de boire une gorgée. Sans vouloir vous vexer.

— Il n'y a pas de mal, la rassura-t-il en exécutant plusieurs tours de moulin à poivre. Alors, votre verdict ?

Ça sentait divinement bon, il fallait l'admettre, ce qui ne levait pas complètement ses soupçons sur la netteté de sa vaisselle noire. Elle croqua avec appréhension dans le tortellini.

— On ne peut pas dire que votre cuisine soit un sommet de propreté, mais c'est la chose la plus délicieuse que j'ai jamais mangée, s'extasia-t-elle en avalant une autre bouchée.

Le père Romero eut la tentation de répliquer, mais il se ravisa et la resservit.

— Sœur Amity et moi étions censés nous rendre en Europe, au mois d'avril. Pour participer à une commission du Vatican sur les injustices sociales et environnementales.

— Vu que vous adorez les trucs italiens, je parie que vous auriez apprécié.

— La commission n'avait pas lieu à Rome, corrigea-t-il, mais à Paris.

16.

Glory réajusta son béret taupe, celui qu'elle mariait à l'imperméable à double boutonnière de chez Chico, dès que les températures automnales de septembre le permettaient. Une de ses tenues fétiches pour l'église. Ses péchés confessés, Glory s'en alla glaner son nouveau quota de transgressions.

Elle musarda jusqu'au comptoir du café CC's. Et elle n'eut pas même besoin de prononcer un mot que Noah passait déjà à l'action.

— J'ai envie de changer, ce matin, le stoppa-t-elle dans son élan. Je vais prendre un café moyen frappé avec un nuage de lait d'amande.

Noah et Gus en restèrent bouche bée, comme s'ils venaient de croiser un fantôme.

— Bien, tout de suite, dit Noah. Notre Glory s'est choisi une nouvelle boisson.

— Contentez-vous de me le servir, persifla-t-elle, agacée par cet excès d'attention. Je n'ai pas commandé un supplément de sarcasmes.

Tandis que Gus préparait son café, Noah pianotait sur sa caisse. Le total s'afficha sur le moniteur et Glory pointa son téléphone devant le voyant vert du scanner placé à proximité.

— Vous pouvez m'expliquer ce qui vous arrive ? D'abord, vous changez de breuvage et en plus, vous utilisez notre appli.

— Ne faites pas l'étonné. Je suis plutôt calée en nouvelles technologies. Surtout, ne vous avisez pas de jouer les avares. Je sais qu'on a le droit à une boisson offerte en téléchargeant l'appli. Je vérifierai de près mes points de fidélité, ajouta-t-elle en glissant son portable dans son sac. Si vous avez vraiment envie qu'elle marche, je vous conseille d'en promouvoir un peu mieux les avantages... faire de la pub... expliquer aux gens ce qu'ils ont à y gagner.

Noah enregistra ses points en la gratifiant d'un sourire narquois.

— Un vieux singe comme vous peut donc encore apprendre à faire des grimaces, on dirait.

Elle était à deux doigts de lui envoyer un scud et se rappela qu'elle avait d'autres priorités. Faire du business et un brin de causette... avec Gus.

— Bonjour Gus.

Le barista hocha timidement la tête et sourit, manquant renverser son récipient de café. Un délinquant aussi empoté, ce n'était pas banal. Possiblement la raison de son séjour en prison. Ce garçon ne portait aucune attention aux détails.

— Bon, vu que vous avez l'intention de continuer à travailler dans mon café attitré, ce serait bien de faire un peu connaissance, dit-elle d'un ton à la fois ferme et charmeur, comme seule en a le don une femme à la soixantaine sonnée.

Dans ce coin de Louisiane, les gens s'en tenaient généralement à trois questions : Qui est votre maman ? Êtes-vous catholique ? Savez-vous préparer un roux ? Glory, pour sa part, commença par le commencement.

— D'où venez-vous ? Parlez-moi un peu de vous, mon fils.

Gus jetait des coups d'œil alentour, espérant qu'une âme charitable se presse à son secours. Comme personne ne répondait à l'appel, il obtempéra.

— J'ai grandi à Saint-Martinville, M'dame. Mes parents étaient ouvriers agricoles, ils travaillaient là où on avait besoin de bras. Canne à sucre, pêche à l'écrevisse, ce genre de boulots.

— Une activité honorable. Mais vous êtes allé à l'école élémentaire avec Delphine, ici à Lafayette, à Prairie. Comment avez-vous atterri ici ?

— Des problèmes familiaux, disons, répondit-il en versant le lait d'amande dans sa tasse. C'était un plaisir de parler avec vous. Votre table vous attend.

Comment osait-il la congédier de cette façon ? Elle mit deux secondes à accuser le coup, attrapa son café et le gratifia de son plus beau sourire édulcoré : « Je vous souhaite une bonne journée. » Quel culotté, ce barista, non, ce *taulard*. Traiter ses aînés avec une telle désinvolture. Quel manque de respect, quelle grossièreté, pesta-t-elle jusqu'à sa table.

Le dimanche, elle s'adonnait à la lecture de deux journaux – le *Times Picayune* et le *New York Times* –, plus particulièrement des chroniques sur les matchs de la ligue et les équipes de football des lycées locaux, sur lesquelles elle prenait occasionnellement des paris. En revanche ce matin-là, ce fut un iPad que Glory extirpa de son énorme sac. Delphine l'avait rendue accro à ce gadget astucieux, dont elle était de plus en plus fan. C'était mieux que d'avoir les doigts noirs d'encre et de se débattre avec un méli-mélo de papier.

Glory lisait un article sur le nouveau *quarterback* vedette de la Lafayette Christian Academy, lorsqu'elle repéra la touffe gominée de Keller Benoît. Elle se demanda combien il lui avait fallu de tubes de gel pour échafauder une coiffure pareille, et surtout comment l'envie de se sculpter un casque avait pu germer dans l'esprit d'un jeune de son âge. Sa montre en or scintillait à la lumière. Glory n'était pas experte en montres de luxe, au contraire de Delphine, qui en aurait deviné la marque tout de suite. C'était fascinant, songea Glory, cette manière qu'avaient les riches en Louisiane d'exhiber leurs relevés bancaires à leur poignet. L'époux de Delphine avait autant d'argent, peut-être même plus, mais il était aussi modeste que ce Benoît était tape-à-l'œil.

C'était quoi d'ailleurs, le problème avec Chad ? Glory avait réfréné sa curiosité puisque Delphine se braquait dès qu'elle la questionnait sur sa vie, spécialement sur son couple. Si son divorce la bouleversait, sa fille n'en laissait rien paraître.

Glory était tellement occupée à le reluquer et à s'inventer des films qu'elle n'avait même pas remarqué que Keller Benoît s'était tourné vers elle et la regardait. Embarrassée, elle se replongea dans son écran.

— Vous espérez me faire croire que vous êtes là pour lire les suppléments du dimanche et la chronique d'Alvin Bixby sur l'équipe du lycée ? lui dit-il en se penchant.

Il tira une chaise et s'assit à califourchon, face à elle.

— Dans ma partie, on ne peut pas faire l'impasse sur les nouvelles du monde. J'ai à cœur de me tenir au courant, dit-elle, en rabattant la coque de sa tablette. Qu'avez-vous en tête, aujourd'hui ?

— Je passe mon tour, M'dame, dit-il en riant. Je me relève à peine de mon dernier coup.

Les deux fois où elle l'avait vu ici, il s'était contenté d'un café à emporter. Pourquoi ne pas tirer avantage de sa soudaine volubilité ?

— J'ai une question.

— Dites. Je vous écoute.

Glory choisit soigneusement ses mots.

— On parle de votre famille partout dans les journaux, se lança-t-elle. Votre nom figure sur plein d'établissements en ville. Comment sélectionne-t-elle les œuvres de charité qu'elle soutient ? À qui donner des fonds ?

— C'est une drôle de question. Pourquoi me demandez-vous ça ?

— Les vôtres financent si *généreusement* un tas de projets, que ce soit la clinique ou des causes plus modestes, poursuivit-elle, hésitant à lui révéler ses véritables motifs. Je me souviens avoir vu aux infos que vous aviez aidé cette famille dont la maison a brûlé.

— Mon père adore voir son nom gravé sur les plaques, et encore davantage sur les façades. Quant à cette famille, elle a tellement fait parler d'elle que ça nous a valu une bonne publicité. Un investissement minimal pour un retour maximal. En plus, la religieuse qui les soutenait avait mené une telle cabale contre notre compagnie qu'on avait tout à gagner à diffuser l'info. Maintenant que j'y repense, ça fait un moment qu'elle ne s'est pas manifestée, c'est que ça a dû marcher.

Contrôle-toi, se commanda Glory. *Pas de larmes.*

— Certain ? Vous ne voulez pas parier sur le match de Saint-Thomas ?

Il farfouilla dans son portefeuille, dont il soutira soixante dollars.

— OK, je capitule. Je mise sur Denham Springs.

— Je prends.

Comme c'était dimanche, Delphine savait sa mère occupée au CC's. Le moment idéal pour s'éclipser à l'église, sans qu'elle le sache. Trop de choses lui trottaient en tête, elle ressentait la nécessité de se rendre à l'endroit où elle avait avoué jadis ses premiers péchés. Cela dit, pas question de donner à sa mère la satisfaction d'apprendre qu'elle était allée se confesser. Elle exigerait *illico* de connaître la raison de sa soudaine démarche après toutes ces années. Et voudrait savoir de quels poids elle avait besoin de se soulager.

Sur les bancs, quelques paroissiens attendaient leur tour dans le calme. Delphine fit de même. Elle n'arrêtait pas de penser au gâchis qu'elle avait provoqué. Elle s'était consacrée toute sa vie à la quête de la meilleure école, du meilleur job, de la meilleure tenue. Mais ces derniers temps, c'était comme si un boulet avait fracassé son existence en mille morceaux. Et le plus dur à digérer, c'était que ce boulet de malheur, c'était elle en personne.

Le silence des lieux la mettait mal à l'aise, plus qu'autre chose. Être à l'église s'apparentait à une séance de méditation, et pourquoi s'infligerait-elle ça ? Qui avait envie de s'imposer la torture d'être face à soi-même ? Elle attrapa son téléphone pour s'arracher au silence de sa misérable vie intérieure. Elle consulta distraitement quelques e-mails et les réseaux sociaux, puis feuilleta sa galerie photo.

Ces photos étaient le témoignage cruel de ce qu'elle avait eu et n'avait plus. Par exemple, ce cliché de Chad dans leur cuisine, tenant le gâteau d'anniversaire difforme qu'il avait confectionné pour elle. Et celui pris dans le nord de l'État, à l'époque où ils étaient heureux et amoureux et qu'ils rayonnaient intérieurement sous la lumière d'automne. Les moments culminants de son mariage étaient gravés dans son téléphone comme la preuve qu'elle avait été mariée et épanouie, du moins pour un temps.

Son album documentait les hauts faits de son mariage. Les mauvaises passes n'avaient pas été immortalisées. Pas de mémos pixélisés, mais des cicatrices émotionnelles. Il y avait ces fois où Chad et ses amis se moquaient d'elle parce qu'elle venait d'un bled de Louisiane, une plouc née dans une étable. Le pire, c'est qu'elle avait ri avec eux. Et il y avait cette fois, une soirée qu'elle n'oublierait jamais, où Chad s'était saoulé et l'avait menacée du poing juste pour voir la frayeur dans ses yeux. Et, par la suite, toutes ces fois où elle avait préféré s'attarder au bureau plutôt que rentrer faire l'état des lieux de son couple en déconfiture. La porte du confessionnal s'ouvrit. C'était au tour de Delphine.

Elle prit place dans l'isoloir sombre. Une grille métallique au design travaillé la séparait du père Romero.

— Je n'ai pas fait ça depuis un bail.

— Peu importe. Ce qui compte, c'est que vous soyez là aujourd'hui, dit-il d'une voix apaisante. On va procéder à votre rythme. Quand vous serez prête. Vous vous rappelez comment ça marche ?

— Oh oui, dit-elle en baissant les yeux vers les cartes plastifiées disposées dans l'isoloir. Bénissez-moi, Seigneur, car j'ai péché. Ça fait... bon sang, des siècles que je ne me suis pas confessée. Je devais avoir dix-huit ans.

— J'imagine que vous avez pas mal de péchés à confesser, dit-il avec un petit ricanement.

— Je me limiterai à quelques-uns, pour cette fois.

Le prêtre gardait le silence.

— J'ai menti à ma mère sur la raison de ma présence... et ce pourquoi je suis restée. Je lui ai dit que j'étais venue pour une petite visite et qu'en voyant l'état de sa maison j'avais décidé de prolonger mon séjour pour l'aider. Je lui ai raconté que j'avais bouclé une de mes grosses affaires, alors qu'en vérité j'ai pris un congé. Enfin, un congé forcé, pour ainsi dire.

Elle lui déballa tout. La liaison, la fête sur le bateau, la période de probation au cabinet.

— C'est très mal, n'est-ce pas ? demanda Delphine.

Se confier à cet étranger l'avait soulagée.

— Ce n'est pas terrible, acquiesça le père Romero.

— Quelle est ma pénitence ?

— Votre pénitence, voyons, consistera à réfléchir aux torts que vous avez causés à votre mari, à votre collègue et à sa famille. Je vous recommande de vous excuser du fond du cœur auprès de votre époux et de votre collègue, en veillant à ne pas intégrer sa femme à votre tournée d'excuses. Plus vingt actes de contrition, dix *Notre Père*, et quinze *Je vous salue Marie*.

Delphine regagna les bancs et pria. Une fois cela fait, elle demeura à genoux, se demandant comment elle avait pu être infidèle au mari qu'elle aimait. Comment elle avait pu même se persuader qu'une liaison avec un homme marié… n'était pas si grave. Ses genoux craquaient sur le prie-Dieu rembourré, elle appuya sa tête contre le banc devant elle. Elle aurait dû se sentir honteuse, elle en avait conscience, pourtant elle n'éprouvait aucun remords.

17.

Comme la plupart des habitants de Lafayette, Glory connaissait le Pelican Club sans y avoir jamais mis les pieds. Elle ressentit une pointe d'excitation en s'engageant dans l'allée somptueuse qui menait au bâtiment principal où se tenait l'assemblée générale des actionnaires. Des cheveux d'ange dégoulinaient des vieux arbres plantés de part et d'autre, dont les branches se rejoignaient au-dessus de sa tête, projetant leurs ombres dentelées au sol. Si Glory avait été plus attentive à la route qu'à la verdure, elle aurait observé combien sa modeste Honda dépareillait parmi les autres véhicules. Mercedes coupées, Saab décapotables et Range Rover.

Cet endroit empestait le fric et le racisme. Sa construction remontait vraisemblablement à 1932, la même année que l'Augusta National Golf Club, en revanche il avait fallu attendre 1979 pour qu'une personne de couleur, autre qu'un membre du personnel, en franchisse le seuil. Conçu par Hud MacKenzie, le célèbre architecte du Sud, ce lieu avait la vocation d'être la destination d'hiver privilégiée des transfuges du Nord, des mondains et autres amateurs de golf. L'architecte se contrefichait que l'esclavage ait été aboli. Au lieu du projet initial, la création d'un club de golf, il avait conçu une véritable plantation mondaine, un cocon familier et relaxant pour ses membres fortunés.

La grande bâtisse se dressait fièrement, de larges piliers néoclassiques accueillaient les convives à leur arrivée. De généreuses vérandas encadraient les deux étages de la maison et, comme pour contrarier un peu plus Glory, un magnifique escalier conduisait les visiteurs jusqu'à l'entrée. Les murs et boiseries étaient d'un blanc éclatant même si rien ne parvenait à laver les péchés du passé. Glory gara sa voiture et grimpa les degrés, consciente que ses genoux se vengeraient le lendemain.

Delphine était en route, elle avait prévu de la rejoindre par ses propres moyens, le temps de passer quelques autres coups de fil à ses contacts à New York. Glory décida de s'aventurer seule à l'intérieur. Un vieux gentleman blanc en queue-de-pie la salua en haut des marches. Il laissa entrer devant elle un flot de gens bien mis mais intercepta Glory avant qu'elle franchisse la porte.

— Bonjour. Êtes-vous ici pour l'assemblée générale annuelle des actionnaires du Groupe Benoît ?

— C'est cela, confirma Glory.

N'ayant jamais participé à ce genre de réunion auparavant, elle avait jugé qu'elle ferait effet avec un cardigan noir, un haut assorti et son élégant pantalon fluide. Seul un détail pouvait la trahir, ses chaussures tout confort et pas chics pour un sou.

— Très bien. L'entrée se fait par le côté, à l'arrière, dit-il en alliant le geste à la parole. Bonne journée.

Glory acquiesça. Des femmes en robes de luxe et des hommes à la morgue sévère continuaient à affluer, le beau monde maîtrisant les codes des réunions d'actionnaires. Mais qu'en savait-elle au juste ? On organisait vraisemblablement plusieurs événements en même temps, dans une bâtisse aussi vaste que celle-ci. Sinon comment feraient-ils recette ? se persuada-t-elle. Hors de son élément et en panne d'assurance, Glory se faufila donc à l'arrière de la grande demeure.

Des hommes – noirs pour la plupart – fumaient, juchés sur des seaux retournés à l'envers. Un chariot élévateur émit un bip puis disparut dans le ventre d'un camion garé sur le quai de chargement. Des employés en pantalon et chemise noirs charriaient des cartons lourds en rouspétant.

Elle se fraya un chemin jusqu'à la porte, laquelle portait en réalité très mal son nom vu qu'elle se résumait à une poignée de franges en plastique. Dans la cuisine, des commis disposaient une garniture safranée sur des œufs durs. D'autres hachaient des herbes aromatiques, si finement qu'on aurait cru des monticules d'herbe tombés du bac d'une tondeuse.

— Arrêtez de rêvasser et mettez-vous au boulot, aboya un grand Noir, chauve et en sueur. On a urgemment besoin d'une autre serveuse en salle, dit-il en lui lançant un gilet noir.

Le vêtement atterrit entre ses mains, brûlant comme la braise. L'embarras et la rage grandissaient en elle, alors que Glory restait plantée sans moufter à observer ces femmes qui, les cheveux couverts d'un filet, disposaient de petites assiettes sur de grands plateaux en argent que des serveurs soulevaient d'une main par-dessus leur tête avant de s'éclipser. Elle eut tout à coup la furieuse envie de réduire cet endroit en cendres. Elle aurait dû réagir immédiatement, quitter cette cuisine, démarrer sa Honda à pleins gaz et filer à la maison en laissant l'empreinte de ses pneus dans leur somptueuse allée arborée.

— Je crois que je ne suis pas au bon endroit, dit Glory, aussitôt interrompue par le type autoritaire.

— Vous êtes envoyée par l'agence d'intérim, exact ?

Pour la première fois de sa vie, Glory resta sans voix. Non, bien sûr que non, elle n'était pas envoyée par cette agence, mais, à l'évidence, elle était censée l'être.

— Alors remuez-vous, on a un monde fou, aujourd'hui ! Toutes les salles de réunion sont pleines à craquer, même l'appartement, dit le chef d'équipe en lui tendant un plateau de bloody mary dans des verres à cocktail. Vous pouvez laisser votre sac dans un casier, dans la salle de repos.

Glory n'avait pas l'intention de faire le service ni d'abandonner son sac dans un quelconque vestiaire, cependant cette histoire d'appartement l'intriguait. Il avait parlé de salles pleines à craquer, n'est-ce pas ? Elle avait beau ne pas piffer cet affreux type autoritaire, sa curiosité l'emportait dans l'immédiat. Elle attrapa le plateau et se dirigea vers le bâtiment principal.

La majesté des lieux se révélait dans sa vérité crue : une imposture. Hormis les sols en terrazzo grainé et les escaliers en marbre, tout le reste était insignifiant. La façade grandiose dissimulait un décor fade digne d'un siège de société. L'endroit semblait plus adapté à un séminaire de représentants en produits pharmaceutiques, à un buffet de mariage ou à un autre événement avec bar payant.

Le plateau en plaqué argent tremblotait quand Glory traversa le hall. Sa nervosité n'était pas en cause, elle n'avait tout simplement pas l'habitude de naviguer en mode robot avec un plateau de dix verres en cristal. Sans compter que son sac géant avait glissé de son épaule jusqu'au creux de son bras. Ses chaussures noires couinaient sur le tapis décoré, dont Glory remarqua qu'il était imprimé dans la fibre (du Nylon sûrement) et de qualité inférieure au sien. Au plafond, les chandeliers irradiaient une lumière terne, la preuve qu'ils étaient en verre et non en cristal. Quelle déception ! déplora-t-elle. Les gens dépensaient des fortunes pour intégrer ce club alors qu'ils n'étaient même pas fichus de faire la distinction entre du vrai et du faux cristal. En même temps, cette opulence de pacotille avait intimidé les siens sur des générations et les avait tenus à distance, jusqu'à ce jour.

— Vous savez où a lieu l'assemblée des actionnaires ? demanda Glory à une autre femme noire arborant un gilet de serveuse.

La serveuse la dévisagea, médusée, et pointa une salle sur la droite.

Glory ouvrit les portes à la volée, mais personne ne frétilla sur sa chaise en plastique. La réunion était théoriquement ouverte à quiconque détenait une action de la société, détail qui n'avait pas échappé à l'œil perspicace de Glory lorsqu'elle avait consulté le dernier rapport publié en ligne. Mais d'ordinaire, seuls le conseil d'administration et les principaux actionnaires faisaient le déplacement. Face à la salle, un type vêtu d'un costume trop large pour sa carrure pourtant imposante se tenait derrière un pupitre et discourait sur l'état du marché, bla-bla-bla, macro ceci et micro cela. La cinquantaine de personnes présentes se concentrait sur les lignes de chiffres et les graphiques projetés à l'écran, placé à côté de l'estrade. Glory posa le plateau de cocktails et amuse-gueule sur une table et examina le public, du fond de la salle.

Elle repéra tout de suite Delphine, qui prenait des notes au dernier rang. Elle devinait que sa robe chic bleu marine et son sac en cuir tressé avaient fait meilleure impression à l'huissier posté à l'entrée. Cette avalanche de chiffres n'avait sûrement aucun mystère pour sa fille. Glory tâchait de suivre la présentation, sans pouvoir s'empêcher d'inspecter les rangs. Son cœur bondit lorsqu'elle vit Keller se lever. Évidemment qu'il serait là, et elle s'en voulut de ne pas l'avoir anticipé. Il se dirigeait droit vers elle. Glory avait l'impression que tout le monde entendait son cœur battre à tout rompre.

Fonds-toi dans le décor, se commanda-t-elle. Elle récupéra le plateau et le tint fermement devant sa poitrine, telle une vendeuse de cigarettes à l'ancienne. Keller attrapa un verre et ce qui devait arriver arriva. Il la remercia en la fixant dans les yeux, et regagna aussi vite sa chaise.

Glory comprit sur l'instant ce qu'elle représentait pour lui, ce que probablement tous les Noirs représentaient pour Keller. L'État de Louisiane avait beau en être rempli, en ce qui le concernait, ils n'existaient que pour garantir son petit confort. Ils étaient les serveurs, les cuisiniers, les jardiniers, les nounous, les femmes qui nettoyaient son linge et les hommes qui astiquaient ses chaussures. Des domestiques. Ses domestiques. Peu importe qu'ils se soient parlé quelques jours plus tôt ou qu'elle ait pris ses paris sportifs. Glory en avait vu d'autres, rien ne la surprenait plus, mais elle entrevoyait un peu mieux pourquoi le peuple opprimé avait une prédilection pour les cocktails Molotov.

À quoi bon être dans cette pièce, ou être ici tout court, si elle n'écoutait pas ce que racontaient ces gens ? Tous ces tableaux et ces graphiques lui échappaient totalement, mais son intérêt fut enfin piqué quand elle vit s'avancer vers l'estrade une des membres du conseil, pour présenter le projet d'usine chimique de Mosstown. Elle l'avait souvent vue aux informations régionales.

— Bonjour à tous, dit-elle.

Elle affichait un visage sévère, portait des perles et un tailleur noir tout aussi sévère, relevant plus de l'uniforme que d'un choix esthétique personnel.

— Bien que ce projet ait subi de nombreux retards depuis plus d'un an, nous pensons que les obstacles s'amenuisent. Le soutien du public grandit et nous avons fait tout ce qui était en notre pouvoir afin de minimiser les désagréments pour la communauté. Comme je vais l'exposer, nous avons paré au plus pressé et exclu les zones densément peuplées. Nous n'y couperons pas, certains résidents donneront de la voix, mais nous aurons toute latitude pour recourir aux procédures d'expropriation à notre disposition.

Les applaudissements fusèrent et le public s'égaya telles de petites fourmis pour papoter, boire, et chiper des mini-*crab cakes* sur les plateaux argentés usés. Delphine pivota sur sa chaise pour s'étirer et avisa sa mère en train de servir des cocktails aux actionnaires. Glory dut être alertée par le regard assassin de Delphine, ou par une simple intuition maternelle, car elle établit aussitôt un contact visuel avec elle et lui adressa un signe entendu de la tête. Avec une discrétion telle que personne ne sembla le remarquer. Lui signifiant, en d'autres termes : « Ce n'est pas le moment. »

Le tableau commençait à se préciser. Non seulement la famille Benoît voulait implanter cette usine chimique mais, comme si ce n'était pas déjà assez dégueulasse, elle envisageait d'expulser les gens de leur maison en vertu des lois fédérales. Glory comprenait mieux que jamais les motivations et l'engagement sans faille d'Amity. Et pourquoi la famille Benoît s'était montrée si encline à financer tel ou tel de ses projets caritatifs. Tout ça pour se débarrasser d'elle, acheter son silence. Elle avait voulu la faire taire.

Les lumières se tamisèrent, annonçant la présentation suivante, et tout le monde regagna sa place. Delphine sauta sur l'occasion pour quitter la pièce, lançant au passage un coup d'œil appuyé à sa mère. Glory lui emboîta le pas.

À peine les portes de la salle de conférences refermées, elle l'attaqua, bille en tête.

— Qu'est-ce qui te prend de faire le service ? Je croyais que nous étions ici pour participer à la réunion !

— Il y a eu un malentendu, dit Glory, impassible, avant de se lancer dans des explications, comme quoi elle s'était garée et avait été embringuée dans l'équipe de salle.

— C'est bon. Je ne laisserai pas ma mère servir des cocktails à ce petit monde, encore moins dans un club autrefois réservé aux Blancs, asséna-t-elle en l'attrapant par la manche.

— Attends. Je ne pige même pas un mot de ce qu'ils racontent. Je ferais mieux de continuer à fouiner un peu dans les environs et te retrouver plus tard.

— Tu n'es pas sérieuse.

— Ces discours ne nous apprendront rien sur Mosstown et les Benoît. Ils ne nous disent que ce qu'ils ont envie qu'on entende. Laisse-moi voir si je peux glaner quelque chose. Dans le cas contraire, promis, je rentre.

— Pas faux, concéda Delphine à regret. Toujours la même chanson. Les discours ont été écrits par leur service de communication et relus et approuvés par une trentaine d'avocats. Des propos calibrés à la virgule près.

— Garde ton téléphone à portée de main. Je t'enverrai un texto si j'ai besoin de toi.

Son genou choisissait mal son moment pour se rebiffer. Comme si elle n'était pas déjà assez rouillée par l'âge, il avait fallu que ce chien fou la traîne dans l'allée de Milton Knowles. Et l'ascension de cet escalier raide depuis le parking avait amplifié la douleur. Elle clopina dans le long couloir, coulant un œil dans chaque pièce au passage, observant ce qu'elle pouvait. L'auguste bibliothèque dont les murs étaient tapissés de livres que sans doute personne n'avait jamais ouverts, mais dont la présence exaltait le sentiment de supériorité des membres. Suivait la salle de billard, un déploiement de vert feutré. Les hommes avaient à la main l'un ou l'autre de ces objets : queue de billard ou verre de liqueur brune. Puis elle se retrouva à la case départ. Elle corrigea la boiterie qu'elle avait laissée s'installer et pénétra dans la cuisine industrielle.

D'abord, elle devait régler le problème de son sac, et s'en séparer, au mépris de son instinct et son bon sens de femme du Sud. Pour rien au monde, en revanche, elle ne se résoudrait à le laisser dans ce vestiaire. Autant inviter un chat à y faire son lit et s'en servir de litière. Elle poussa la porte d'une chambre froide, à la recherche d'une meilleure cachette. Au moins, il serait dans un environnement climatisé, se rassura-t-elle en le glissant derrière un sac de crevettes congelées.

De retour en cuisine, elle repéra une liste titrée « Priorités en cuisine », datée du jour. *Déveiner les crevettes pour le mariage des Fontenot. Confirmer la livraison du champagne avec le fournisseur. Coordonner la livraison des pâtisseries pour la famille Fuller. Réunion de la famille Benoît à l'appartement.*

Tel un pigeon voyageur en mission, elle ne quitterait pas les lieux avant d'avoir localisé cet appartement. Elle attrapa un pichet et le remplit d'eau au robinet puis, ravalant sa salive, elle interpella le chef d'équipe.

— Keller Benoît demande qu'on apporte un pichet d'eau à l'appartement. Rappelez-moi où c'est déjà, dit Glory d'un ton qu'elle espérait assez déterminé pour couper court à toute discussion.

Elle avait appris de ses débuts comme bookmakeuse qu'afficher sa confiance, même si elle était feinte, était le meilleur moyen d'asseoir son autorité.

— En haut de l'escalier, dernière porte à droite… ensuite l'autre escalier jusqu'en haut, dit le chef sans même un regard pour elle, rabattant son torchon sur son épaule afin d'inspecter une bouteille de vin.

Trente degrés de trop à vue d'œil, déplora-t-elle. Elle entendait d'ici ses articulations couiner. Une fois sur la mezzanine, elle peina à trouver la volée de marches suivante. Une rupture quasi invisible dans le motif de la tapisserie murale lui mit la puce à l'oreille. Une porte secrète, supposée cachée, et supposée rester secrète. Elle ouvrait sur un escalier encore plus abrupt que Glory maudit derechef. Elle grimpa péniblement jusqu'en haut.

Elle traversa le couloir en clopinant, chargée de son plateau, et colla l'oreille à la porte. Des rires étouffés filtraient à travers le chêne massif. Une odeur de cigare imprégnait les murs. Puis le bouillonnement des rires se changea en frémissements, et Glory jugea le moment opportun pour faire son apparition.

Elle cala le plateau contre sa hanche et entra en s'aidant de sa main libre. Les hommes tétaient le bout de leurs cigares mouillés ; à chaque nouvelle bouffée, leurs bouches s'ouvraient toutes rondes autour de l'anneau et leurs joues se creusaient. L'appartement était à l'image du reste du club : sombre et vaguement grandiose, jusqu'à ce qu'on comprenne que toutes les antiquités étaient des imitations. Elle posa son plateau sur la crédence près de la porte et, histoire de s'attarder un peu, prit tout son temps pour remplir les verres.

— Nos meilleurs bénéfices depuis dix ans ! lança un homme âgé vêtu d'un costume rayé. L'annonce de l'usine de Mosstown tombe à pic.

— Ce n'est pas encore tout à fait gagné, mais on touche au but, intervint la femme que Glory avait reconnue plus tôt.

— Des nouvelles de ces activistes ? Ce pseudo-intello de prêtre qu'on entend tout le temps dans les journaux et sa petite acolyte ?

— Le curé est gérable. Quant à cette nonne, elle ne devrait plus être un problème.

18.

— Je savais que cet idiot aux cheveux gominés était impliqué ! s'exclama Glory.

Elle enfila un chapeau Fedora assorti à une cape rouge boutonnée au cou. Entre les faux rapports du dossier Mosstown et les informations glanées au *country club*, les pièces s'accumulaient.

— Mais un meurtre ? Ça me paraît tellement extrême ! s'exclama Delphine.

— Je vais te dire, moi, ce qui est extrême. Les millions que cette famille espère amasser avec cette usine chimique.

Glory récupéra ses clés sur la table de la cuisine.

— Où tu vas ? Tu étends au samedi tes prétendus horaires de bureau ?

— Le brunch en l'honneur des bénévoles de la Red Hat Society, précisa Glory. Je me fiche qu'elles aient zéro considération pour tous mes efforts. Mon jour viendra. J'ai ouï dire que ce serait festif cette année, et j'ai bien mérité une petite récompense.

Elle enfila son sac géant sur son épaule.

— Je suggère qu'on étende la surveillance à Keller, dit-elle en pointant Delphine avec son trousseau de clés. On en reparle plus tard. Ne t'avise pas de profiter de mon absence pour chambouler ou virer mes affaires. Et n'entre pas dans ma chambre. Toute femme a droit à son sanctuaire, et le mien, c'est ma chambre.

À peine avait-elle passé la porte qu'elle quittait déjà l'allée en marche arrière.

Delphine prévoyait de rendre visite à sa tante Shirley depuis qu'elle avait eu vent que sa mère et elle ne se parlaient plus, aux funérailles d'Amity. Elle la surprit dans son jardin, munie d'une serpe et perchée sur une échelle. Elle fendait l'air avec sa lame, essayant résolument de frapper la branche d'un arbre, sans entamer d'un pouce son écorce.

— Tante Shirley ? Qu'est-ce que tu fabriques ? s'enquit Delphine.

Étonnamment en forme pour son âge, sa vieille tante suspendit momentanément son geste, en équilibre précaire sur son échelle.

— T'as vu ça ? dit-elle en désignant la branche qui enjambait la clôture de son jardin.

— Il est magnifique, répondit Delphine, confuse.

— Présentement, je me fiche de ce dont il a l'air. Ce qui compte, c'est ma propriété, et cette branche outrepasse la limite de *mon terrain*.

Elle faillit trébucher à force de gesticuler.

— Te bile pas pour moi, dit-elle en descendant de son perchoir. Tu es bien comme ta maman, toujours à faire des histoires pour rien.

Tante Shirley avait le tempérament inflammable d'un jerrican d'essence en plein soleil. Delphine tint donc sa langue pour ne pas compromettre sa mission. Son but ? Découvrir ce qui clochait exactement entre elle et sa mère.

— Tu veux bien terminer pour moi ? dit-elle en collant sa serpe contre la poitrine de Delphine.

— Sans façon. Je ne veux pas être accusée de violation et destruction de propriété à cause de tes bisbilles avec ta voisine.

Shirley s'essuya les mains sur son jean.

— Mon adorable nièce, dit-elle, rayonnante.

Elle lui tapotait l'épaule, tout sourire. Delphine était sur la défensive. Malgré son sourire mielleux, sa tantine la passait au détecteur et son inspection ciblait tout particulièrement : son poids du moment, la quantité de nouveaux cheveux gris depuis sa dernière visite, la marque et le modèle de son sac à main (et son prix approximatif), son maquillage inexistant et enfin, plus crucial, son annulaire.

— Je suis tellement contente de te voir, ce n'est pas comme ta mère qui ne me rend jamais visite. Entre le départ de ton papa et le souci de joindre les deux bouts, je l'imagine occupée.

— Tu as l'air en forme, tante Shirley, enchaîna Delphine, qui refusait de mordre à l'hameçon.

— Assieds-toi. Je reviens tout de suite.

Delphine s'installa sous le porche et se demanda ce qu'elle tramait avec sa serpe en voyant ses tennis roses disparaître derrière la haie. Sa tante réapparut quelques minutes plus tard, avec un bouquet de roses épineuses chipées dans le jardin voisin.

— Comment se porte ta maman, ces temps-ci ? demanda Shirley en la rejoignant à la table métallique oxydée par les intempéries. D'une boîte à proximité, elle sortit une paire de ciseaux de jardinage.

Delphine ne pouvait se permettre de dire la vérité parce que, d'une part, sa mère serait furieuse, et d'autre part, elle n'était pas sûre et certaine de la réponse. À la vérité, sa mère avait visiblement encore pris du poids depuis la prononciation du divorce, quand bien même son mari avait déserté le foyer depuis des années. À la vérité, en l'espace de deux ans, Glory avait perdu sa meilleure amie et sa mère, et s'était laissée déborder par sa maison. Delphine s'inquiétait de la collection de flacons orange sur sa table de nuit dont elle avait pris soin de noter les libellés et enquêté sur Internet. Des médicaments pour l'hypertension, le cholestérol, ou l'insuffisance thyroïdienne, essentiellement. Mais il y avait aussi les anxiolytiques et les antidépresseurs, prescrits un an plus tôt à en croire les étiquettes, et auxquels elle n'avait pas touché. Sa mère avait toujours été une femme enthousiaste et compétente, ce qui ne signifiait pas qu'elle allait bien.

— Elle va bien, répondit Delphine. Elle est secouée à cause d'Amity, comme tu peux l'imaginer. Elle le vit très mal. Au fait, tu étais à ses funérailles, je t'ai aperçue.

— C'est terrible ce qu'il lui est arrivé, dit Shirley en décapitant les épines des tiges. Un suicide… Pour une nonne ? Si tu veux savoir mon avis, j'ai toujours trouvé cette femme plutôt bizarre.

— Comment ça ?

— Dis-moi quel genre de nonne manifeste et organise un raffut pareil ? Je déteste dire du mal des morts, mais c'était bien connu qu'elle avait un faible pour les substances diverses et variées.

Delphine était choquée d'entendre sa tante la dénigrer ainsi, d'autant qu'elles avaient pratiquement grandi ensemble. Elles avaient partagé le même lit à l'occasion, dansé sur Martha Reeves, mangé des saucisses et des céréales les matins frisquets.

— Ça remonte, la coupa Delphine.

Sa tante sectionna les épines d'une autre tige et se piqua le doigt. Elle glapit et suça sa blessure.

— Ça va ?

— Oui, oui, rien de méchant. Ça arrive avec les roses. Il faut savoir souffrir quand on aime les belles choses. Comment ça va à New York ? J'ai ouï dire que ton mari demandait le divorce ?

— Qui t'a raconté ça ?

— Pas moyen de garder un secret, à Lafayette. Je suis navrée pour toi, mais crois-moi, tout se passera bien. Sans ton homme, tu pourras facturer encore plus d'heures au cabinet. Tu ne verras même pas la différence.

— Je suppose, dit Delphine, en se mordant la langue. Quelqu'un au moins avait encore foi en sa carrière florissante et sans tache.

— Tiens, on m'a parlé de cette femme à Youngsville. Elle peut t'aider à jeter un sort à ton bon à rien de mari, si tu le désires. Tu n'auras qu'à lui dire ce qu'il a fait et quel genre de châtiment tu veux lui infliger, et elle fera le boulot.

— Je ne crois pas à ces trucs.

— Comme tu préfères.

Tante Shirley avait arrangé le bouquet et se recula pour admirer son œuvre.

— Comment ça se passe avec la maison de ta mère ? Tu sais, j'ai une amie qui travaille au tribunal. C'est honteux la façon dont elle la néglige.

— C'était un malentendu. Sa maison est impeccable, dit Delphine en guettant la réaction de sa tante.

— Une véritable honte, comme je disais. Ta grand-mère m'avait promis de me la léguer, tu sais, mais Glory l'a retournée avec ses simagrées et le reste. Résultat, je me retrouve à cinquante ans avec un crédit de trente-cinq ans sur le dos. On dit que les gens bien gagnent toujours à la fin ; permets-moi d'en douter.

Delphine ne savait pas s'il s'agissait de paroles en l'air ou d'une stratégie, bien qu'elle penche en faveur de la seconde option.

— C'était chouette de te voir. Je dois filer.

En se levant, Delphine mit sa main en visière face au soleil, lequel poursuivait sa course et dardait ses rayons pile sur elles. Ce qui lui permit de voir scintiller la broche Swarovski épinglée au pull bordeaux de Shirley.

Sur le chemin du retour, elle n'eut de cesse de se demander comment sa tante était au courant de tous leurs malheurs. Et la première chose qu'elle fit en arrivant fut de déballer les webcams qu'elle avait commandées en ligne et de les installer.

19.

Une grande bannière rouge de remerciements courait au-dessus de la table, dressée pour le petit déjeuner des bénévoles de la Red Hat Society d'Acadiana et la réunion de planification du quatrième trimestre. Les fêtes de fin d'année étaient l'occasion d'importantes manifestations à la paroisse, incluant le marché de Noël, la vente annuelle de pâtisseries et la collecte de fonds – sans oublier les meilleurs potins de l'année.

Glory se présenta tôt, non pour le buffet, mais parce qu'elle avait une tâche à accomplir. Elle ne résista toutefois pas à une petite assiette. Ses narines se pincèrent à l'odeur âcre des flammes boostées au Sterno des chauffe-plats fournis par le traiteur. Son assiette en carton dans une main, une pince en plastique dans l'autre, elle se servit une petite portion d'œufs, deux saucisses en chapelet et un biscuit sablé, quoique superflu vu qu'elle s'était déjà fournie en crêpes. Elle attrapa des sachets de beurre et de sirop et s'installa à une des grandes tables réservées aux bénévoles.

Elle se demandait parfois pourquoi elle s'obstinait à fréquenter ce cercle qui la traitait comme une pestiférée. Elle s'était fait quelques amies, au début, mais après l'épisode des écrevisses de contrebande, ces dernières avaient migré tels les oiseaux vers le sud à l'hiver venu. Quand elles auraient dû la remercier de ses efforts pour réaliser des économies. Comment aurait-elle pu deviner que le réfrigérateur du camion de transport était déficient ? En procédant à une inspection ? En vérifiant les permis ? Évidemment, non.

Elle chassa cette pensée de son esprit et se concentra sur son but : coincer sœur Jocelyne Cormier. Sa présence lui avait jusqu'ici échappé tant sa transformation était radicale. Au lieu de ses éternelles jupes bleues et chemises blanches, elle portait un pantalon orange foncé et un chemisier en satin blanc, modèle fermé au col par un nœud. Glory faillit littéralement s'écrouler de sa chaise en la voyant papillonner dans la pièce dans ses escarpins à talons. Pas très hauts certes, mais de quelques centimètres tout de même. *Pincez-moi... c'est bien du rouge à lèvres ?* songea-t-elle

Sœur Jocelyne et Constance Wheeler s'étaient juchées sur des tabourets, à l'entrée. Glory n'était pas prête à pardonner à Constance d'être venue fureter chez elle avec son bloc-notes. En même temps, si elle n'avait pas été là, elle serait probablement morte d'un choc anaphylactique sur sa pelouse, suffoquant en bavant devant tout le voisinage, à cause de ces satanées abeilles. Des diamants scintillaient à ses oreilles, que ni Glory ni l'idiot de mari de Constance n'avaient plus moyen de revendiquer.

— Merci à toutes pour votre soutien sans faille et votre engagement, déclara Constance, qui se prenait pour la reine du lycée. Les fêtes approchent à grands pas et nous avons besoin de bénévoles pour nos différentes manifestations. Commençons par le marché de Noël. Des volontaires ?

Glory et deux autres levèrent la main.

— Merci, Vivianne. Le marché de Noël est une grosse responsabilité, mais je suis certaine que tu t'en sortiras très bien.

Glory perça un carré de beurre et l'étala sur ses crêpes.
— Maintenant, j'ai besoin d'une volontaire pour la vente de gâteaux.
Une fois de plus, elle leva la main.
— Merci, Julia.
Elle perfora un autre sachet, de sirop cette fois, et arrosa les crêpes desséchées, plus pour les réhydrater qu'autre chose.
— Des volontaires pour superviser la distribution de dons alimentaires des fêtes de fin d'année ?
Glory leva les yeux au ciel, puis la main.
Constance inspectait la salle et, à défaut d'autres candidates, son sourire de façade commença à se craqueler.
— Quelqu'un, n'importe qui ?
— Glory Broussard présidera la distribution des dons alimentaires, l'interrompit Jocelyne en soupirant, à la stupeur de Glory. Nous avons d'ores et déjà quatre volontaires, sans compter les sœurs qui gèrent les stocks au quotidien, vous aurez donc pas mal de soutien.
Les deux femmes passèrent en revue les derniers sujets à l'ordre du jour et, dans l'intervalle, Glory enveloppa deux tranches de pain perdu dans une serviette qu'elle fourra à l'intérieur de son sac. À la fin de la réunion, elle aborda sœur Jocelyne.
— Je voulais vous remercier de m'avoir confié cette mission, dit Glory sans une once de sarcasme ou d'ironie pour une fois.
— Je n'oublie pas que la moitié de la congrégation a subi un empoisonnement alimentaire l'an dernier, mais les boîtes de conserve sont dans vos cordes, j'imagine.
Ce n'était pas l'heure de polémiquer sur la débâcle des écrevisses en solde. Elle devait se concentrer sur sa mission et, par ailleurs, Jocelyne n'avait pas tort.
— Vous êtes magnifique dans cette tenue. Je ne vous avais encore jamais vue sans votre uniforme. Vous… allez quelque part ?

— L'ordre n'a pas d'uniforme officiel. Même si les sœurs ont pris l'habitude de toutes s'habiller pareil, rien ne nous oblige à nous déguiser en pingouins. On aime se faire belles, parfois, nous, les filles.

S'autoqualifier de « fille » à la cinquantaine passée indiquait soit qu'on était en plein déni, soit qu'on mijotait un coup, se dit Glory. L'occasion n'exigeait pas qu'on se mette sur son trente-et-un. Ce n'était pas exactement l'événement social de la saison, mais tout bêtement le buffet des bénévoles offert par le café Dwyer. Pour qui s'était-elle apprêtée ? Une bande de femmes vieux jeu qui l'avaient vue des millions de fois en habit de nonne ? Si elle n'avait pas été si perspicace, Glory aurait conclu qu'elle se donnait des grands airs.

— Suivez-moi. Je vais vous montrer l'entrepôt.

Elles se rendirent à l'autre bout de l'église, dans une pièce étonnamment spacieuse et tapissée d'étagères métalliques recelant des boîtes de porc et de haricots en conserve, de soupes variées, des papiers toilettes et des couches.

— Nous avons mis en place un système efficace pour la distribution, dit sœur Jocelyne, sortant un miroir de poche de son sac pour inspecter sa coiffure. Si vous souhaitez vous y mettre maintenant, préparez les kits de nourriture pour commencer. Les produits sont listés ici. Une fois cela fait, posez les colis sur l'étagère du bas.

— Je m'en occupe, dit Glory en reluquant la tenue de Jocelyne. Prétendre qu'elle n'avait pas d'allure aurait été mentir. Mais à en juger par son sac matelassé, son poudrier orné de roses cent-feuilles, jusqu'au tissu râpé de son pantalon, sa panoplie semblait droit sortie d'un catalogue Montgomery Ward de 1978. Peu importe, elle ferait aussi bien de se concentrer sur sa mission plutôt que s'improviser critique de mode.

— J'ai vu le père Romero l'autre jour… dit Glory.

Elle plaça un pot de beurre de cacahuètes, un bocal de confiture et du pain de mie Evangeline Maid dans un carton. À la seule mention de son nom, Jocelyne cessa son toilettage.

— Il a fait allusion à la curatelle d'Amity.

Le prêtre n'avait rien entrepris de tel, Glory l'avait lu dans le rapport de police. Mais comment évoquer de manière délicate l'idée qu'on enquêtait sur un meurtre ? On s'en abstient, un point c'est tout. Et on noie le poisson.

Jocelyne referma son miroir de poche si violemment que Glory craignit un instant qu'il soit brisé.

— Il devrait savoir, mieux que personne, que c'est courant chez les religieuses. Nous n'avons pas d'enfants et rarement de proches. La majorité du temps, nous vieillissons puis mourons dans l'entourage de nos sœurs.

Glory se sentit bête tout à coup, en comptant les sachets orange de ramens déshydratés. Sœur Jocelyne marquait un point. Ou bien c'était l'inverse ? Pourquoi ne pas se contenter d'un testament ou… d'un formulaire du genre ? Elle devait se souvenir d'en parler à Delphine.

— Je suis désolée, je ne voulais pas vous faire de peine, dit Glory, sincèrement contrariée.

Pourquoi s'ingéniait-elle à enquiquiner cette pauvre femme ? Jocelyne s'était faite belle pour une raison personnelle et, même si elle ne lui avait jamais inspiré confiance, cela ne signifiait pas qu'elle préparait un mauvais coup. Son animosité relevait uniquement du fait que Jocelyne aimait se balader avec sa guitare dans l'église en chantant ses solos, convaincue d'appartenir au Sister Sledge plutôt qu'aux Sœurs de la Sainte-Famille. Un motif assez mesquin pour détester autant quelqu'un, Glory le concédait.

— Le père Romero a seulement mentionné que le curateur avait refusé le rapport toxicologique…

Non seulement elle mentait sur ce qu'avait dit le prêtre, ou plutôt ce qu'il n'avait pas dit, mais elle mentait à une religieuse. Elle avait commis un double péché de si bon matin. Alors pourquoi s'arrêter là ?

— Nous avons renoncé au rapport toxicologique parce que cela aurait pris des semaines pour récupérer le corps et que nous étions tenues d'organiser les funérailles en fonction de l'agenda du cardinal. Le diocèse insistait pour que tout coïncide. Et si le père Romero a des questions sur ma gestion de cette affaire, il devrait m'en parler au lieu de répandre des rumeurs.

Glory se détendit, reconnaissante de ne pas avoir été foudroyée sur place pour avoir menti à une nonne.

— Vous savez, dit Jocelyne en s'adoucissant, vous n'êtes pas la seule à qui Amity manque, et vous n'êtes pas la seule à penser qu'il y a quelque chose de suspect dans tout ça.

Occupée à confectionner un kit déjeuner, Glory s'arrêta net.

— Elle était ma confidente, à moi aussi, la seule à qui je pouvais parler de certaines choses. L'inclémence, par exemple, de la mère supérieure depuis qu'elle m'a désignée comme sa successeure à la tête de l'ordre. Ou cette vie de solitude. Je ne peux pas me permettre de le confier aux autres sœurs, elles penseraient que je perds la foi ou la tête. Mais Amity, c'était quelqu'un. Ce qu'elle a fait ne lui ressemble tellement pas.

Elles étaient amies, Glory le comprenait maintenant. Et elle se sentait idiote d'avoir aussi peu d'estime pour cette femme.

— Quoi qu'il en soit, je dois vous quitter. J'ai rendez-vous avec un entrepreneur pour le nouvel entrepôt alimentaire.

Jocelyne réajusta plusieurs paquets de pâtes puis s'approcha du coin friandises longue conservation. Elle examina une boîte de sablés nappés d'une épaisse couche de chocolat, en déchira l'emballage, et goba un biscuit.

20.

La serveuse avait le visage luisant et cramoisi, à cause de la vapeur. Elle posa la casserole sur la table dans un claquement sourd, faisant vibrer les verres de thé glacé. Puis elle renversa son contenu sur la nappe en papier journal : des crevettes rose vif, tout juste cuites. Elle répéta la cérémonie, une minute plus tard, avec une cassolette de petites pommes de terre et épis de maïs en morceaux.

Comeaux Seafood faisait l'angle de la très fréquentée University Avenue, jouxtant un magasin d'articles de chasse ceint tout du long de fanions en plastique multicolores. Plusieurs dizaines de personnes occupaient les tables de pique-nique sur la terrasse du restaurant.

Delphine se tourna vers Landry en se protégeant les yeux du soleil.

— Ton testament semble conforme. Juste une question... Pourquoi désigner comme bénéficiaires tes enfants mineures plutôt que ta femme ?

Comme par hasard, depuis son retour en ville, Beau Landry sollicitait ses lumières sur un tas de documents juridiques.

— S'il m'arrivait quelque chose, Kerry serait amplement à l'abri grâce à la fortune de la famille Benoît, dit-il en nouant une serviette autour de son cou. Elle s'en sortira quoi qu'il se passe. Je me suis dit que c'était mieux de laisser tout ce que j'ai à mes filles.

Il décortiqua une crevette avec ses pouces.

— Je vois. Logique. Rappelle-moi... comment vous vous êtes rencontrés, déjà ?

— Une histoire marrante, en fait.

Landry s'essuya les doigts sur son bavoir et avala une grande gorgée de thé glacé avant de poursuivre.

— C'était au bal George-Washington. Au Petroleum Club de Lafayette. Sauf que ce soir-là Kerry était une débutante et moi, un voiturier.

Officiellement, le bal marquait l'anniversaire de George Washington. Puis à un moment donné, le responsable en titre de l'époque lui avait associé la commémoration de la tombe du Soldat inconnu. Officieusement, il s'agissait d'un petit bal tristounet pour débutantes que la soi-disant bonne société de Lafayette s'obstinait à perpétrer. Un parterre de jeunes filles engoncées dans des robes longues bouffantes, et coiffées de tiares, avec leurs cavaliers, ou les appelait-on « patriotes »... Delphine ne savait plus très bien. Elle se souvenait en revanche que la mère de Kerry présidait le bureau local des Daughters of the American Revolution, les Filles de la révolution américaine, et qu'il était notoirement connu que son grand-père avait été un Grand Maître du KKK, ce que réfutait catégoriquement sa famille. Cependant, Delphine soupçonnait qu'une cagoule se cachait encore quelque part dans la résidence des Benoît.

— Kerry était la reine du bal ou un truc du genre, dit Beau. Et elle en avait détesté chaque seconde. Je l'ai trouvée adossée à ma voiture en fin de soirée, elle fumait une cigarette en cachette de ses parents. Et c'est ainsi que naquit notre amour pour l'éternité, conclut-il sans même essayer de cacher son sarcasme.

— J'imagine que ça avait plus d'allure que notre pauvre bal de promo.

Ils avaient tous deux fréquenté le lycée public d'Acadiana, fief des Rams. Delphine se rappelait la robe moulante violette qu'elle avait dénichée à la boutique de déstockage, elle entendait encore les objections de sa mère. « Ça non, pas question. Ma fille ne se fera pas mettre en cloque au bal de promo. » Mais Delphine l'avait convaincue de l'acheter, au prétexte que Beau Landry était son cavalier, et quiconque connaissait l'adolescent savait qu'il était même incapable de regarder une fille dans les yeux, encore moins de fantasmer des plans sur la comète.

Delphine peinait à marcher avec ses stilettos, achetés pour l'occasion et hauts de huit centimètres. Qu'à cela ne tienne, elle avait capitulé au bout de deux morceaux et résolu le problème en dansant pieds nus. Une bannière peinte à la main surmontait la scène, portant l'inscription : « Maintenant et pour l'éternité », et des ballons argent flottaient au plafond du gymnase. Elle se revoyait distinctement siroter son punch dans un gobelet en carton mouillé quand « All My Life » de K-CI et Jojo avait retenti, et que Beau l'avait entraînée par la main sur la piste. Ils s'étaient mangés des yeux pendant tout le slow, et Delphine s'était imaginée que c'était un vrai rencard et non un petit arrangement entre copains.

— Tu étais tellement gentil, ado, dit Delphine. Je ne pense pas t'avoir jamais remercié pour le bal de promo. C'était un geste adorable de ta part.

Après des semaines de flirt frénétique, Delphine était certaine que Shaun Donovan l'inviterait. Et, patatras, il avait déposé une douzaine de roses dans le casier d'une autre fille. Dès le lendemain, Beau lui demandait d'être sa cavalière, et elle lui était reconnaissante de cette attention.

— Tu entends quoi au juste par « geste adorable » ? demanda-t-il, visiblement surpris.

— Ben, tout le monde sait que tu m'as invitée parce que tu avais pitié de moi et que tu étais un mec sympa.

— Ce n'était pas le cas, dit-il, confus. Je te l'ai proposé parce que j'avais envie d'y aller avec toi.

La serveuse avait-elle apporté une nouvelle cassolette de crevettes ? Parce que Delphine avait subitement l'impression d'être au-dessus d'un chaudron bouillant par une chaude journée d'été. Elle qui s'était persuadée toutes ces années que Landry avait eu pitié d'elle, qu'elle n'avait pas eu droit à un bal de promo en règle, avec un vrai cavalier. Il y avait un continent entre ses souvenirs et la réalité.

— Comment tu gères, côté divorce ? demanda-t-il après un silence pesant.

Delphine lui rendait grâce de changer de sujet. Il avait eu pitié d'elle, en lisant la panique sur son visage. Pourquoi s'imaginait-elle constamment mériter sa pitié ?

— Disons que je tiens le coup. J'ai fait un beau gâchis.

Delphine décortiqua une autre crevette dont elle gratta la chair de l'index.

— Pardon d'être indiscret, mais ça n'a pas l'air de beaucoup te perturber.

Elle enfourna une patate salée dans sa bouche et médita une seconde avant de répondre. Elle ne cherchait pas à gagner du temps, mais entre son départ précipité de New York pour l'enterrement d'Amity et les manigances subséquentes de sa mère, elle n'avait eu ni le temps ni la tête à songer à son couple ou à ce qu'elle ressentait.

— Quand j'avais dix ans, je mourais d'envie de voir La Nouvelle-Orléans. Je n'y étais jamais allée, alors que c'était à trois heures de route. J'avais fait des pieds et des mains pour que ma mère m'y emmène pour mon anniversaire. Cet ancien grand magasin, Maison Blanche, tu connais ? En entrant, j'avais repéré un pull violet à manches papillons, sans oser réclamer vu que c'était déjà miraculeux qu'elle m'offre ce voyage, mais mes yeux avaient dû parler pour moi. Ma mère m'a dit de l'essayer et a fini par me l'offrir.

« J'avais sûrement la touche d'un pantin, dans ce pull, mais je l'adorais. J'avais aussi occulté qu'il fait rarement froid chez nous et que l'angora gratte sérieusement. Mais je m'en suis accommodée, j'en étais dingue. Je n'ai d'ailleurs jamais cessé d'aimer ce vêtement, même si j'ai dû renoncer à le porter après une éruption cutanée. En quelque sorte, mon mariage est à l'image de ce pull : beau en surface mais urticant.

Ils étaient restés assis un long moment en silence, à la table de pique-nique en bois. C'était un de ces jours bénis de fin septembre, l'air sec et frais embaumait les derniers magnolias. Des images de son bal de promo et de son pull angora tourbillonnaient dans sa tête, et elle ferma les paupières, s'efforçant d'enrayer la machine. Elle respira à fond ce parfum et sentit ses épaules se décontracter pour la première fois depuis des siècles.

— Toi et Kerry ? Ça se passe bien pour vous ? demanda Delphine au moment où son regard se portait sur une petite famille en tenue de camouflage, plus loin sur le parking.

— J'aime mes filles. J'adore être père.

Il jeta un coup d'œil vers Johnston Street, comme s'il y avait autre chose à voir que le flot continu des voitures.

Elle n'insista pas. Il méritait la même courtoisie que celle qu'il lui avait manifestée plus tôt, pendant son petit moment de recueillement, et s'intéressa à son téléphone.

— J'imagine que tu reçois des e-mails du boulot en continu, dit-il.

Elle pinça l'écran de son portable pour agrandir une image et fronça les sourcils.

— Non, rien à voir avec mon boulot. Je vérifie ce que fait ma mère. Je me demande bien ce qu'elle fiche dans ce garage. Elle donne sa voiture à la révision dès qu'une ampoule claque.

— Tu espionnes ta mère ? Mieux vaut pour toi qu'elle ne l'apprenne pas, dit-il en rigolant.

— Je ne l'espionne pas, lui opposa Delphine. Enfin, si. Mais uniquement parce qu'elle est obsédée par la mort d'Amity et n'arrête pas de manigancer des trucs en secret. Le jour de l'épisode des abeilles, quand elle est montée se coucher, j'ai bidouillé son téléphone et me suis ajoutée à la liste des contacts autorisés à la localiser.

— Ce n'est pas faute de vous avoir conseillé d'arrêter. Ne me dis pas que vous continuez.

Delphine arracha de son cou la serviette.

— Je ne sais pas si Amity a été tuée ou non. Mais ça ne colle pas. Une nonne ne ferait jamais une chose pareille, et encore moins Amity. Il y a un élément qui pue.

Landry plaça sa main sur la sienne au moment où elle reposait son téléphone sur la table.

— Je t'en supplie. Arrêtez. Vous allez finir par vous attirer des ennuis, et je ne veux pas que ça arrive.

Elle avait beau s'en défendre, Delphine avait seize ans à nouveau et dansait un slow dans un gymnase en s'imaginant que leur amourette était bel et bien réelle.

Entre Best Buy et Lowe, un bruit d'explosion surprit Glory alors que sa voiture se déportait sur la droite. Elle se rangea et vérifia avant de sortir que sa portière ne serait pas arrachée par un véhicule déboulant sur Ambassador Caffrey Parkway, axe le plus fréquenté de Lafayette. Cette partie de la ville en constituait le centre nerveux, une quantité d'enseignes connectaient les résidents au reste du monde. Bed Bath & Beyond. Ulta. Olive Garden. Quand on avait besoin de quelque chose – n'importe quoi –, on l'achetait soit en ligne, soit à Ambassador.

Le pire endroit pour crever. Glory tâchait de se faire toute petite, plaquée contre la portière côté passager pour ne pas finir écrabouillée sur la voie de virage/bande d'arrêt d'urgence. Son pneu avant droit était aussi raplapla qu'un sexagénaire sans son Viagra.

« Quel manque de bol ! » jura Glory en respirant la fumée des pots d'échappement.

Elle remonta dans sa voiture et explora son sac, une vraie caverne d'Ali Baba, à la recherche de sa carte de membre AAA, Association des Américains accidentés, sans certitude sur sa validité. Prise de panique, elle en répandit le contenu sur le siège : journal de comptes, portefeuille (truffé des cartes qu'elle avait contractées pour bénéficier des 20 % de réduction offerte au premier achat par un tas de magasins), portions individuelles de confiture chipées chez Cracker Barrel. Son inspection virait à un chaos désespéré et elle était au bord des larmes quand elle entendit toquer à la vitre.

Elle plaqua sa main sur son cœur et lâcha un soupir de soulagement en reconnaissant Noah Singleton, plié en deux, la main en visière.

— Tout va bien, miss Glory ?

— Seigneur Jésus, Noah, vous m'avez fichu une sacrée trouille, dit-elle d'une voix plus hostile qu'elle l'aurait souhaité en baissant sa vitre.

— Vous avez une méchante crevaison, on dirait.

— Le voyant de la pression des pneus est allumé depuis plusieurs semaines. D'habitude, je fonce direct au garage, mais j'ai été trop occupée ces derniers temps. Je cherche ma carte AAA.

— Cette voiture n'a pas plus de deux ans. Elle est sûrement toujours sous garantie. Ne bougez pas, je vais passer un coup de fil chez Robichaux.

En moins d'une demi-heure, la voiture était remorquée, et Glory et Noah, assis dans la salle d'attente du concessionnaire Honda local. Il y avait une enfilade de jeux d'arcade vintage contre un mur et, au centre de la pièce, un billard dont le tapis était troué. Glory serrait dans ses mains un gobelet sur lequel était écrit « New Orleans Original Daiquiris ». Chaque fois qu'elle tirait sur sa paille, elle provoquait des couinements dignes d'un violon bas de gamme et désaccordé.

— Je n'arrive toujours pas à croire que vous m'ayez convaincu de commander un daïquiri au drive-in, bougonna Noah.

Une pratique institutionnelle en Louisiane ! On rendait légales ces boissons alcoolisées à emporter en obstruant le trou destiné à la paille avec un bout de scotch.

— Vous en auriez réclamé un, vous aussi, si vous aviez crevé en plein Ambassador Avenue. Et puis, fichez-moi la paix. J'ai déjà les nerfs assez à vif comme ça, et il n'est même pas midi.

Dans un coin, *Ms. Pac-Man* émit son crincrin de fin de partie.

Glory n'avait jusqu'ici pas prêté attention à la tenue de Noah. Il portait un pantalon bleu marine, une chemise blanche impeccable, et des souliers marron luisants. Depuis qu'il avait ouvert cette franchise du café CC's, l'avait-elle vu autrement qu'avec son uniforme de travail ? Elle n'arrivait pas à se souvenir de la dernière fois qu'elle l'avait aperçu habillé en civil.

— En quel honneur vous vous êtes fait beau, dites-moi ?

— Ça fait cinq ans aujourd'hui que ma Sarah est morte, dit-il en tirant sur son pantalon. Je ne suis pas un adepte des églises, mais de temps en temps je vais m'y asseoir un petit moment. J'aime le calme qui y règne.

Il tourna la tête vers l'atelier. Un homme avec un masque de soudeur s'attaquait à une pièce en acier avec une fraise rotative géante. Des étincelles retombaient en pluie sur l'ouvrier, pareilles à une averse orageuse.

Glory essaya de trouver les mots justes, mais il n'y en avait pas. À défaut, elle lui tendit le gobelet en signe de trêve. Noah aspira dans la paille et se mit à tousser.

— C'est quoi ce truc ?

— Un 190 Octane.

Il la jaugea d'un air incrédule et avala une plus grande rasade avant de le lui rendre.

— Je ne suis pas croyant comme vous. Ça peut paraître un peu idiot, dit-il, mais c'est quand je suis assis à l'église que je me sens le plus proche d'elle. J'ai le sentiment que je ne pourrai jamais me faire à l'idée de ne plus être père.

— Vous serez son père pour toujours. Personne ne pourra jamais vous l'enlever, dit Glory en reposant le gobelet entre eux sur une table jonchée d'anciens numéros du *Sports Illustrated* et du *Highlights*.

— Je songe parfois à rejoindre votre église, même si je sais pertinemment que ça ne la ramènera pas.

Glory n'était pas en position de le contredire. D'autant qu'à cette heure grave de son existence elle questionnait elle-même sa foi en l'institution. Pour commencer, il y avait le père Romero, son loft et son fourneau à six brûleurs, que Glory ne jugeait pas très catholiques, sans s'expliquer pourquoi. Ensuite, il y avait les arrogantes de la Red Hat, prétendument sociables et bienveillantes mais dont les manières l'irritaient autant que la carapace d'un tatou au bord d'une route. Elle était à court d'arguments pour convaincre Noah que devenir pratiquant adoucirait ses tracas et son chagrin.

— Que vous apporte l'Église ? demanda-t-il.

— Pour être franche, je ne crois pas avoir la réponse. J'y vais depuis que je suis née, voilà tout. Je ne peux pas mieux dire. Permettez-moi cette comparaison. Honnêtement, est-ce que vous trouvez normal que des gens puissent aimer le King Cake ? Impensable. Et pourtant, tout le monde en bouffe à Mardi gras, expliqua-t-elle en arrachant un sourire à Noah. On le fait, c'est tout, parce qu'on aime penser qu'on participe à quelque chose de plus grand que nous. Qu'il y a un but à tout ça.

— Vous entendez quoi par « tout ça », au juste ?

— La vie, je suppose, répondit Glory, voyant qu'on hissait sa voiture au-dessus d'un poste de travail. Par exemple, ça m'aide de parler à maman. Parfois je me rends à Saint-Martin de Porres, le petit cimetière où maman et Amity reposent, et je leur parle. C'est bête, je sais, je leur raconte ce que je vais cuisiner au dîner, les derniers potins et les nouvelles de la Red Hat Society d'Acadiana. Des trucs de la vie quotidienne.

— Et ça vous aide ?

— Je ne me l'explique pas, mais oui, je crois que ça m'aide.

Glory attrapa de nouveau le gobelet et le siffla d'un trait. Les glaçons lui chatouillaient la gorge. Un type avec une barbe grise judicieusement assortie à sa salopette passa une tête dans la salle d'attente.

— Glory Broussard ?

— Oui, c'est moi, dit-elle en se levant pour jeter le gobelet dans la poubelle. Ma voiture est prête ?

— Vous avez eu de la chance qu'on ait le pneu en stock. C'était le dernier.

— Pourquoi vous n'avez pas juste changé la chambre à air ? s'enquit Noah.

— Avec un pneu lacéré, Monsieur, on ne se contente pas de changer la chambre à air.

Noah se leva d'un bond, alors que Glory restait interdite.

— Vu l'état de votre pneu, m'est avis que quelqu'un, qui avait des comptes à régler et un canif, a voulu vous faire passer un message.

21.

À la suite des révélations du mécanicien, Noah avait exigé de la suivre en voiture jusque chez elle. Glory actionnait maintenant la porte automatique du garage et se rangeait à côté du véhicule loué par Delphine. Le coup de klaxon de Noah la fit se retourner.

— Vous êtes sûre que ça va ?! cria-t-il en baissant la vitre de sa voiture.

— Oui, oui, ça va, mentit-elle. Encore merci pour tout.

Il referma sa vitre et démarra.

— Où étais-tu passée tout l'après-midi ? s'enquit Delphine, feignant d'être occupée, assise devant son ordinateur à la table de la cuisine.

Glory se laissa choir à côté d'elle, comme si elle venait se livrer à une course d'obstacles.

— Oh, j'ai crevé sur Ambassador Avenue, répondit-elle en clignant des yeux.

Elle se garda de lui révéler que son pneu avait été saboté par la lame d'un vandale. Elle n'était pas d'humeur pour une autre de ses scènes. Son premier réflexe serait sûrement d'appeler la police. Ces mêmes policiers qui avaient conduit et bâclé l'enquête sur la mort de sa chère amie. Non, sa fille n'avait pas à connaître ces détails pour le moment.

— Comment s'est passé ton déjeuner avec Landry ?

Delphine faisait profil bas et continuait à pianoter sur son clavier.

— Oh, tu sais, j'ai juste relu son testament.

— Il n'y a pas assez d'avocats dans le coin pour s'en occuper ?

— C'est conseillé de prendre un second avis pour ce genre de documents importants, dit Delphine. À ce propos, j'ai parlé ce matin avec l'assistant d'un légiste de New York. Il a formulé des hypothèses intéressantes sur le rapport d'autopsie.

Le pathologiste, avec lequel son assistante juridique l'avait mise en relation, avait soulevé plusieurs questions en l'absence de données toxicologiques. L'os hyoïde était fracturé, pointant vers une mort par pendaison. Mais son cou présentait une dizaine d'autres fractures, corroborant à la fois le décès par pendaison ou par strangulation.

— Il trouve légitime de conclure au suicide, vu les circonstances. Tout en ajoutant qu'il n'aurait pas exclu la strangulation pour une autre scène de crime, l'informa Delphine.

Il y a parfois une étrange dissonance entre ce que l'on croit être vrai et le moment où cela devient vrai. Glory avait eu la confirmation qu'elle espérait, mais elle se sentait plus abattue que triomphante, c'était un véritable coup de massue. Elle avait besoin de repos, prétexta-t-elle, s'enferma dans sa chambre et roupilla douze heures d'affilée.

En s'éveillant le lendemain matin, elle se demanda pendant un instant où elle était et comment elle était arrivée là. Une montagne de mouchoirs en papier avait poussé sur son matelas, à côté des livres, des tableaux et des travaux de couture avortés qui couvraient la quasi-totalité de la courtepointe matelassée. En se retournant, elle comprit que Delphine s'était introduite dans sa chambre, et ce très récemment. Sur son chevet, elle trouva un gobelet de café fumant provenant du CC's et un scone sur une soucoupe, celui avec la croûte sucrée au-dessus, son préféré. Et juste à côté, deux pilules bleues. Delphine étant Delphine, sa fille avait visiblement fouiné dans sa chambre et dans ses affaires avec une précision chirurgicale, et Glory sut que ses secrets étaient éventés.

Quelle importance ? se dit-elle. Lui restait-il seulement un brin de fierté ou de dignité à défendre ? Tout le monde en ville savait désormais que son ex-mari l'avait quittée pour une femme à la peau de satin. C'était d'ailleurs mieux comme ça. Avec le temps, Glory s'était lassée d'habiter un nuage de fumée et de tomber sur des sacs Crown Royal en velours avec leurs petits cordons aux quatre coins de la baraque. Elle appréciait le calme retrouvé de son intérieur. Miss Minijupe n'avait qu'à se coltiner ce sale tricheur.

Glory était parvenue à cacher ses ténèbres, la noirceur qui l'étreignait et refusait de la lâcher. Enfin jusqu'ici. Dehors, elle arborait telle une armure ses bérets et sa bonhomie de façade. Peu importe que Delphine le sache ou non. Sa fille n'était pas crétine. Un simple coup d'œil à sa maison, qui avait toujours été encombrée mais bien ordonnée, ne l'avait pas trompée. À la seconde où elle avait posé un pied chez elle, Delphine avait su.

Elle souffla sur le café fumant et considéra les médicaments d'un œil défiant. Deux pilules, deux fois par jour. La dose prescrite, ça lui faisait une belle jambe. Ces cachets lui rappelaient tout ce qu'elle souhaitait oublier. Elle leur préféra donc le scone.

En clopinant vers la cuisine, elle aperçut le chat par la fenêtre. Comme à son habitude, il (ou elle, à bien y réfléchir) était juché sur la table du porche. Il semblait plus maigre que jamais, ses côtes perçaient sous sa fourrure noire. Il avait le museau balafré et un œil méchamment tuméfié. Glory compatit presque.

Elle remplit un petit bol de lait et parsema une assiette de croquettes. Elle avait réfléchi à deux fois avant de les acheter. Quand on nourrit un chat, il devient vôtre, et Glory n'avait aucune envie d'avoir un chat. Mais elle avait la franche impression que personne ne s'en occupait et, en ce bas monde, on avait tous besoin que quelqu'un prenne soin de nous.

Glory se sentait perdue. Comme chaque fois qu'elle était à la dérive ou en quête de réponses, seul un endroit pourrait lui apporter un peu de réconfort : le monastère des Carmélites déchaussées. Elle s'était méprise la première fois qu'elle avait entendu ce nom, comprenant les Carmélites « déplacées », ce qui n'avait pas manqué de l'attirer. Il était naturel que Glory s'identifie à ces personnes déplacées, vu qu'elle éprouvait ce sentiment la majeure partie du temps. Elle apprit par la suite qu'elles étaient « déchaussées », à savoir pieds nus, même s'il s'avéra que les religieuses portaient bel et bien des souliers, à sa grande déception. Sans réveiller Delphine, elle démarra sa Honda et mit le cap vers l'est, empruntant West Congress jusqu'au domaine des Carmélites.

Comme partout en Louisiane, l'urbanisme du quartier était une catastrophe. Une casse, où une voiture rouillée trônait en haut d'une plateforme, côtoyait un lotissement de maisons neuves, lequel voisinait avec une sorte de labyrinthe dont les gens payaient l'entrée une fortune pour se perdre, une chose que Glory n'avait jamais comprise. Dès qu'elle s'engagea dans la longue allée en courbe du monastère, la concorde reprit le dessus. Des pelouses soigneusement tondues, des fleurs écloses en toute saison.

La chapelle était sobre, avec ses murs en brique rouge dedans comme dehors. Surplombant l'autel, des poutres peintes en blanc pointaient vers le ciel. Aujourd'hui, Glory avait sacrément besoin que ses prières soient entendues, aussi ignora-t-elle les protestations de ses os lorsqu'elle s'agenouilla sur le prie-Dieu. Le cartilage de son genou émit un craquement déconcertant.

Prier s'apparentait beaucoup à cette fois, la seule et unique, où elle avait consulté un thérapeute. Vous passiez le gros de votre temps à éviter les choses qui fâchent, n'entrant dans le vif du sujet qu'en toute fin de séance, et seulement si vous en aviez le courage. Sa première prière fut d'être capable de se relever lorsqu'elle en aurait terminé. Elle pria ensuite pour que Delphine divorce de son bon à rien de mari et se dégote un type bien et normal. Pour qu'elle ait aussi l'intelligence de ne pas s'embarquer dans une relation avec Landry. Glory l'avait toujours considéré comme une bonne pioche, mais les choses étaient plus compliquées aujourd'hui. Puis elle passa aux choses sérieuses.

Elle pria pour que ses ténèbres intérieures se dissipent. Elle pria pour qu'un jour justice soit rendue à Amity et Beverly. Et elle pria pour que, lorsque son heure viendrait, ce soit parce que le Seigneur la rappelait et non parce qu'il avait envoyé un sbire faire le boulot avec une hache. Elle désirait quitter cette Terre de manière subite et naturelle, crise cardiaque, rupture d'anévrysme, ou autre incident qui vous expédiait directement au ciel sans vous brutaliser ou vous noyer dans une piscine comme la pauvre Beverly. Ou sans qu'on la retrouve pendue à une poignée de porte, ce que Glory n'avait jamais considéré comme une option jusqu'à ce que cela arrive à Amity, même si elle n'avait pas mordu une seconde à l'hameçon.

Mais quelle différence cela faisait-il d'être paisiblement rappelée par le Seigneur ou achevée par la machette d'un assassin ? Certaines morts relevaient-elles de la volonté de Dieu quand d'autres échappaient à son escarcelle ? Pire, certaines morts étaient-elles la volonté du diable ? C'était accepter que le Seigneur ne soit pas omnipotent, et Glory n'était pas certaine de vouloir s'aventurer sur ce terrain glissant. Encore plus frustrant, comment expliquer qu'une femme de son âge n'ait pas déjà fait le tour de ces questions ? Glory était croyante, certes, alors pourquoi sa foi était-elle à ce point nébuleuse ? Elle l'aurait voulue aussi vive et puissante que les faisceaux d'un phare. Au lieu de cela, elle avoisinait ceux de sa Honda CR-V, tout juste bons à éclairer des courtes distances l'une après l'autre. Il n'y avait qu'à espérer que cela suffirait à la ramener chez elle sans encombre.

Après s'être recueillie, Glory se rendit à Saint-Martin de Porres, l'église de son enfance et le port d'attache d'Amity. L'herbe y était humide et boueuse en permanence, même quand il n'avait pas plu. Glory portait donc ses tennis noires esquintées. Elle avait assez pratiqué ces lieux pour savoir que ses jolis souliers n'étaient pas une option. Les tombes n'étaient pas disposées en lignes harmonieuses, la faute probablement aux aménagements et autres régulations, bricolées à la va-vite par le passé pour les cimetières réservés aux gens de couleur. À supposer qu'une réglementation ait tout bonnement existé. Glory se fraya un chemin dans un labyrinthe de tombeaux et de pierres tombales classiques, jusqu'à celle de sa mère.

Comme toujours, sa tombe était impeccablement entretenue. Glory veillait à ce que ce soit le cas. Les fleurs jaunes artificielles étaient remplacées dès qu'elles avaient l'air défraîchies, et on y ajoutait des fleurs coupées aux grandes occasions : fête des mères, Pâques, Noël. Glory avait payé un supplément pour une pierre tombale moderne avec le portrait de sa mère, à laquelle personne de sa fratrie n'avait daigné participer. Une fois par mois, au moins, Glory intimidait le gardien afin de l'encourager à l'entretenir comme il fallait. Résultat, les mauvaises herbes étaient arrachées, la pelouse, tondue et la pierre tombale, luisante. C'était sans conteste le carré le mieux entretenu du cimetière.

La tombe étant située à l'extrémité, Glory avait fait installer un banc, et personne n'avait osé le lui interdire. Glory avait acquis pour elle-même la dernière concession libre, des années plus tôt. Delphine n'aurait qu'à prendre ses propres dispositions pour l'au-delà. Glory s'assit sur le banc et mit sa mère au courant des dernières nouvelles.

Elle lui raconta tout ce qui s'était passé. Que sa fille était de retour en ville, que les choses étaient en permanence tendues entre elles, vu que Delphine était avocate à New York alors que Glory s'était battue presque toute sa vie pour joindre les deux bouts. Et que, même si Glory avait aujourd'hui un gagne-pain rémunérateur, Delphine ne la considérerait jamais comme une personne respectable. Elle se demanda à haute voix si elles auraient été plus complices si Delphine n'était pas partie, si elle avait pris un boulot normal chez Costco, et refoula aussitôt ces pensées honteuses. Elle ébouriffa la plante jaune artificielle et se prépara à partir.

Une idée lui traversa soudain l'esprit. Elle récupéra la plante et se mit en tête de localiser la sépulture de Sarah. Elle avait un vague souvenir d'où elle se trouvait étant donné qu'elle avait assisté à ses obsèques, et il ne lui fallut d'ailleurs pas longtemps pour identifier la sobre plaque. Elle s'inclina et abandonna la plante à Sarah. Elle se figurait que Noah, en parfait bonhomme, n'avait probablement jamais songé à y laisser des offrandes, et se promit d'ajouter Sarah à sa liste de visite.

Elle se dirigea ensuite à l'autre extrémité du cimetière, où était enterrée Beverly Malveaux. Le jour où elle avait été scellée, sa pierre tombale était magnifique. La communauté noire était si remontée que même les gens sans le sou s'étaient saignés pour y contribuer. Mais elle avait aujourd'hui perdu sa splendeur d'antan. Les mauvaises herbes avaient fait leur nid, et personne ne venait plus la fleurir depuis longtemps. Glory prit note mentalement de parler au gardien pour qu'il améliore l'entretien de cette partie du cimetière. Elle nota également de se souvenir d'apporter des fleurs la prochaine fois.

Le sol semblait plus humide que jamais, ses pas produisaient des bruits de succion comme si la terre voulait l'engloutir, alors qu'elle naviguait péniblement vers la tombe d'Amity. La fréquentation était presque insignifiante à cette heure matinale, un jour de semaine, et la présence de ce pick-up rutilant garé aux abords du cimetière ne manqua pas de la surprendre. Elle fut doublement surprise en apercevant un jeune homme noir, semblait-il, en train de se recueillir sur la tombe d'Amity. Et sa surprise fut à son comble quand il leva la tête et qu'elle reconnut Gus.

22.

« C'est une véritable honte, l'état de ces caravanes ! » s'exclama Glory. Dans son dos, le silence du père Romero, de Delphine et de Noah avait valeur de confirmation.

— Elles ont été endommagées par l'ouragan Emily. Nous prévoyons de les remplacer dès que nous aurons recueilli les fonds nécessaires.

Elle se retint de souligner que l'ouragan Emily remontait à cinq ans. Elle se retint aussi de lui rappeler qu'il avait reçu une bourse d'un million de dollars dont il pouvait disposer à discrétion. *N'allez pas croire que Glory Broussard n'est pas capable de se censurer si nécessaire*, crevait-elle d'envie de lui dire. Elle était satisfaite de sa retenue mais se réservait le droit d'exprimer le fond de sa pensée si par mégarde on cherchait à l'asticoter.

— Vous ne l'avez pas averti de notre visite, j'espère, ajouta Delphine. L'effet de surprise est déterminant pour confondre un suspect.

Dès qu'elle avait aperçu Gus au cimetière, Glory avait foncé voir le père Romero pour lui raconter peu ou prou ce qu'elle savait : la drogue, ses escapades avec Milton Knowles, leurs tatouages communs. Le père Romero en avait à son tour informé Noah, lequel parrainait sa réinsertion, et les deux hommes avaient décidé d'aller lui parler.

Il n'y avait pas de fumée sans feu, et Gus semblait cerné par un terrible feu de forêt.

— Rien ne prouve qu'il est coupable, déclara Noah, cherchant à éteindre l'atmosphère fiévreuse de leur expédition. C'est un bon employé. Accordons-lui au moins le bénéfice du doute. On n'est pas dans une émission de téléréalité ni dans un épisode de *Cops*.

Ils convinrent que le père Romero toquerait à la porte et initierait l'interrogatoire. Son ministère avait œuvré pour sa libération conditionnelle, il possédait cette terre, ces maisons, ces caravanes. Un prêtre en habit réussirait sans doute à le faire craquer.

L'état de la caravane ne s'était pas amélioré depuis que Glory et Delphine avaient mené leur surveillance. L'arrière était bosselé et son toit, endommagé par une série de tempêtes. L'habitation qui était autrefois d'un éclatant vert menthe avait viré au vert-de-gris. Les six caravanes formaient un demi-cercle, au centre duquel trônait une balançoire suspendue à un arbre, qu'il semblait plus judicieux de ne pas utiliser étant donné l'état général des lieux. Des poules paradaient dans la cour, gloussant et picorant le vide.

Lorsque Gus ouvrit la porte, Glory remarqua ses yeux rougis et son visage bouffi. Si elle avait été prompte à juger, elle aurait mis cela sur le compte de la drogue. Ou bien avait-il pleuré ? En raison de sa profession, Glory savait qu'un paquet de gens étaient des champions de la double vie, il ne la bernerait pas avec son cinéma.

— Nous souhaiterions vous parler, mon fils, déclara le père Romero.

Gus fit entrer tout ce petit monde, comme s'il attendait leur visite. La décoration n'avait rien d'original, mais, à la surprise de Glory, c'était propre. Il y avait des fruits dans une coupe mouchetée et démodée, son lit était fait au carré. Une habitude contractée durant ses années de détention, se figura Glory, rien à voir avec une quelconque discipline. Elle n'accordait pas une once de crédit ou de bonne volonté à ce type, pas après ce qu'elle avait vu. Ni avec ce qu'elle savait.

Gus s'assit sur une chaise et les autres restèrent debout. Il fuyait leur regard, le signe de sa culpabilité, conclut-elle. Il se tordit les mains et tripota ses lacets, avant de se décider à ouvrir la bouche.

— J'imagine que vous êtes ici à cause de sœur Amity.

Glory eut un rictus de dégoût et Noah leva la main pour lui intimer de se taire.

— Fils, tu dois nous dire tout ce que tu sais.

Gus ferma les yeux quelques secondes puis se lança.

— Je suis un autre homme, aujourd'hui, mais à l'époque je n'avais pas trop le choix. On était vraiment pauvres, la majorité du temps on n'avait pas d'électricité ni d'eau au robinet. Alors, j'ai commencé à dealer pour joindre les deux bouts et filer un coup de main à ma famille. J'étais doué, organisé, un vrai pro, vous comprenez.

« Au début, c'était pour aider ma famille, puis j'ai pris la grosse tête. Je me prenais pour un nabab. Un genre de Scarface cajun, ajouta-t-il, souriant fugacement au souvenir du bon vieux temps. J'avais une équipe qui couvrait le terrain, de Duson à Breaux Bridge. Puis ça a été le début de la dégringolade.

« Quand on est un caïd, on se fait en permanence des sueurs froides. Les voitures qui vous suivent partout, tout le temps. Les lampadaires dans les rues, là où il n'y en avait pas avant. On devient vraiment parano. Ça a commencé à me bouffer, à me filer des angoisses. C'est là que j'ai décidé d'arrêter.

Même Glory buvait ses mots. Personne ne s'attendait à ce qu'il parle, et encore moins à ce qu'il leur conte cette histoire qui avait l'air... plausible. Glory ignorait son dos qui l'élançait, elle ne remarqua pas non plus que les gloussements s'étaient intensifiés dans la cour, avec l'arrivée de nouvelles poules.

— Je n'avais pas capté que les flics étaient moins à mes trousses qu'à celles de Milton Knowles. Ils m'ont chopé et ont essayé de me faire parler, mais j'ai refusé. Il m'avait donné un boulot quand personne d'autre ne le voulait. Alors j'ai tenu bon, et j'ai purgé ma peine.

Le père Romero s'approcha et posa sa main sur son épaule.

— J'entends, mon fils. C'est ce qu'ils font à nos enfants. Ils leur infligent des peines d'adultes, sans prendre en considération les inégalités qui les ont plongés dans la délinquance. Je suis vraiment désolé, mon fils.

— Désolé, mon cul ! s'exclama Glory, en se penchant vers Gus. Tu arrives peut-être à tromper ce libéral au grand cœur, avec ses chaussures Prada et ses ongles manucurés, mais ça ne marche pas avec moi. Je sais que tes empreintes étaient sur la porte de la chambre d'Amity. Et je t'ai vu sur sa tombe, prier pour son pardon et sa bienveillance, mais je doute fort que Dieu t'accorde l'un ou l'autre. Comment t'expliques ça ?

Le père Romero ôta instinctivement la main de son épaule, comme si Gus était le diable et qu'il venait de l'asperger d'eau bénite. Glory avait informé l'équipe de sa découverte au cimetière, mais elle n'avait partagé qu'avec Delphine l'analyse d'empreintes, obtenue selon des procédés questionnables.

— En sortant, tout ce que je voulais, c'était me tenir à carreau, bégaya Gus en retenant ses larmes. J'avais de grands projets. Devenir un entrepreneur honnête. Mais ceux qui connaissent Milton savent que c'est un champion pour vous faire sortir des rails. Son premier geste a été de m'offrir un nouveau pick-up. Une compensation pour mon temps derrière les barreaux, j'imagine. Vous me direz, j'aurais pu refuser. Mais c'est Lafayette ici et pas une métropole. Il fallait bien que j'aie un moyen de transport. Comment j'étais supposé me déplacer ? Ensuite, il m'a demandé de faire quelques livraisons, uniquement à Amity. Quand j'ai découvert qu'elle était nonne, j'ai refusé de les lui donner, pas question que je fasse d'elle une junkie, je lui ai dit. Mais vu la façon dont elle m'a présenté le truc, j'avais l'impression de faire une bonne action. La mère supérieure était mourante, le Fentanyl, c'était pour apaiser ses souffrances.

Le père Romero se prit la tête entre les mains, Noah serrait les poings, ne sachant plus très bien contre quoi diriger sa rage.

— Tu mens ! cria Glory.

Delphine la retint par les épaules, soupçonnant sa mère de vouloir lui sauter à la gorge, comme le font parfois les victimes au tribunal.

— Mes empreintes étaient sur la poignée parce que la dernière fois que je l'ai vue, il y avait un tas de cartons éparpillés dans l'appartement, sur la table de la cuisine, dans l'entrée. Elle m'a demandé de l'aider à les glisser en haut de son placard. Il a bien fallu que j'ouvre la porte de sa chambre pour les ranger. Quand je suis arrivé chez elle l'autre jour, elle n'était pas là, mais la porte était grande ouverte. Alors je suis entré, et je l'ai trouvée… (Son visage se fronça, il fondit en larmes.) C'est pas moi, je vous jure. Je suis juste entré et je l'ai trouvée comme ça.

Le père Romero le réconfortait contre sa poitrine, Gus sanglotait comme un enfant. Glory leur tournait le dos et faisait les cent pas, questionnant la véracité de son récit, évaluant les faits qu'il avait décrits avec précision en les replaçant dans l'appartement d'Amity.

— Je t'ai offert un travail dans ma société à condition que tu sois honnête et que tu ne replonges pas, intervint Noah. Je ne peux même pas te dire comme tu me déçois, après ce que tu viens d'avouer.

— Désolé, monsieur Noah. Je, euh… je ne savais pas quoi faire. Je ne pouvais en parler à personne. Vous savez comment est Milton.

Rongeant son frein, Glory enchaîna avec sa question suivante.

— C'est toi qui as appelé les secours ?
— Oui, M'dame.
— Pourquoi tu n'as rien dit ? Pourquoi tu n'en as parlé à personne ?
Delphine tendit un Kleenex à Gus. Il se moucha et s'essuya les yeux du revers de la manche.
— Je suis en probation pour cinq ans. Les flics seraient tentés de me renvoyer en taule si je m'avisais de traverser hors des clous. Alors j'évite d'avoir affaire à la police. Si je m'étais manifesté, elle m'aurait mis direct au trou, et ça, c'est pas possible. Je ne peux pas, dit-il en pleurant de plus belle.

Glory et Delphine s'étaient assises à une table sous le chêne géant, laissant les hommes gérer les émotions de ce grand gaillard.
— Je vais finir par leur tordre le cou, dit Glory quand une poule lui pinça la cheville. Je vais vous ramener à la maison et vous faire rôtir, menaça Glory en agitant son sac devant un coq qui s'aventurait un peu trop près.
— Je le crois, maman, déclara Delphine, qui s'était assise du bout des fesses sur le banc, pour ne pas salir son jean hors de prix ni récolter une écharde dans le derrière. D'accord, il n'aurait pas dû se taire. Mais Gus n'a pas tort, il se serait retrouvé en prison pour de bon.
Glory balança son sac sur une poule et toucha sa cible, laquelle y laissa des plumes.
— Quel intérêt au juste d'avoir un coq ? Rien que des ennuis et pas d'œufs en prime.
— Laisse ce pauvre animal tranquille, maman.
Glory reposa son sac sur ses genoux. Elle n'avait qu'une envie, appeler la police pour dénoncer Milton, qui avait introduit le vice et la damnation éternelle chez son amie.

Mais elle ne pouvait le nier, il y avait une once de vérité dans l'histoire de Gus. Amity aurait été prête à tout pour adoucir les souffrances de la mère supérieure, même si cela impliquait d'appeler ce bon à rien de Milton Knowles. Glory veillerait à ce qu'il ait ce qu'il méritait, d'une manière ou d'une autre.

23.

— Merci de m'avoir accompagné à la signature, dit Landry, serrant ses mains calleuses sur son volant.

Son pick-up fleurait bon le cuir. Il était à son image : simple et soigné. Rien ne traînait sinon une carte routière glissée dans la porte côté passager, une boisson énergétique dans le porte-gobelet, et son insigne de shérif sur le pare-soleil. La pluie tombait dru, Delphine se demandait comment il arrivait à voir quelque chose.

— Les banques ont la manie d'exiger des infos complémentaires de dernière minute pour retarder le processus. C'est mieux de se faire assister par un avocat quand on peut, dit-elle, même si elle n'en savait fichtre rien puisque cela échappait à son domaine de compétences juridiques.

Elle était bien la fille de sa mère, même si elle détestait l'admettre.

— Tu es l'heureux propriétaire d'une cabane de chasse ! lança-t-elle en faisant tournoyer un trousseau de clés.

Ils discutèrent un moment de ses projets pour le bungalow, mais la pluie redoubla d'intensité, les invitant à se concentrer sur la route. Vu le temps, Delphine évitait de le distraire, elle se méfiait aussi de ce qu'elle pourrait dire.

La voiture fit un aquaplaning sur la chaussée mouillée. Au loin, le tonnerre grondait.

— Écoute, dit-il, brisant enfin le silence. La cabane est à moins de vingt minutes de route. Lafayette, à deux heures. On pourrait attendre là-bas que ça se calme, plutôt que de risquer nos vies dans cette tempête. Ça risque de durer un moment.

Elle acquiesça.

Il parcourut les derniers kilomètres, sur le qui-vive. Peu à peu, la route s'effaçait au profit d'un vaste paysage d'arbres envasés et de marais noyés sous les eaux. Delphine n'arrivait pas à déterminer si c'était dû à l'orage ou si ces terres étaient inondées en permanence. Le pick-up franchit une pente raide et, à la sortie d'un ultime virage, le bungalow en bois apparut enfin.

— Nous y voilà. La Casa Landry, annonça-t-il.

Landry fila devant et batailla un instant sous la pluie avec le trousseau de clés. Delphine sprinta jusqu'à la maison, une fois la porte ouverte.

Elle se secoua comme le font les chiens mouillés et inspecta la pièce. Au rez-de-chaussée, couvert d'un bardage en pin, elle repéra le futon, la kitchenette d'angle et quelques cartons. Les murs lambrissés épousaient la pente du toit et on apercevait d'en bas une petite mezzanine à l'étage.

— Ça ne ressemble pas à grand-chose, j'avoue. Je vais refaire les sols et moderniser la cuisine…

— J'adore ! s'exclama Delphine. Mais c'est horriblement petit pour ta grande famille.

— Je ne me fais pas d'illusions, Kerry et les enfants ne viendront pas souvent. Elle déteste l'idée que je chasse.

— Je l'approuve sur ce point.

— De toute façon, le plus clair du temps, je serai seul ou avec quelques copains. Tu vois ce marais là-bas, dit-il en la guidant vers une grande baie vitrée, une main posée dans le creux de son dos. La chasse au canard est ouverte depuis plusieurs jours.

— Moi qui croyais que c'était sous l'eau à cause de l'orage.

— Oui, pas faux, ça a l'air inondé, concéda-t-il en rigolant.

Il se permit tout à coup une chose qu'il n'avait jamais faite : il la regarda droit dans les yeux. La timidité aurait dû lui commander de détourner le regard, mais Delphine n'en avait aucune envie. Elle n'aurait su définir ce qu'elle attendait de lui, sinon cesser de faire semblant. Il était peut-être temps qu'elle arrête de se censurer. Et pourquoi pas dès maintenant.

— Laisse-moi nous chercher un truc à grignoter, dit-il en s'éloignant pour fouiller dans les cartons. Ne t'attends pas à un repas gastronomique.

Elle ôta ses chaussures mouillées et se pelotonna sur le futon. Paupières closes, elle écouta la pluie battre sur le toit et ne tarda pas à s'endormir.

Après un temps indéterminé, elle se réveilla sous une couverture de camping à rayures. Le ciel était plus sombre et tourmenté encore. Landry s'affairait dans la cuisine, constituée d'une simple unité, avec un évier, un brûleur à gaz et un réfrigérateur compact. Elle ne l'avait pas vu en tenue décontractée depuis des années, étant donné qu'il portait en permanence son uniforme de policier. Mais aujourd'hui, il était lui-même, avec son jean noir et ce tee-shirt blanc ample qui mettait en valeur ses bras musclés.

Depuis combien de temps se travestissait-elle, elle aussi ? Elle ne portait pas d'uniforme, mais ne s'était-elle pas déguisée pour se faire accepter par ses pairs, par Chad, par leurs amis et par sa famille ? Elle avait policé ses tenues, ses manières, son langage. Et pour quel résultat ? Sa vie partait à vau-l'eau comme les chemins de terre qui menaient à cette cabane.

— J'ai dormi combien de temps ? demanda-t-elle en flairant une bonne odeur de cuisine.

— Deux petites heures.

— Deux heures ! s'exclama-t-elle en se redressant d'un bond. Elle essayait nonchalamment de se donner une contenance et s'inclina devant la mine réjouie et sécurisante de Landry.

— J'ai envoyé un message à ma femme pour la prévenir que je restais ici ce soir. C'est une méchante tempête, l'alerte météo court jusqu'à demain matin. Tu vis à New York depuis tellement longtemps que tu as oublié à quoi ressemblait la saison des ouragans, pas vrai ?

— Où as-tu déniché de la bouffe ?

— J'ai apporté quelques trucs de base, il y a quinze jours. Outils, produits ménagers, ustensiles de cuisine et quelques RM. Des repas minutes, comme les rations des militaires sur le terrain. Le chili est plutôt bon. Les œufs lyophilisés, pas top, mais je sais comment améliorer ça. Tiens.

Il lui tendit un verre contenant une généreuse rasade de whiskey. Delphine n'opposa pas d'objections.

La pluie fouettait les vitres, alors qu'ils dégustaient leur chili en buvant du whiskey dans des verres à jus de fruits. Delphine savourait chaque seconde de ces moments. Sa sieste bien méritée, bercée par la pluie. Le chili pas si mauvais. Elle avait l'impression d'être elle-même, un sentiment qu'elle n'avait pas connu depuis fort longtemps.

— Tu ferais mieux d'envoyer un texto à ta mère. Je préférerais éviter qu'elle aille crier sur les toits que je t'ai kidnappée ou qu'elle me colle un mandat de recherche aux fesses.

— T'es un vrai boy-scout, le nargua-t-elle en attrapant son téléphone. Mince, j'ai plus de jus.

— J'ai un chargeur dans la voiture, dit-il au moment où une rafale fit trembler les vitres. Je vais commencer par lui envoyer un message et j'irai le récupérer quand ce sera plus calme dehors. Je parie qu'elle va penser que ça n'augure rien de bon, nous deux seuls ici.

— En même temps, elle va vivre de longues heures de délicieuses spéculations et d'inquiétude. Vas-y.

Elle se laissa choir de tout son poids sur le bord du futon, replié en canapé. Une grande gorgée de whiskey réchauffa sa gorge, son corps, achevant de faire tomber ses inhibitions.

— Toi et moi... est-ce que ce serait si terrible ? demanda-t-elle en entremêlant ses doigts aux siens.

Elle sentit la main de Landry se raidir d'instinct et se détendre à nouveau. Elle essayait de lire sur son visage, tourné vers la fenêtre et perdu dans une profonde contemplation, comme s'il cherchait à résoudre cette énigme.

Il secoua la tête avec une lenteur délibérée comme pour signifier qu'il avait tranché la question. Il se détourna de la fenêtre et la regarda avec une intense lucidité puis déclara : « Non, ce ne serait pas si terrible. C'est tout ce que je désire depuis que j'ai appris ton retour en ville. »

Il se pencha vers elle, si près que leurs haleines alcoolisées se confondirent. Il l'embrassa avec une fougue plus enivrante que le scotch, plus suave que le meilleur des vieux whiskeys. Il attarda ses lèvres au creux de son cou, au-dessus de sa clavicule, attisant son désir. Avec Chad, elle avait l'habitude de chorégraphier leurs ébats. *Ci et ça pour commencer, puis il faisait ce truc, puis terminé.* Avec Landry, elle était présente. Elle savourait la sensation de sa langue sur son épaule, au point qu'elle ne remarqua même pas qu'il avait déboutonné son chemisier.

Il fit glisser ses mains dans son dos pour dégrafer son soutien-gorge, et elle eut soudain envie d'arrêter le temps. Graver pour toujours ses sensations. Le plaisir d'être étreinte par un homme qu'elle désirait et qui la désirait. Les yeux de Beau exprimaient son désir. Elle frissonna quand il lui embrassa les seins, d'abord délicatement puis avec fougue, comme s'il perdait tout contrôle. Puis il glissa sur le futon, enleva sa culotte de dentelle noire, et lui donna avec sa langue un plaisir encore plus intense, jusqu'à ce qu'elle ne puisse plus réprimer un cri, tellement sonore qu'elle se félicita qu'ils soient au fond des bois.

Avec la clarté d'esprit qui suit la fulgurance de l'orgasme, elle se dit qu'un certain degré de réciprocité serait légitime. Cela n'avait rien d'une corvée, au contraire de bien des fois. Et, après avoir contemplé son corps tout entier, le prendre dans sa bouche n'avait absolument rien d'une contrainte. Elle le désirait. Elle savoura le goût salé de sa peau et l'odeur de son corps lorsqu'il poussa un gémissement. Il agrippa la couverture sous lui avec ses poings et insista pour qu'elle arrête sur-le-champ pour la pénétrer. Être avec lui procurait à Delphine une félicité jusqu'alors inconnue. Et, après toutes ces années, elle commença à se demander si Beau Landry n'était pas ce dont elle avait toujours eu besoin.

À son réveil le lendemain matin, la pluie avait cessé et le soleil l'aveuglait. Landry était déjà debout, il préparait le café et du porridge dans une casserole. Ils firent le trajet de retour en silence. Delphine avait enfin rechargé son portable et voyait les messages de sa mère affluer. Elle aurait tout le temps de s'en soucier plus tard. À cet instant, elle voulait pleinement profiter de lui, elle se laissa glisser sur son siège et posa la tête sur son épaule, une main sur son genou. Ils roulèrent jusqu'à Lafayette, unis l'un à l'autre par le silence.

24.

East Simcoe Street avait connu des jours meilleurs. La rue était autrefois le centre de la vie nocturne de Lafayette, un îlot où des femmes en robes trapèzes pouvaient voler une petite danse à des gentlemen fleurant bon le gel capillaire. Aujourd'hui, l'endroit transpirait le désespoir, mais Glory pourrait y affronter Milton Knowles sans risquer qu'un chien plante ses crocs dans sa chair.

On se savait arrivé à East Simcoe grâce à l'enseigne d'Evangeline Maid et son fameux slogan « Frais plus longtemps », inscrit au-dessus d'une énorme miche de pain tournoyant sur elle-même. Ou au barbier Blackie's Four Corners, à l'autre extrémité. Entre les deux, rien de vraiment folichon. Une boutique de produits de beauté affichant portes closes. Un magasin de pièces détachées. Une station de lavage sans eau ni voiture. Et bien sûr le Miami Moon.

Glory avait envoyé un message à Delphine, sollicitant ses conseils vestimentaires, mais son portable était éteint pour une raison inconnue. Elle la savait partie avec Landry conclure l'achat d'une cabane de chasse, et qu'une grosse tempête se dirigeait sur eux. Le réseau était probablement défaillant. Glory avait donc réglé seule ce dilemme. La page Facebook du Miami Moon, qui comptait 682 membres, annonçait une « soirée Jean et Santiags » avec DJ Big Shaun aux platines. Au moins, une bonne piste pour s'habiller.

Les bouts pointus de ses bottes de cow-girl rouges raclaient le gravier. Elles étaient ornées de longues franges tombant du mollet et claquant au vent. Glory avait finalement opté pour un jean large à taille haute, qu'elle portait retroussé sur ses bottes, assorti d'un haut à paillettes plus festif que vieux jeu. Elle avait cependant relégué son Stetson au placard. Cela risquait de faire un peu trop.

En se garant sur l'aire en gravier, elle fut soudain prise de doutes. Des berlines aux vitres fumées et châssis bas allaient et venaient autour de sa voiture. Les basses d'un morceau de rap – pas le genre que Glory tolérait – faisaient vibrer ses fenêtres quand bien même la musique provenait de l'extérieur. Elle serra fort son volant, espérant y puiser la force d'entrer dans cette boîte de nuit. *Putain de merde*, songea-t-elle. *On ne me jettera pas même un regard, de toute façon.* Ainsi drapée de la cape d'invisibilité commune aux femmes passé un certain âge, elle se présenta à la porte.

En tendant au videur les vingt dollars du ticket d'entrée, elle remarqua le tatouage sur sa main. *Cela explique pourquoi tu n'es pas foutu de te dégoter un vrai job*, médit-elle intérieurement. Comment espérer garder un travail sérieux avec ce roi de pique qu'on aurait cru tatoué à l'aide de la bille d'un stylo dans une geôle à Angola ? Il lui revint que Milton et Gus portaient le même, raison d'ailleurs de sa présence ici.

Le vernis des sols avait l'air aussi fragile qu'un banal vernis à ongles. Le plafond bas était peint en noir, à l'instar des murs. On avait dû juger qu'un grand coup de peinture noir s'avérait moins fatigant qu'un bon lessivage. Un miroir s'étirait le long de la modeste piste de danse, cernée de tables rondes dont les nappes, en simili papier aluminium, débordaient à peine du plateau. L'endroit n'avait visiblement pas été redoré depuis les années 1960 et avait plus un air de dernier avis avant démolition que le charme du rétro.

Dans la salle, les clientes grassouillettes étaient moulées dans des tenues d'une élasticité à toute épreuve. Teeshirts larges et pantalons encore plus larges constituaient l'uniforme des hommes, qui jouaient des coudes, le nez collé à l'écran lumineux de leur téléphone. À quoi bon des soirées à thème si personne ne jouait le jeu ? songea Glory. Elle se souvenait d'avoir fréquenté à quelques reprises cette boîte avant son mariage. Elle mettait le feu à la piste, à l'époque. Elle résista cependant à la tentation d'apprendre un ou deux trucs à cette jeunesse, craignant de passer pour une vieille folle.

Elle commanda un 7-Up et se trouva une banquette. Les maigres espoirs qu'elle avait fondés en DJ Big Shaun s'évanouirent dès que s'éleva cette horrible musique barbare, quoique visiblement populaire. Une chose pourtant n'avait pas changé : le Miami Moon permettait de s'essayer aux dernières danses tendance.

Malheureusement pour Glory et sa pression artérielle, le *locomotion* n'était plus en vogue. Les femmes plaquaient leurs popotins contre le bas-ventre de leurs partenaires en faisant frétiller leurs fesses, puis se penchaient jusqu'à toucher le sol, tendant un peu plus leurs postérieurs vers les parties génitales du danseur. Glory avait déjà vu cette chorégraphie lors de la cérémonie des BET Awards, et s'était d'ailleurs étonnée qu'une chaîne familiale encourage les femmes noires à se dégrader de la sorte. C'était une chose de voir Megan Thee Stallion se trémousser à la télé. C'en était une autre de le voir en vrai.

Ces femmes ne lui inspiraient que du chagrin. Glory leur souhaitait de trouver Dieu et la rédemption, sans choper au passage une mycose dans leurs collants trop serrés. Ou un pied déformé par les oignons à cause d'escarpins trop perchés et inadaptés à leurs petons dodus. Elle espérait par-dessus tout que ces femmes recouvrent un jour un semblant de jugeote et de respect pour elles-mêmes.

Glory s'appliquait à déchiqueter sa serviette en petits morceaux pour se boucher les oreilles, quand cette femme sensiblement de son âge lui fit signe de se joindre à elle. Intriguée, Glory obtempéra.

— Vous êtes là avec le site de rencontres, j'imagine, déclara l'inconnue au chemisier rose et pantalon à pinces beige. Le Miami Moon n'est... vraiment plus ce qu'il était.

— Non, pas vraiment. Je suis là pour le DJ, c'est mon fils. Ce n'est pas faute d'avoir essayé de lui trouver un emploi chez FedEx, mais il s'obstine à être *musicien*.

Elle adressa un petit signe au jeune derrière les platines, dont l'ordinateur était connecté à de massives enceintes de la taille d'un ado. DJ Big Shaun lui retourna son salut, un brin interloqué.

— Ces chorégraphies sont plutôt singulières, vous ne trouvez pas ? ajouta sa voisine en tripotant un collier de fausses perles.

— Ils ont tout bonnement l'air de forniquer dans l'antre du diable, laissa échapper Glory.

— Vous vous rappelez comment était cette boîte à son apogée ? ajouta l'autre, convaincue que Glory s'apitoierait avec elle. Je venais avec ma sœur le week-end, on connaissait par cœur les chorés à la mode. Tout l'argent de mes baby-sittings y passait. Aujourd'hui, les gens se mélangent moins. C'est les mecs d'un côté et les femmes de l'autre, pire qu'un bal de lycée. Et quand ils se décident à danser, c'est quasi pour procréer sur la piste.

— Je suis bien d'accord.

Une question s'imposait donc : qu'est-ce que fichait ici une personne de son âge aussi clairvoyante, alors que le Miami Moon avait perdu splendeur et respectabilité depuis un bout de temps ?

— Avec quel site de rencontres vous avez dit que vous étiez ?

— Ma fille m'a poussée à m'abonner à cette appli. L'Amour N'Expire Jamais. Destinée aux vieilles comme nous, *a priori*. Un *speed dating*. Je regrette, j'avoue.

— Vous n'avez aucune envie d'être ici, je me trompe ?

— Je serais mieux dans mon lit avec mon chien.

Glory lui tapa dans la main en signe de reconnaissance.

— Arrivées à notre âge, on devrait surtout apprendre à désapprendre. La société nous dicte depuis la naissance ce qu'on est *censées* vouloir. Elle nous a fait gober que si on faisait tout comme il fallait – travailler dur, mettre de l'argent de côté –, on s'assurerait paix et tranquillité. Mais on sait pertinemment toutes les deux que c'est un leurre et que personne ne viendra nous sauver ni régler quoi que ce soit. Alors si j'ai un conseil à vous donner, faites ce que bon vous semble, même si cela consiste à dormir avec votre chien.

— Vous n'êtes pas tentée par le mariage, vous ?

— J'ai été mariée. Et je suis au moins certaine d'une chose, je ne veux plus d'un homme à demeure.

Quand elle se leva, la femme plutôt crispée jusqu'ici avait l'air plus sereine.

— Je crois que je vais rentrer voir comment va mon chien. Amusez-vous bien.

Glory avala une grande gorgée de 7-Up puis consulta son téléphone. Elle avait un message de Landry la prévenant que le portable de Delphine était mort. Apparemment, ils étaient bloqués à trois heures de route au cœur de la tempête, et s'étaient réfugiés dans son nouveau bungalow, attendant que ça se calme. Glory savait comment tout cela finirait. Il y avait zéro chance que, seuls au fond des bois, ces deux-là se contentent de griller des chamallows dans la cheminée en sirotant du chocolat chaud. Ça regardait Delphine, après tout. Elle seule en subirait les conséquences.

Alors qu'elle cogitait au message de Landry, un homme aux dents grises et au ventre trop rond pour porter sa chemise dans son pantalon s'était approché. Elle regarda autour d'elle, espérant que ce vieux décati n'avait pas jeté son dévolu sur elle. Son cœur se serra, car c'était visiblement le cas.

— Expliquez-moi ce qu'une jolie jeune femme comme vous fait seule ici ?

Glory saisit son sac comme pour le sauver des griffes d'un pickpocket.

— Je vous préviens tout de suite, vous perdez votre temps. Je n'ai aucune envie de danser ou de me faire des amis. Dégagez, maintenant.

— Vous avez sûrement envie de compagnie, parce qu'autrement vous seriez chez vous en train de boire gratis toute seule. Je m'appelle Lawrence, dit-il en s'imposant à sa table, au grand dam de Glory. Même pas une petite danse ?

— Je vous l'ai dit, je ne suis pas venue pour danser ni pour flatter l'*ego* de types en âge de savoir qu'on ne harcèle pas une femme qui n'a aucune envie qu'on l'enquiquine. Maintenant, barrez-vous.

— OK, OK, je vous laisse tranquille, concéda-t-il, amusé par sa repartie. Mais avant, éclairez-moi. Pourquoi vous êtes là si c'est pas pour vous amuser ?

— Puisque vous insistez, je cherche une connaissance.

— Je connais presque tout le monde dans cette boîte. Vous voulez me dire qui c'est ?

Glory hésitait, il avait toutefois l'air d'être ce genre d'homme. Le genre qui vient toutes les semaines et bavarde avec la barmaid, peu importe si elle a des tonnes de clients à servir. Le genre d'homme qui papote avec le portier. Le genre de type qui, quand il décroche un numéro, se met *illico* à planifier des dîners aux chandelles tant la solitude lui pèse.

— Je cherche Milton Knowles, dit-elle.

On aurait dit qu'il venait d'être frappé par la foudre.

— Écoutez, vous m'avez l'air d'une femme bien. Ce serait futé de vous tenir à l'écart de ce type. Un vrai nid à emmerdes.

Glory pouffa.

— Je le connais depuis trente ans, je n'ai pas besoin qu'on me fasse la leçon. Alors, il est là ou pas ?

— Dans la pièce derrière le bar, répondit-il en montrant la direction du menton.

Glory se levait déjà, mais il plaida une dernière fois sa cause.

— Juste une danse ?

Elle avait chaussé sa plus belle paire de bottes, celle qu'elle avait achetée au télé-achat et n'avait portée que deux fois parce que sa sœur Shirley s'était moquée et l'avait mise mal à l'aise. Ce serait quand même dommage de galvauder sa jolie tenue, en se limitant au cas de Milton Knowles. Les premières notes de « Cupid Shuffle » finirent de la convaincre.

Glory était plutôt dépassée côté danse, celle-là en revanche, lui était familière. Le morceau était l'œuvre d'un musicien appelé Cupid, nom sous lequel le connaissaient les gamins. Bryson Bernard était le fils de Loretta Bernard, qui, à la surprise générale, était devenu tendance sur TikTok. Loretta n'avait plus que ça à la bouche et Glory s'était retenue de ne pas lui dire qu'elle abusait. Mais Loretta avait bien le droit de savourer ce petit moment de gloire, ce n'était pas tous les jours qu'un enfant de Lafayette se faisait un nom.

Elle connaissait cette danse pour la simple raison qu'à Lafayette tout le monde la connaissait. Des gamins lui avaient appris les pas, à l'église. Elle se mit donc en rang, aux côtés de l'homme aux dents grises et de la quasi-totalité de la clientèle de la boîte. Comme le dictaient les paroles, elle se déplaça vers la droite, puis vers la gauche, et les franges de ses bottes rouges s'emballèrent quand arriva le passage où il fallait taper des talons. Elle s'en voulait de les avoir reléguées si longtemps dans un placard. Glory s'abandonna à la danse et, pendant trois petites minutes, elle oublia son amie morte, les abeilles à sa porte, la malédiction qu'on lui avait jetée et son pneu lacéré. Son sac à main ergonomique passé en bandoulière sur sa chemise à paillettes, elle se trémoussait, glissait et remuait.

Elle reprit ses esprits à la fin du morceau, aussi subitement que quand un hypnotiseur claque des doigts devant le visage d'un patient. Elle était venue pour voir Milton, pas pour se dandiner sur la piste.

— Vous savez ce qu'on dit, quand un homme a le rythme… murmura son partenaire transpirant et hilare en se penchant vers elle.

Quel besoin de gâcher un moment si agréable ? C'était pour ça qu'elle préférait le célibat, parce que les gentlemen avaient déserté ce monde. Peut-être n'avaient-ils même jamais existé. Elle secoua la tête de dégoût. Plus vite elle verrait Milton, plus vite elle rentrerait chez elle. Elle longea le bar et déboucha dans un hall étroit, gardé par un type costaud avec un tee-shirt du concert de Beyoncé.

— Je viens voir Milton Knowles.

— Non, M'dame.

Elle leva les yeux pour l'examiner de plus près.

— Henry ? Henry Sonnier ? Oui, je te revois dévaler ma rue, pantalon baissé, et ton papa qui te courait après pour t'attraper.

— Miss Glory ? Qu'est-ce que vous faites ici ?

— J'ai une affaire à régler avec Milton Knowles.

— Je ne peux pas vous laisser passer, Miss Glory. Ça ne marche pas comme ça, avec lui.

La porte s'ouvrit. Un carrelage en damier noir et blanc tapissait le sol de la petite pièce. Des hommes étaient juchés sur des sièges improvisés, caisses de lait ou chaises pliantes, tandis que Milton trônait dans un fauteuil en cuir derrière un bureau à roulettes. Son front se plissa lorsqu'il vit Glory.

— Dégagez ! aboya-t-il. Je dois avoir une conversation privée.

Les hommes se dispersèrent. Elle sentait leurs yeux posés sur elle, et se redressa, déterminée à ne pas flancher. Elle s'avança dans la pièce et tâcha de cacher sa nervosité quand Henry referma derrière elle.

— Tu t'accroches, on dirait, dit-il sèchement.

— J'ai besoin que tu me dises si elle consommait.

Elle était tentée de croire à la version de Gus, mais elle voulait en avoir le cœur net, titiller un peu Milton pour lever le voile sur ce qui s'était réellement passé ce soir-là.

— Ce ne sont pas mes affaires, dit-il. Les tiennes non plus, d'ailleurs.

Il pivota sur sa chaise et reporta son attention sur un somptueux ordinateur portable.

— Il y a deux catégories de gens dans ce monde. Ceux qui se soucient des autres et ceux de ton engeance. Ceux qui amassent et amassent, peu importent les victimes. Peu importent les morts, tant que vous obtenez ce que vous voulez.

Il écarta les jambes et posa les coudes sur ses genoux.

— Je vois que t'es encore en mode bien-pensance, noblesse d'âme, grands airs et tout, dit-il avant de se renfoncer dans son fauteuil, les mains derrière la tête. Les gens en bavent dans le coin comme t'en as pas idée. Ils souffrent d'être nés noirs et pauvres sachant qu'ils resteront à jamais noirs et pauvres. Ils souffrent d'avoir vu leurs potes se faire exploser à la guerre, ce qu'aucune thérapie ne pourra effacer. Moi au moins, je leur procure un peu de réconfort. Tu peux réciter tes petits sermons autant que tu veux, mais ce genre de conneries moralisatrices n'a jamais aidé personne.

— T'es allé chez elle ?

— Nan, je te dis.

— T'es allé chez elle et tu l'as frappée, comme t'en avais l'habitude ? Tu as saisi le prétexte de la drogue et t'as essayé de la prendre de force et elle a dit non alors tu l'as frappée et ça s'est envenimé…

— Glory…

— Ça s'est envenimé et tu l'as étranglée. Tu l'as étranglée jusqu'à ce qu'elle étouffe et après tu as fait croire qu'elle s'était fait ça toute seule !

— T'as totalement perdu la boule, Glory Broussard ! hurla-t-il en se levant. Ouvre bien grand tes oreilles parce que je le répéterai pas deux fois, et ensuite tu vires ton gros cul de mon bureau, de ma boîte, et tu refous jamais les pieds ici. J'ai revu Amity une seule fois ces vingt dernières années. Elle est venue me trouver, elle voulait se procurer du Fentanyl pour la mère supérieure. Elle avait un cancer et les médocs qu'on lui donnait ne la soulageaient même pas. Alors je l'ai aidée. Fin de l'histoire.

Glory sentait le sang affluer à ses oreilles puis ses oreilles se mirent littéralement à siffler.

— Maintenant tu remplis ta part du contrat et tu rentres chez toi.

Pas question qu'elle craque devant lui, elle aurait tout le temps de sangloter en chemin. Glory tourna les talons, traversa la pièce, puis la piste. Elle percevait à peine les pulsations de la musique. Son cœur tambourinait plus fort que les enceintes de DJ Big Shaun et les larmes lui brouillaient la vue. À tel point qu'elle douta une seconde de ce qu'elle voyait. Il n'y avait pourtant aucun doute possible.

C'était bel et bien sœur Jocelyne Cormier, au fond de la salle, dans cette robe au décolleté plongeant et méchamment sexy. Elle embrassait le type transpirant aux dents grises, lequel était couché sur elle et explorait avec ses mains chaque millimètre et repli de son corps. Jocelyne souriait, les yeux fermés, savourant son plaisir.

25.

— Elle faisait *quoi* ?! s'exclama Delphine, sous le choc.

Après son escapade avec Landry, elle s'était faufilée au matin dans la maison et avait foncé dans sa chambre. Depuis, mère et fille se croisaient en marchant sur des œufs.

Glory avait pris le volant, elles roulaient vers Bâton-Rouge et venaient d'atteindre la portion d'autoroute enjambant l'Atchafalaya Basin Bridge. Ici, les voies lévitaient sur des piles en acier. Sous leurs pieds s'allongeait un marais où alligators, serpents et autres calamités pataugeaient dans la soupe. Elles n'avaient chômé ni l'une ni l'autre et Glory se réjouissait qu'elles aient l'opportunité de bavarder en chemin, avant l'audition du père Romero devant le corps législatif de l'État. Après la tempête, Glory avait sciemment éludé l'épisode de la cabane. Quand bien même ses soupçons seraient validés, elle savait que Delphine n'avouerait jamais.

— Ce n'est pas illégal ou contraire à l'éthique ? Elle est nonne ! dit Delphine.

— J'imagine qu'elle a fait vœu de chasteté, mais va savoir ce que ça recouvre exactement, blagua Glory. Est-ce que se faire peloter dans une boîte pourrie compte ? Ou faut-il s'envoyer un « Croque-monsieur » entier pour que Dieu vous répudie ?

— Tu parles par métaphores, maintenant ? dit Delphine. Tu en as touché un mot à quelqu'un ?

— Combien de fois faudra-t-il que je le répète ? Glory Broussard n'est pas une balance. Et puis, ça me donne un levier, précisa-t-elle en gobant un caramel.

— Un levier ? D'abord les paris, et maintenant tu te prends pour Don Corleone en faisant chanter des religieuses et en rackettant les commerçants du coin contre ta protection.

— Ça me sera utile, un jour. À moi de frapper au bon moment.

Glory réduisit son bonbon en poussière d'un coup de molaires en s'efforçant de ne pas regarder en bas. Elle avait cette peur qu'en baissant les yeux, elle entraîne la voiture dans l'abîme, et *plaf*, la mort subite. Des créatures de la mort rôdaient dans ces eaux brunes et épaisses. Elle se rappelait l'histoire de cet homme au journal télé, il y a quelques années, il avait fait le grand saut pendant un embouteillage et probablement servi de repas aux alligators. Ce type se baladait en toute liberté dans les rues de Lafayette, alors qu'il aurait dû être enfermé à l'asile. Un défi à la logique.

— Voyons si j'ai tout suivi, dit Delphine. Je m'absente *un soir*, et toi... tu files en boîte, tu tiens tête à un sale dealeur, et tu surprends une nonne chevronnée en train de lécher le visage d'un type bizarre ?

— Oh, j'ai aussi dansé le « Cupid Shuffle ». C'est facile, il suffit de suivre les paroles à la lettre pour savoir les pas.

— Ça ne t'a pas suffi qu'on livre des abeilles à ta porte. Ou qu'un dealeur te jette de sa propriété, non sans qu'un de ses cabots vicieux te croque la jambe et t'envoie aux urgences. Terminées, les visites sans chaperon, plus d'initiative de ce genre tant que je suis là, compris ?

C'était plutôt une bonne chose que Delphine ignore l'épisode du pneu. Glory lui adressa une grimace, comme font les gosses dès que le professeur a le dos tourné.

Delphine fouilla dans son sac et en sortit une grande enveloppe, elle en trimballait visiblement toute une collection. Glory se demandait si elle avait aussi un dossier sur Chad, auquel elle aurait volontiers jeté un coup d'œil. Elle avait forcément les papiers du divorce. Elle prit note de fouiner un peu quand sa fille s'absenterait.

— Toutes les parties auditionnées aujourd'hui avaient l'obligation de soumettre par avance leur déclaration préliminaire. J'ai celle de Keller Benoît.

Delphine la lui résuma. L'usine était cruciale pour l'industrie chimique de Louisiane, la préemption des habitations, conforme aux lois fédérales sur l'expropriation concernant les infrastructures dites « prioritaires ». Ils mesuraient les difficultés que ces gens auraient à se reloger et assuraient qu'ils seraient équitablement indemnisés.

— Le baratin habituel, conclut Glory, qui fixait la route des yeux en se faisant violence pour ne pas se laisser aimanter par l'eau.

— Oui, globalement. Un discours d'avocats payés à prix d'or, peaufiné par leurs attachés de presse.

— Ils ne savent pas ce qui les attend, on dirait.

Difficile de rater la silhouette noble et élancée du père Romero en habit, sur les marches du capitole de Bâton-Rouge. Toutefois, Glory l'avait désormais vu dans son milieu naturel, pieds nus et transpirant, et si peu regardant sur l'hygiène en cuisine. Cela avait-il altéré l'opinion qu'elle avait de lui ? Probablement. C'était une chose d'incarner la foi quand les bougies scintillaient et le soleil baignait les vitraux aux couleurs chatoyantes en projetant sur les murs un spectacle d'ombre et de lumière. Mais c'était autrement plus compliqué à la lueur crue du jour.

— C'est un plaisir de vous rencontrer, Delphine. Vous avez pris un congé pour passer un peu temps avec votre mère, m'a-t-elle dit. C'est une chance d'avoir un employeur arrangeant.

Delphine lui retourna un sourire pincé qui laissa Glory songeuse. Ce n'était pas son style de jouer les timides avec les gens qu'elle ne connaissait pas.

— J'ai ouï dire que vous aviez concocté une bombe surprise pour l'audition, tous les deux, se décida-t-elle enfin.

— Vous a-t-on déjà dit combien votre mère était brillante ? Si votre cabinet new-yorkais cherche une assistante juridique, pensez à elle.

— Erin Brockovich peut aller se rhabiller, fanfaronna Glory. Alors, prêt à passer les Benoît sur le gril ?

— Je ne me suis jamais senti aussi prêt.

Glory et Delphine gagnèrent leurs places à l'intérieur de la rotonde. De l'autre côté de l'allée : le clan Benoît. Des hommes dont les costumes auraient pu paraître encore plus dispendieux s'ils avaient pris la peine de s'adresser à un meilleur tailleur. Des femmes en veste de tweed et collier de perles. Au-delà de la barrière qui les séparait, le père Romero était seul à sa table, bien qu'accompagné d'une valise à roulettes. Keller était flanqué quant à lui de deux avocats au visage fripé paraissant trois fois son âge. Ils conspiraient et griffonnaient sur des blocs-notes jaunes.

Les photographes accroupis devant le prêtre et Keller braquaient sur eux leur vingtaine d'objectifs. À la faveur des tweets et des apparitions du père Romero sur MSNBC, l'usine de Mosstown n'était plus une bataille politique circonscrite au seul État de Louisiane. Les équipes des chaînes nationales avaient fait le déplacement pour couvrir les audiences du jour, ce qui avait suscité le trouble au sein du corps législatif. Un brouhaha emplissait la salle lorsque retentit le coup de marteau annonçant l'ouverture de la séance.

Le père Romero lut une déclaration éloquente sur l'importance des vies humaines et de la communauté *versus* la cupidité des firmes, la menace écologique, la pollution des eaux et des sols que la raffinerie engendrerait fatalement. Il cita des données incontestables sur la santé précaire des personnes vivant à proximité d'usines similaires et la prolifération des cancers de types rares dans le périmètre de tels complexes chimiques.

Une fois son discours achevé, un groupe composite de manifestants lui fit un tonnerre d'applaudissements. Puis, une dizaine de personnes sinon plus se levèrent en brandissant des pancartes, un geste de protestation savamment calculé. Ils chantèrent à l'unisson : « Non aux compagnies pétrolières. Non aux compagnies pétrolières », provoquant un raffut tel que la police du capitole dut les escorter hors de la salle.

Le temps que la frénésie s'essouffle, Keller transpirait sous les projecteurs des télés. Ses avocats lui servirent un verre d'eau, qu'il avala avant de se livrer à quelques commentaires assez convenus.

— Il est ébranlé, murmura Delphine.

— Punaise, il sera encore plus secoué quand on en aura terminé, ajouta Glory, rayonnante.

Les législateurs interrogeaient tour à tour Keller Benoît et le père Romero, lesquels s'étaient tous deux efficacement préparés. Le père Romero leur livrait des réponses enflammées avec une grandiloquence digne d'un prêcheur baptiste, pourtant si contraire à la sobriété catholique. Keller Benoît avait répété, lui aussi, il s'exprimait de manière plus calme et résolue. Sa désinvolture suggérait qu'il avait bénéficié des conseils d'avocats payés trois cents dollars de l'heure, ce qui était bien entendu le cas.

Vint enfin la question que le père Romero attendait, émanant d'un sénateur partisan, à la solde de la famille Benoît. Le but véritable de ces auditions n'était pas d'obtenir la vérité. Le but n'était pas d'entendre les deux parties et de prendre une décision en connaissance de cause. La motivation première des législateurs était de passer à la télé, d'autant plus depuis que Mosstown était devenu une cause nationale. Un sénateur d'État avait rarement l'attention des chaînes régionales, encore moins celle des chaînes d'info nationales. Étant lui-même une personnalité du câble, le père Romero voyait combien ils se démenaient pour attirer les projecteurs à eux.

Le sénateur Chassier prit la parole.

— Père Romero, vous témoignez aujourd'hui ici et prétendez que cela relève d'une question morale et non politique. Or, n'êtes-vous pas justement celui par qui cette affaire est devenue politique, suite à vos apparitions sur MSNBC… une chaîne socialiste, et de gauche ? L'industrie pétrolière emploie près de 10 % de la population active de la Louisiane. Votre présence ici, votre opposition aux Industries Benoît ne relèvent-elles pas d'une démarche cynique ?

Glory et Delphine réussissaient à peine à contenir leur excitation, confiantes dans le fait que le père Romero saisirait cette opportunité pour présenter leurs preuves incendiaires. Le moment tant attendu semblait venu.

— Je suis ici non seulement par devoir moral, mais aussi parce que les Industries Benoît mentent au public en prétendant se conformer aux lois de l'État de Louisiane.

Keller Benoît se tortillait sur sa chaise et chuchotait à l'oreille de ses avocats.

— J'aimerais porter à votre connaissance les certificats d'inspection des cinq dernières années, établis pour le compte de l'usine chimique de Mosstown. Chacun d'eux a été visé exactement le même jour chaque année, par la même personne, et porte la même signature. Par ailleurs, j'ai ici la déclaration sous serment du prétendu signataire, témoignant qu'il n'a inspecté qu'une seule et unique fois l'établissement, avant de se voir réaffecté dans une autre partie de l'État pour de mystérieuses raisons. L'usine chimique de Mosstown opère sur la base de rapports de l'APE falsifiés.

Le public laissa échapper un soupir collectif. Keller se retourna sur son siège, quémandant l'aide de son père. Il y a quelques minutes encore, il répondait aimablement et en toute confiance aux questions d'un groupe de journalistes. Et maintenant il appelait papa à la rescousse pour qu'il règle le problème à sa place. Glory déballa un autre caramel et se renfonça sur son banc. Elle appréciait cet instant comme un pyromane retourne sur une scène d'incendie… pour contempler son œuvre de plus près.

Le législateur frappa un coup de marteau pour faire revenir l'ordre, mais ce fut sans effet. En vertu de quoi, il fut obligé d'interrompre la séance. Keller, ses avocats et sa famille se regroupèrent pour élaborer leur stratégie de riposte. Et Glory se délectait du chaos.

Après la suspension, Keller repassa sur le gril. Sa confiance ne semblait désormais qu'un lointain souvenir. Il piquait parfois un fard, mangeait ses mots, animé du souci d'offrir des réponses qui ne lui soient pas plus préjudiciables. Il contournait les questions épineuses d'un « Je ne me rappelle pas », scènes que les chaînes d'info du câble diffuseraient en boucle plus tard dans la soirée.

Une fois la séance terminée, Glory et Delphine empruntèrent l'ascenseur pour rejoindre le parking. Keller Benoît les attendait dans le sas. Il se jeta sur Glory, s'approchant tellement d'elle que cela en devenait inconfortable.

— C'est bizarre. Vous entrez dans ma vie et tout se met à partir en vrille. Votre business de paris illégaux pour commencer, même si je suppose que je ne suis pas tombé complètement par hasard sur vous dans ce café. Tout ce que je sais, c'est qu'ensuite vous vous pointez au Pelican Club, et maintenant ça.

Glory ne réussit pas à masquer sa surprise. Elle qui était persuadée qu'il ne l'avait pas reconnue à l'assemblée des actionnaires.

— Quoi ? ricana-t-il. Vous vous imaginez vraiment qu'une grosse dondon noire peut débarquer *incognito* comme ça dans un *country club* ?

Delphine s'interposa.

— Ne vous avisez plus de parler de ma mère de cette façon. Je me fiche de comment vous vous appelez. Vous ne nous intimidez pas.

— Je vous détruirai toutes les deux.

26.

Delphine était seule à la maison. En l'espace d'une semaine, l'arbre du jardin avait perdu ses feuilles. Le ciel était gris et désolé. Fini la saison des fenêtres ouvertes, bien que Delphine ait toujours aimé l'air froid et vivifiant. Elle se sentait revigorée, mue par la sensation qu'un nouveau départ était possible.

Depuis le scandale de Bâton-Rouge que l'on devait à l'œil de lynx inquisiteur de sa mère, cette dernière avait consacré le plus clair de son temps à ses œuvres bénévoles à l'église. Et Delphine avait occupé le sien à nettoyer de fond en comble la maison sans qu'elle l'entrave. Ce qui incluait sa salle de bains, une pièce radicalement interdite. La raison lui sauta aux yeux en entrant. À l'évidence, elle avait craint que Delphine fasse tout un cirque en découvrant l'état de décrépitude de la baignoire, qui disparaissait sous un attirail de produits de beauté Mary Kay, dont la représentante attitrée de sa mère roulait sans nul doute en Cadillac, depuis le temps.

Elle avait à peine fini de récurer la baignoire et de passer la serpillière qu'elle entendit frapper en bas. Sans s'être annoncé par un coup de téléphone ou un texto, Chad, son mari, se tenait devant elle, mains dans les poches, son sac marin en bandoulière.

— Tu aurais pu me prévenir de ta visite.

— Est-ce que je peux entrer ?

Ils passèrent au salon. Chad s'assit sur le sofa en cuir, Delphine, dans le fauteuil à oreilles coordonné, en vis-à-vis. La moquette beige avait été récemment shampouinée et ses fibres en laine torsadées avaient retrouvé un éclat nouveau. Les figurines de Glory étaient nichées dans le cabinet de curiosités qui occupait un angle de la pièce. Des piles structurées de livres et magazines recouvraient quasi intégralement la surface de la petite table.

Même à deux mètres de distance, Delphine flairait l'odeur de sa mousse à raser. Elle taquinait toujours Chad à ce sujet, ce petit blaireau fin dont il se servait pour émulsionner le baume qu'il avait acheté la première fois pendant leur voyage de noces en Italie, et qu'il continuait à convoiter. Cannelle et mousse de chêne. Ce parfum l'invitait à presser sa joue contre la sienne et à renifler sa peau, il appuyait sur le bouton retour rapide jusqu'aux jours où, semblait-il, l'amour était tout.

— Je suis désolé de débarquer sans prévenir. Vraiment, dit-il. Mais je ne savais pas comment faire autrement, Delphine. Nous nous sommes mis d'accord. J'ai renoncé à ma demande de pension. Les choses sont plus qu'équitables. Il est temps d'aller de l'avant.

— C'est quoi le plan ? Tu me colles un stylo dans la main et tu me forces à signer les papiers ?

— Non. J'aimerais juste que tu le fasses plus tôt que plus tard et, comme je l'ai dit, je renonce à la pension alimentaire. Je m'excuse pour ça. J'étais en colère à cause de ce qui s'est passé, dit-il d'un ton suggérant une tirade savamment répétée. J'espérais juste qu'on officialise les choses. N'est-ce pas ce que tu conseillerais à tes clients ?

Une brise fraîche et piquante traversa la maison. Delphine savait exactement quels conseils elle donnerait à un client dans la même situation : sceller un accord, signer les papiers, et passer à autre chose. Rien ne lui revenait puisque tout appartenait à ses beaux-parents. Certes, elle regretterait ces plafonds hauts de cinq mètres, les moulures d'origine, les planchers à chevrons. Mais elle reconnaissait avoir dormi tout aussi confortablement sur le futon dans la cabane de Landry. Ou ici, chez sa mère.

Le vent faisait trembler les fenêtres et, soudain, d'autres coups à la porte tirèrent Delphine de sa rêverie et la ramenèrent sur terre.

— C'était le vent ou la porte ? demanda Chad.

— La porte, je crois, dit-elle en se levant.

C'était Landry, avec sa barbe grisonnante et sa casquette de base-ball, et ses yeux qui mettaient son âme à nu. Ils ne s'étaient pas revus depuis la nuit à la cabane. Ni coup de fil ni texto. Elle s'était demandé si elle s'était fait ghoster par l'homme qu'elle connaissait depuis l'enfance ou si leur nuit était le fruit d'une hallucination, d'un rêve enfiévré.

— Je suis tombé sur ta mère au café ce matin. Elle partait travailler à l'église. Je me suis dit que c'était le bon moment de passer te voir et parler un peu.

Un toussotement résonna dans le salon. Il y a encore cinq minutes, les hommes de sa vie étaient aux abonnés absents. Et, au mépris de toute probabilité, ils étaient maintenant réunis dans la maison de sa mère : l'homme dont elle avait en vain espéré qu'il s'intéresse à elle jusqu'à s'épuiser et cesser de s'en soucier, et l'homme avec lequel elle avait vécu une des nuits les plus passionnées de son existence, mais qui était marié.

Landry inclina sa casquette sur ses yeux et lui demanda tout bas : « C'est ton mari ? » Lequel mari avait entendu, puisque Landry avait à peine posé la question que Chad les avait rejoints.

— Chad Murphy, se présenta-t-il comme s'ils échangeaient leurs cartes de visite dans une salle de conférences à Manhattan.

La main sèche et calleuse de Landry engloutit les doigts doux aux ongles soignés de Chad.

— Lieutenant Landry.

— Il est… arrivé quelque chose ? demanda Chad.

Delphine lissa son legging de yoga et enroula nerveusement une mèche de cheveux autour de son doigt.

— Non, Monsieur.

Delphine grimaça au mot « Monsieur ». Un vieil instinct du Sud sans doute, il n'y avait aucune raison qu'il s'adresse ainsi à Chad, surtout après ce qui s'était passé entre eux.

— Je faisais juste un saut pour voilà… heu… tenir ta mère au courant de l'enquête concernant Amity Gay.

Delphine lui était reconnaissante d'inventer ce prétexte. Landry s'était montré si catégorique, refusant de se compromettre dans « cette absurdité », comme il disait. Delphine devinait qu'il avait perçu la tension dans l'air, comme les gens d'ici savent flairer une tempête tropicale à l'odeur du vent.

— Dis-lui que je suis passé, tu veux ?

— Oui, bien sûr, répondit Delphine, soulagée de l'assurance de sa voix.

Elle le regarda remonter dans son pick-up et s'en aller.

— Ta mère est concernée par une enquête ?

— Non, enfin, c'est compliqué. Une amie à elle est morte récemment.

Chad retourna au salon et fouilla dans son sac, signifiant qu'il en avait fini de parlementer. Une pile de papiers atterrit sur la table.

— Voilà, je t'ai tout imprimé. Connaissant par cœur ton côté avocate, je me doute que tu vas vouloir tout relire, au cas où j'aurais fait des ajouts de dernière minute. J'ai inséré une étiquette d'envoi prépayé, comme ça tu n'auras qu'à glisser ces documents dans une boîte dès que tu les auras signés.

Delphine se demandait pourquoi elle avait autant tergiversé. Ce mariage ne méritait pas qu'on essaie de le sauver.

Il ne pouvait pas être rafistolé avec quelques séances chez le psy, ce qu'ils avaient tenté d'ailleurs. Comme un de ces meubles bon marché qu'on achète chez Ikea. Joli à l'œil et branlant sous la surface. Avec un tas de vis dépareillées qui n'entrent pas dans les trous. Sans maillet assez efficace pour les y contraindre. Il tient debout jusqu'au jour où on le déplace d'un millimètre, et tout s'effondre.

Comme s'il lisait dans ses pensées, une première depuis qu'ils étaient mariés, Chad commenta : « Je te rappelle que c'est toi qui m'as trompé. »

Elle se demandait à quoi avaient rimé leurs fameuses « séances de travail », avec plats du Sichuan et gobelets de bière livrés clandestinement par le serveur sympa du café pourri d'en bas. Elle aurait voulu se sentir plus triste, fondre en larmes ou que Chad soit en larmes. Ils soldaient leur mariage de manière cordiale et professionnelle, et cette conclusion inattendue suffisait à la convaincre que leur union avait été une imposture depuis le début.

— Je les relis et te les renvoie en fin de semaine.

Il ouvrit la fermeture Éclair de son sac et lui tendit un trousseau de clés étincelantes.

— J'ai mis tes affaires au garde-meuble. Rassure-toi, elles ont été empaquetées par les meilleurs déménageurs de Manhattan. C'est climatisé, tout est emballé et suspendu comme il faut. J'ai réglé pour six mois.

— On dirait qu'on y est, dit Delphine.

— On dirait.

Il acquiesça et lui fit un petit geste de la main, comme à une étrangère, avant de passer la porte. C'était la seconde fois de la journée qu'elle regardait un homme s'éloigner.

27.

— Enlève tes sales pattes de mes yeux. J'en ai assez, pesta Glory en écartant la main de sa fille.

— Minute, vieille bique. J'ai presque fini.

Delphine reluquait tour à tour sa mère et l'écran de son portable sur la table de la cuisine, puis elle lui tapota les joues, satisfaite d'elle-même. Elle paracheva son œuvre en posant un chapeau pointu sur sa tête, s'essuya les mains sur son tablier, et lui tendit un miroir pour inspection.

Le visage de Glory était peinturluré en vert, ses paupières et ses joues, surlignées de traits marron foncé évoquant la patine d'un vieil arrosoir abandonné dehors sous la pluie. Et, conformément au tutoriel de maquillage en ligne, des grains de beauté saillaient sur son menton et son front, comme si le mal la rongeait de l'intérieur.

— Saperlipopette ! s'exclama Glory. J'ai accepté de distribuer des bonbons aux enfants, pas que tu me transformes en créature démoniaque.

— Oh, détends-toi un peu, c'est Halloween. Un peu d'humour.

Delphine se débarrassa de son tablier, révélant son costume. Une jupe noire fripée par-dessus un justaucorps noir. Un bandeau avec des oreilles de souris en feutre lui comprimait les tempes. Elle s'était peint un petit museau et de jolies moustaches sur la figure. Bref, un déguisement déniché à la dernière minute sous une des tentes le long d'Ambassador Caffrey. Les stands qui jonchaient les abords des grandes artères de Lafayette proposaient une vaste gamme d'articles de saison, citrouilles et sapins de Noël et, pour une raison inexpliquée, des feux d'artifice trois cent soixante-cinq jours par an. Pour l'heure, on y vendait des costumes d'Halloween.

— Je vais épingler quelques toiles d'araignées à ta robe ! lança Delphine, qui ne mesurait pas son plaisir, bien que ses papiers de divorce trônent sur sa table de nuit.

— Chérie, c'est ma belle robe pour les enterrements. Pas question que tu y colles tes machins. En plus, on est en retard.

Comme elles montaient en voiture, le chat protesta d'un miaulement sonore. Il était toujours maigrichon quoique plus vaillant, grâce aux rations régulières de croquettes et de lait que lui servait Glory dans sa porcelaine fine. Il miaula de nouveau, et Glory se baissa vers lui en pointant Delphine du doigt : « T'as faim ? Chope-la. Vas-y, attrape cette souris ! » gloussa-t-elle.

La distribution des friandises d'Halloween était officiellement de sa responsabilité, vu qu'elle supervisait l'aide alimentaire et que les bonbons d'Halloween relevaient d'une certaine manière de l'aide alimentaire. Sans compter que ces dames de la Red Hat Society avaient pris en horreur l'exercice qui mobilisait quatre heures de votre temps, et qu'il se trouvait toujours un gamin goulu qui engloutissait ses bonbons avant de sortir, et vomissait à l'intérieur de l'église. En conséquence, la chasse aux bonbons avait définitivement été relocalisée sur le parking.

Glory et Delphine disposaient des saladiers de friandises sur une des nombreuses tables pliantes installées pour le Festival d'Halloween, où l'on proposait également toutes sortes d'activités : atelier maquillage (quand Glory ne supportait déjà plus le sien), gonflage de ballons, sculpture de citrouilles et, étonnamment, lecture des lignes de la main. Glory secoua la tête en avisant un enfant tendre sa menotte, paume ouverte. Il y avait aussi ce labyrinthe d'épis de maïs, loin d'être à son goût. Pour commencer, on était en Louisiane et pas dans l'Iowa. Il n'y avait pas assez de maïs sur la planète pour faire oublier à ce petit monde qu'il se trouvait sur un parking à West Congress. Qu'y avait-il de si amusant à se perdre ? Les gens cherchaient désespérément à s'inventer un truc à faire, se dit-elle.

Constance Wheeler et sa petite-fille déguisée en grenouille furent les premières à visiter le stand bonbons.

— Croa croa, fit la gamine en serrant une taie d'oreiller.

— Quelle jolie petite grenouille, commenta Delphine avant d'y jeter une poignée de bonbons.

— Mamie, je peux aller à la maison gonflable ?

— Vas-y. Je te rattrape. J'étais navrée d'apprendre que tu as interrompu tes travaux intérieurs, ajouta-t-elle une fois la fillette éloignée.

— Suspendus ? répéta Glory. Sans blague. Ma maison est impeccable.

— La ville a reçu une nouvelle plainte. Je crains de devoir multiplier la fréquence de mes visites jusqu'à la date butoir des quatre-vingt-dix jours sans autre plainte et trois inspections satisfaisantes.

— C'est scandaleux ! tempêta Delphine en s'éloignant. Je vais retourner au tribunal. C'est du harcèlement pur et simple.

— Comme vous voudrez, mais tant que la maison ne répond pas aux standards la ville, je suis dans l'obligation de poursuivre mes visites dans le cadre de ma médiation. Bonne journée à vous deux, dit Constance en partant retrouver sa petite-fille.

— Je te l'avais dit. Dès que j'ai la preuve que ta tante Shirley est derrière tout ça, je l'attaque pour harcèlement et diffamation.

Glory dévora une barre chocolatée, enfonçant ses dents dans des strates de biscuit croustillant, caramel et cacao.

— Je vais faire un petit tour et m'assurer qu'aucun gamin n'a perdu un doigt en découpant une citrouille.

— Ils ont des lames sécurisées spéciales, remarqua Delphine.

— On peut toujours rêver.

Son chapeau de sorcière achevait de lui donner une silhouette bizarre, et sa longue robe noire semblait lester ses pas. Elle déballa une autre barre de chocolat chipée, fit une boule du papier et le jeta par terre.

Une femme était assise derrière une petite table de jeu, de celles que l'on déplie pour les parties de poker hebdomadaire. Elle portait un smoking en satin et, autour du cou, un nœud papillon dénoué. Elle avait la peau lisse et luisante, malgré ses rides prononcées. Son rouge à lèvres vif tranchait sous son chapeau haut de forme. Glory la dévisageait comme s'il s'était agi de l'actrice d'un film dont le nom lui échappait. Quand elle avisa la bague turquoise à son doigt, tout lui revint d'un coup.

Felice ! La médium. Via *Venmo. CreoleIntuit52.* Glory marcha en direction de ce coin du parking. Le vent d'automne s'engouffrait sous sa robe, elle se drapa du pashmina noir de Delphine, qu'elle se promit d'oublier de rendre. La prochaine bourrasque faillit emporter son chapeau de sorcière. Des sirènes de police retentissaient sur l'autoroute.

— Glory Broussard. Nous nous sommes déjà rencontrées. Ma fille m'a traînée dans votre mobile-home. Je ne suis pas facile à reconnaître sous le maquillage vert que je porte pour les enfants.

Elle ne voulait pas se montrer trop pressante ou dévoiler ses cartes outre mesure, car ce qu'elle attendait avant tout de cette femme, c'étaient des réponses.

— Une maison préfabriquée.

— Hein ? s'enquit Glory, confuse.

— C'est comme ça qu'on dit de nos jours. Une maison préfabriquée. Je me souviens de vous, évidemment. Vous aviez refusé de poser votre sac par terre ; jugeant mon intérieur trop sale.

— Non ce n'était pas pour ça, bredouilla Glory. Vous connaissez le vieil adage créole : « Ne laissez pas votre sac par terre ou votre argent s'envolera. »

Cela n'amusa pas Felice. Elle attrapa un jeu de tarot et fit mine de battre les cartes.

Glory s'assit face à elle, pressée de bénéficier de ses lumières.

— Je voulais vous demander des précisions sur le sort qu'on m'a jeté.

— Ce sera soixante-quinze dollars.

— Vous délirez ? Vous venez détrousser les gamins au Festival d'Halloween !

— Pour les enfants, c'est gratuit. Je leur prédis une ou deux choses positives et charmantes et les renvoie chez eux. Mais pour vous... ce sera cent dollars, asséna-t-elle en arquant un sourcil.

— Très bien, concéda Glory, momentanément vaincue. Je n'ai pas de liquide sur moi, vous n'avez qu'à facturer ma fille avec l'appli bancaire que vous utilisez.

Felice pianota sur son téléphone, et le reposa face contre table dès qu'il émit le bip d'une caisse enregistreuse.

— En quoi puis-je vous aider ?

— Avant tout, j'ai besoin de savoir qui téléphone à la ville pour se plaindre de l'état de ma maison.

— M'est avis que vous savez déjà de qui il s'agit. Tout comme vous savez sûrement que certaines personnes ne se satisfont pas de leur vie et se donnent pour mission de ruiner celle des autres.

— *C'est* donc ma sœur, Shirley, n'est-ce pas ?

— Il ne me revient pas de le confirmer ou non. Comme je crois vous l'avoir déjà dit, ce qui importe, c'est la malédiction. Car si vous ne la déjouez pas, vous ne connaîtrez que des malheurs. Pour l'instant, c'est la maison, ensuite ce sera autre chose. Ne vous laissez pas déconcentrer par vos désirs de vengeance. Cela n'a pas de sens. Concentrez-vous plutôt sur la façon de briser la malédiction.

— Mais comment ? Comment je brise la malédiction ? demanda Glory, pleurnichant presque.

— Je vous l'ai déjà dit, s'impatienta Felice. Vous n'avez pas le pouvoir de vous en débarrasser. La malédiction est à l'œuvre. Mais il faut que vous ayez la foi. Vous voulez bien faire une chose pour moi ? Fermez les yeux.

Glory jeta un coup d'œil alentour afin de s'assurer que personne ne l'observait. C'était une chose de se soumettre à ce genre d'acte impie. C'en était une autre de se faire prendre la main dans le sac.

— Oh, cessez de vous inquiéter de ce que les gens pensent, dit Felice. On m'a invitée. Ces dames coincées de la Red Hat Society savent s'amuser, semble-t-il, au moins le temps d'Halloween.

Elle marquait un point. Glory ferma les paupières.

— Je veux que vous visualisiez un symbole protecteur.

— Je croyais qu'il était déjà à l'œuvre ! s'exclama Glory en rouvrant les yeux.

— C'est le cas, mais il faut que vous y *croyiez*. Fermez les yeux maintenant.

Glory obéit.

— Imaginez ce que serait de vous sentir en sécurité. De bénéficier d'un voile protecteur. De vous délester des choses futiles, et de faire assez d'espace en vous pour trouver l'abri et l'armure que seule procure la vraie foi. Je le pense vraiment, Glory. Ne bougez pas et imaginez à quoi cela ressemblerait.

Glory ignora les sirènes et tenta d'imaginer. Elle n'était pas friande de ces supercheries absurdes, mais elle l'admettait, il n'y avait pas de mal à essayer. La foi. C'était une chose inébranlable et puissante. Glory avait été élevée dans la foi, mais, honnêtement, que lui avait-elle apporté ?

Elle n'avait pas conservé en vie sa copine Beverly du CM2, ni gardé Amity sur Terre – elle dont la foi surpassait celle de tous. Le père Romero avait la foi, il avait la fortune aussi, la meilleure des protections. Les gens parlent sans doute volontiers de leur foi parce que c'est une chose à laquelle on peut accéder à défaut d'avoir les moyens de s'offrir autre chose.

— Je viens de recevoir une notification, les interrompit Delphine, déjà lassée apparemment de la distribution des bonbons et contente de trouver sa mère.

En rouvrant les yeux, Glory aperçut les enfants fondre sur le stand de bonbons tels des vautours sur une carcasse, chipant des paquets de Junior Mints et de Milk Duds.

— Ne t'en fais pas. Je te rembourserai, dit-elle en désignant Felice. Tu te souviens de notre amie ?

— Ravie de vous revoir.

Felice leva son chapeau.

— Je me fiche de la notification de Venmo. Tu entends ces sirènes ? Je crois savoir ce qui se passe. J'ai reçu une alerte sur mon téléphone : Keller Benoît a été arrêté pour fraude.

28.

Elles arrivaient sur le parking de l'Olde Tyme Grocery, près de Johnston Street, à l'angle de l'université de Lafayette. Une collection de mouchoirs verdâtres colonisait tableau de bord et plancher.

— Je n'aurais jamais dû de te laisser m'étaler cette saloperie sur la figure, pesta Glory en effaçant les derniers vestiges de son maquillage de sorcière, après ce qui lui parut vingt minutes d'efforts et le double de mouchoirs en papier.

— Ce serait parti en un rien de temps avec du savon et de l'eau, si on avait fait un crochet par la maison.

— On ne repasse pas à la maison parce que j'ai bossé toute la journée à ce stupide Festival d'Halloween et que j'ai faim. Ce rebondissement à propos de Keller Benoît m'a chamboulée, un bon *muffuletta* me calmera les nerfs.

Elles longèrent les tables de bistro rouges et la boule de neige géante aux couleurs de l'arc-en-ciel pour commander leurs sandwichs. Le *deli* avait ouvert en 1982, mais cela aurait aussi pu être en 1972, voire en 1952. D'un côté, le sol était revêtu d'un carrelage en damier rouge et blanc, et de l'autre, d'un parquet usé par les piétinements des clients et les éclaboussures de bière.

— Comme d'habitude ? demanda l'homme à la mine fatiguée derrière le comptoir. Glory confirma de la tête et Delphine commanda un *po'boy* aux crevettes.

— Vous voulez de la sauce ? demanda-t-il.

— Je prendrais le mien avec de la sauce. Pas elle.

L'homme ajouta de la mayonnaise et des feuilles de laitue à son sandwich et enveloppa le tout dans un papier sulfurisé. Glory et Delphine remplirent leurs gobelets en plastique rouges de thé glacé sans sucre et s'attablèrent dans la salle exiguë.

— Qu'en dit l'*Advertiser* ? demanda Glory en arrosant son repas de tabasco.

Delphine lui résuma les grandes lignes de l'article. À la suite du témoignage de Keller Benoît à Bâton-Rouge, une enquête de l'APE avait confirmé ce qui avait été clairement démontré à l'audience : les certificats de l'usine chimique étaient des faux. En tant que membre du conseil d'administration, et qui plus est en charge de la conformité, la responsabilité incombait personnellement à Keller. Il avait aussi fait pression sur l'ouvrier d'astreinte pour qu'il porte le chapeau, lequel s'en était remis au FBI et avait tout déballé au premier agent venu. Entre les falsifications, les pots-de-vin pour couvrir ses mensonges, les intimidations et autres forfaits, il faisait face à plusieurs inculpations pour crimes fédéraux. Le chant des sirènes qu'elles avaient entendu pendant le festival lui était destiné.

— Écoute ça, continua Delphine en scrutant l'écran de son téléphone. Ils mentionnent le père Romero et Amity comme les initiateurs de la bronca contre l'usine.

— Ils disent quoi d'autre sur elle ?

— Rien, dit Delphine après vérification.

— Le mobile, déclara Glory en reposant son sandwich sur le plateau pour avaler une gorgée de thé glacé. On tient son mobile. Amity avait connaissance de ses magouilles, elle voulait le dénoncer, et Keller ne voulait pas être inquiété. Maintenant, ils risquent de perdre des millions de dollars si on ferme l'usine.

— C'est un mobile plutôt solide, je te l'accorde. Mais quelles preuves a-t-on ? Tu penses vraiment que cet homme a tué Amity avec ses petits doigts manucurés ? Je ne sais pas, je ne le vois pas en assassin.

— Ils n'ont jamais l'air d'assassins jusqu'au jour où on s'attaque à leur argent. Et quand ce moment arrive, ils craquent.

Delphine croisa son reflet dans le miroir de contrôle dans un angle de la pièce, et se rappela qu'elle avait encore ses moustaches.

— Tu as fini ton sandwich ? Si on rentrait se débarbouiller à la maison ?

Une eau verdâtre tourbillonnait dans le siphon, Glory finissait de laver son maquillage sous une douche bien chaude. Delphine s'était retirée dans sa chambre pour faire Dieu sait quoi à pareille heure. Peut-être envoyait-elle des textos à Landry. Ou se querellait avec son ex. La lumière était restée allumée fort tard, voilà tout ce que Glory savait.

C'était sans importance, elle appréciait de regarder les nouvelles du soir en paix, sans les sempiternelles récriminations de sa fille. Rien d'autre que des accidents de voitures, des soûlards et des matchs régionaux barbants, pestait-elle constamment. Il ne se passait pas grand-chose à Lafayette, et le dernier journal de la nuit était d'ordinaire la copie conforme de l'édition précédente. Sauf qu'aujourd'hui, ce n'était pas le cas.

L'arrestation de Keller Benoît, menottes aux poings, faisait l'ouverture. Glory s'était figurée qu'ils agiraient en toute discrétion, eu égard à son nom et à sa fortune ;

que Keller se présenterait de lui-même avec une armada d'avocats dont le taux horaire excédait nettement le salaire hebdomadaire de la majorité des gens d'ici. Et non, ils l'avaient délogé de son bureau un samedi, en jean, polo et tongs.

Glory secouait la tête. Quel genre d'homme osait porter une ceinture et des tongs ? Quand on se donnait la peine d'enfiler une ceinture, on pouvait lacer des souliers. Ils avaient débarqué par surprise parce que ses cheveux lui tombaient dans les yeux et qu'il n'avait pas eu le temps de mettre de gel.

Si ses avocats n'étaient pas présents au moment de l'arrestation, ils l'attendaient sur les marches du tribunal. Ils transpiraient dans leur costume, malgré la température automnale plutôt fraîche. Kerry Benoît-Landry se tenait un peu à l'écart avec la famille, Glory ne savait dire si son regard d'acier exprimait de l'inquiétude ou de l'agacement.

Il fut ensuite question de la météo et d'un bulletin imminent sur la prétendue tempête tropicale Victor. Depuis l'ouragan Katrina, les présentateurs cédaient à l'hystérie dès qu'un grain s'annonçait à l'horizon. À l'instar de la plupart des gens dans la région, Glory faisait la sourde oreille. Il avait toujours plu en Louisiane, et ce n'était pas demain la veille que ça changerait. Vraiment, quel nom ridicule pour une tempête. Victor seyait mieux au technicien qui venait changer votre pare-brise fissuré à domicile. Pourquoi pas Damien ou Lucifer ? Ça aurait eu plus de panache.

Après le point sur l'affaire Keller Benoît, la météo et le sport, venait l'heure de « Lafayette Crime Stoppers ». Le samedi soir, sur KADN, la chaîne 46 diffusait les vidéos de flagrants délits et appelait les téléspectateurs à témoigner. Dans cette émission, les délinquants étaient loin d'être des cerveaux et se révélaient très largement demeurés. Glory pelait le film plastique des pop-corns qu'elle avait achetés l'autre jour à Don's Boudin, ceux qui étaient collés avec du sirop de canne Steen... les meilleurs.

Il y eut d'abord le cas de l'homme entré la nuit par effraction dans le Whataburger de Pinhook Road, qui avait lâché son portable dans le bac à huile en se préparant des frites, et avait plongé la main dans le liquide bouillant pour le repêcher. Puis la femme ivre qui s'était endormie à la jardinerie de New Iberia et avait glissé de son banc et fini dans l'étang des carpes koï. À la différence de Keller Benoît, la plupart des délinquants de Lafayette étaient de parfaits idiots.

En regardant ces vidéos crétines, il lui traversa tout à coup l'esprit qu'elle n'avait pas visionné les caméras de surveillance que Delphine avait installées aux abords de la maison, et près de l'accès *via* le garage. Elle déplia la coque de son iPad et relut le Post-it sur lequel sa fille avait griffonné ses instructions. Elle laissait constamment des instructions sur comment faire ceci ou faire cela, sans parler des mots de passe pour les applications et les sites. Glory avait reculé jusqu'ici, comme un chat refuse qu'on souille son poil brillant quand il vient de faire sa toilette, elle était néanmoins secrètement satisfaite que sa fille s'en soit occupée.

Elle opta pour la radio au lieu de la télé, puis cliqua sur l'icône des caméras connectées. Une alerte s'afficha, piquant sa curiosité : « Vous avez huit notifications. » Elle cliqua sur le premier lien, l'image était granuleuse. Elle approcha sa tablette de son visage pour identifier plus nettement la silhouette qui se déplaçait dans le noir. Au lieu du coupable qu'elle souhaitait confondre, elle vit le chat maigrichon en train de se lécher le derrière. Pour en avoir le cœur net, elle cliqua sur les liens suivants et observa le même spectacle. Le chat qui bâillait. Le chat qui s'étirait sur la terrasse. La satanée bestiole qui faisait comme chez elle. Glory n'aurait jamais dû nourrir ce fichu chat ; elle était la seule à blâmer si ce vertébré à la queue infestée de puces avait élu domicile dans son jardin. Elle se jura de ne plus engraisser cet animal répugnant.

Elle faisait déjà une croix sur une quelconque preuve, mais il s'en cachait une, dans la toute dernière vidéo. La semaine précédente, épuisée par tous les drames qui avaient chamboulé sa vie, elle s'était autorisé une petite sieste qui, à sa grande surprise, s'était prolongée quatre heures. Plus tard, elle s'était aperçue que ses grosses poubelles grises, garées d'ordinaire à côté de la maison, étaient répandues dans la rue. Et non, il n'y avait pas de vent, rien qui explique l'incident. Elle avait conclu qu'elles avaient été sciemment renversées. Mais par qui ? Le responsable du coup des abeilles ? Y avait-il un lien entre ces événements ? En tout cas, le détrousseur de poubelles était à portée de clic.

Glory appréciait la définition des images sur sa tablette. Elle s'attendait à ce qu'elles soient granuleuses et en noir et blanc, comme les enregistrements des magasins que les inspecteurs visionnaient dans *New York, police judiciaire*. Elles étaient tout l'inverse, avec des couleurs vives et saturées.

D'abord, la femme faisait le tour du pâté de maisons, pour s'assurer que la demeure était vide. S'estimant en sécurité, elle garait sa voiture devant et pénétrait dans le jardin. Elle se dirigeait à l'arrière et essayait sans succès d'ouvrir la porte avec ses clés. Le jour où elle avait installé les caméras, Delphine avait insisté pour faire d'une pierre deux coups. Arguant que si Glory était assez inquiète pour s'équiper de caméras, cela justifiait aussi de changer les serrures. L'obstacle avait visiblement mis la femme hors d'elle, elle harponnait à deux mains les poubelles et les tirait jusqu'au trottoir. Puis son visage se tordait, elle criait, et en déversait le contenu dans la rue.

Cela ne lui avait apparemment pas suffi, car l'inconnue glissait maintenant la main dans sa poche arrière, et Glory dut zoomer pour voir qu'elle tenait un trousseau de clés.

Elle les fit tourner un instant dans sa main, déplia un couteau suisse et lacéra les pneus de Glory.

« Bon sang… » dit Glory, pour ne pas dire autre chose. Au même instant, le chat était de retour à l'écran. Il fit le gros dos et se suspendit aux jambes de la femme. Elle essaya de le repousser, mais il tint bon pendant au moins trente secondes. Et il ne lâcha prise que quand elle sortit du champ en boitillant et en se tenant la cuisse. Voilà ce qu'on appelait la loyauté, se dit Glory.

C'était bien sa sœur, Shirley, et elle avait désormais des pièces à conviction. Glory referma la coque de sa tablette et posa sa tête contre le fauteuil. Elle était traversée par deux sentiments rivaux : la tristesse et la revanche. Elle était triste que sa sœur l'ait volée ; la voir crever son pneu lui avait brisé le cœur. Dans le même temps, la rage bouillait en elle. Elle aurait sa revanche. Si elle ne faisait rien, maintenant qu'elle savait, pour qui passerait-elle ? Jamais elle ne ferait de mal à sa sœur, mais il existait un juste milieu entre embaucher un quidam pour lui briser les jambes et lui pardonner. Elle trouverait une vengeance proportionnée, une solution intermédiaire.

Glory se résignait devant l'évidence, il était un des siens, le chat de gouttière s'était révélé plus loyal que sa propre famille. Comme l'averse purifie le ciel après l'orage, le calme clarifie l'esprit, ainsi eut-elle cette autre révélation, un peu plus tard dans la soirée. Felice ! L'hypersensible spirituelle avait vu juste dès le début. Glory savait au fond d'elle-même qui lui avait jeté ce sort : Shirley et personne d'autre.

Cette pensée ne lui traversa l'esprit qu'aux premières notes de son émission préférée, « Quite Storm ». Glory se rendit à la cuisine pour remettre de l'ordre, vu que cette fouineuse de bonne à rien de Constance Wheeler se présenterait bientôt pour une autre de ses soi-disant inspections.

Les boîtes d'Amity avaient insensiblement migré du mur jusqu'au centre de la cuisine. Un temps libéré, le passage entre le four et le réfrigérateur rétrécissait à vue d'œil. Glory déplaça donc les boîtes sur le côté, entendant d'ici ce que cette grande gueule de Constance aurait à redire. Elle poussait à deux mains pour coller au mur une colonne aussi haute qu'elle de cartons, qui hélas versèrent et se répandirent sur le sol.

De frustration, Glory envoya un coup de pied dans un tas de feuilles. *Pas le temps de trier ce bazar !* se dit-elle. Elle replaça les papiers dans les boîtes, un dossier après l'autre. Rapports d'eau. Dossier de l'APE. Déclaration de l'Office des eaux de Louisiane. Tout le travail méticuleux d'Amity éparpillé par terre. Au milieu des photocopies, elle tomba sur une liasse d'enveloppes manuscrites, reliées par une ficelle de cuisine rouge et blanche.

Glory ne s'était pas encore penchée dessus. Elle chaussa ses lunettes de lecture et ouvrit la première.

Très chère Amity,

J'espère que tu ne prendras pas ma persistance pour de l'obstination. Tu as dit que je devais cesser de t'écrire, mais je ne peux m'y résoudre. Dans quelques mois, nous serons tous deux libres de vivre selon notre désir, dans les bras l'un de l'autre. Jusqu'à ce que ce jour advienne, ces mots te rappelleront que je ne trouverai pas de repos et que je rêverai de toi chaque nuit.

Avec mon amour infini,
Martin Romero

29.

Quelle crétine, vraiment, Glory s'en voulait tellement. Ses étagères remplies de romans de Danielle Steel et de Jackie Collins auraient dû lui mettre la puce à l'oreille. Ces romances étaient la clé du monde intérieur de son amie, un miroir tendu à ses véritables désirs. Hormis sa relation tumultueuse avec Milton Knowles, Amity s'était tenue à l'écart de l'amour. Elle encourageait les autres à jouir de leur bonheur – mariages, naissances, vacances en famille –, sans jamais avoir goûté intimement à cette douceur de vivre.

Quant au père Romero… Glory secouait nerveusement la tête, elle avait honte de s'être laissé duper par ce beau parleur. Depuis le début, elle avait flairé quelque chose de louche et l'avait mis sur le compte de son côté « curé intello ». Sa première impression de l'homme était cependant la bonne. Il s'était présenté à sa première réunion avec la Red Hat Society d'Acadiana en pantalon et chemise boutonnée, ce qui était déplacé, mais il portait aussi des chaussures à bride en cuir verni. Elle était finalement passée outre, le précédent pape en personne possédait une paire de chaussures Prada, et Glory avait conclu que si cela convenait au pape, alors pourquoi pas à lui ? Elle le voyait cependant sous un jour nouveau. Le studio de télé bricolé dans son appartement, l'opéra, sa collection de bouteilles de vin. Le père Romero était un dévot de Dieu, mais aussi un dévot du capitalisme. Cette nuit-là, elle eut toutes les peines à fermer l'œil, retournant dans sa tête ce qu'elle lui dirait au sujet des lettres.

Dès le lendemain, Glory faisait irruption dans son bureau avant la messe du dimanche. Elle aurait préféré régler cette sordide affaire hors des murs de Sainte-Agnès, hélas c'était le seul endroit qu'elle connaissait où elle pouvait lui parler entre quatre yeux sans risquer de se faire occire sur un coup de sang.

Un orage à l'approche assombrissait le ciel. Le père Romero se recueillait derrière son bureau, relisant sans doute le sermon qu'il s'apprêtait à prononcer.

Avant qu'elle ouvre la bouche, Glory imagina le roman de leur vie. Jusqu'à quel point au juste étaient-ils intimes ? S'étaient-ils embrassés ? Avaient-ils fait l'amour ?

— Comment allez-vous, Glory ? dit-il en levant les yeux de ses papiers.

Derrière lui, une étagère recelait des livres anciens probablement hors de prix, comme le fauteuil dans lequel il était assis, estima-t-elle.

Elle tenait la liasse de lettres dans ses mains tremblantes. Elle en détacha une de la pile et, à sa propre stupéfaction, la fit claquer sur son bureau.

— C'est vous, n'est-ce pas ?

— C'est moi quoi ? Je suis navré, je ne…

La terreur se lut sur son visage quand il la découvrit.

— Vous pouvez m'expliquer comment un homme de Dieu peut continuer à exercer son ministère, tout en bafouant son vœu de célibat et la réputation d'une nonne ? Ai-je correctement résumé la situation ?

Glory s'était tellement emportée que son chapeau de feutre noir avec la plume de paon avait atterri sur le tapis qui masquait le sol esquinté.

Le père Romero s'effondra en se prenant la tête entre les mains. Ses épaules s'affaissèrent et sa fière poitrine se creusa, le faisant paraître plus petit. Après ce qui sembla une éternité, il leva ses yeux rougis vers Glory.

— C'est la vérité, tout ce que contiennent ces lettres est vrai. Nous nous aimions.

— Quel genre de prêtre cela fait-il de vous ?

— Un prêtre humain ! Je suis un homme comme les autres, faible et imparfait.

Le tonnerre annonçant la tempête se rapprochait de Lafayette. Dehors, la pluie martelait le coffre du climatiseur au-dessus de la fenêtre. Une déflagration retentit dans le ciel, suivie d'un éclair lointain. Glory resta muette un instant, le temps de reprendre ses esprits. Elle en avait conscience, une fois franchi le pas, il n'y aurait aucun retour possible.

— Pourquoi l'avoir tuée ? Elle avait changé d'avis, c'est ça ? Elle ne voulait pas quitter l'Église, et elle avait l'ascendant sur vous, votre carrière et votre réputation de croisé millionnaire.

Il se leva d'un bond en renversant son fauteuil.

— Vous vous trompez, Glory. Oui, Amity et moi avions une relation amoureuse, mais je n'ai rien à voir avec sa mort. Rien du tout.

Glory n'était pas prête à le croire sur parole. Elle avait vu assez d'émissions sur Investigation Discovery Channel pour savoir que le coupable était toujours l'amant, le petit copain, le mari. Elle était sous l'emprise d'une force qu'elle n'avait pas éprouvée depuis longtemps. Elle se sentait digne, pleine d'audace, et ne se retirerait pas tant qu'elle n'aurait pas obtenu ses aveux.

— Alors, dites-moi… quel était le plan ? Vous alliez renoncer à la prêtrise ? Et pour faire quoi ? Vous marier ? Vous vous doutez bien que les chaînes du câble n'auraient pas vu ça d'un bon œil… Le prêtre défroqué qui a gagné un million de dollars et s'est mis à la colle avec une nonne ? Que pensez-vous qu'il serait arrivé ?

Sa crânerie légendaire l'avait déserté, et peut-être son âme par la même occasion. Il releva son fauteuil et se rassit. Malgré son habit, il n'avait plus l'air d'un prêtre. Il avait simplement l'air pathétique.

— Nous n'avions pas de plans précis. Et oui, j'avais conscience que mon départ de l'Église provoquerait un certain brouhaha, pas seulement à Lafayette, mais aussi sur toutes ces chaînes d'information conservatrices et pleines de haine qui me méprisent. Cela aurait apporté un peu plus d'eau à leur moulin pour : *Écraser les esprits progressistes.* Je lui avais dit que je m'en fichais, que je trouverais un moyen pour qu'on soit ensemble. Mais elle a dit non.

— Évidemment qu'elle a dit non. C'était une femme de foi.

— Oui, c'était une femme de foi, soupira-t-il, et elle m'aimait. Nous étions ensemble, Glory, dans tous les sens du terme. Elle refusait que je démissionne, parce qu'elle ne voulait pas voir son nom étalé dans la boue par les journaux et ouvrir les vannes des cancans, qui, nous le savions, seraient féroces. Alors nous avons décidé de ne rien formaliser et de ne pas l'officialiser. Ce n'était pas essentiel. Nous avions ce partenariat romantique, professionnel et spirituel. Je l'aimais de tout mon cœur.

Glory avait des sueurs froides, ses révélations la mettaient dans un état second.

— Je dois porter cette croix, à présent. Chaque jour, je dois vivre avec la douleur de son suicide, en sachant que c'est l'angoisse que suscitait notre relation clandestine qui l'a poussée à cet extrême. Alors, allez-y, faites ce que bon vous semble. Dénoncez-moi à l'évêché, informez les journaux ou faites ce que vous avez concocté. Parce que je le mérite. Ce ne sera pas pire que la douleur avec laquelle je vis déjà.

Ils furent brusquement interrompus par la fausse note d'une guitare.

— Père Romero, vous êtes en retard pour la messe, l'interpella sœur Jocelyne en agitant ses partitions, son instrument en bandoulière.

Glory fit une moue de dégoût puis sortit, oubliant son beau chapeau à plume par terre.

30.

Elle était trop secouée pour assister à la messe, après sa rencontre avec le père Romero. C'était au-dessus de ses forces de le regarder lire, derrière l'autel, un sermon sur le partage, le courage et le sacrifice. Et elle voulait par-dessus tout s'éviter la vue de sœur Jocelyne grattant sur sa foutue guitare.

Elle se replia au café CC's, où elle retrouva sa fidèle clientèle, fixa les cotes, enregistra les paris Over/Under, empocha l'argent dont la majorité de ces hommes ne reverrait jamais la couleur. La foi est une chose étrange. Ses habitués revenaient chaque semaine, mus par cette même croyance, et s'adonner à un rituel qui les laissait le plus souvent exsangues. Les rares fois où ils triomphaient suffisaient à justifier les pertes qu'ils avaient déjà engrangées.

Son rapport à l'Église était du même accabit, réfléchit Glory. Des années durant, elle avait prié chaque soir, elle s'était prosternée toute sa vie le dimanche à l'église, pourtant rien de tout cela ne l'avait protégée des coups durs, des longues heures de travail, de l'infidélité de son mari et de la solitude qui la frappait aujourd'hui. Seule une poignée d'heureux événements avait nourri sa foi. Le fait que sa fille ait plutôt bien tourné l'incitait à continuer à croire, même si elle refoulait ses soupçons sur Delphine et Beau Landry. Et ça la titillait de plus en plus, comme un moucheron qui vous mordille la jambe.

Noah l'extirpa de ses maudites pensées en venant remplir sa tasse de café.

— Vous êtes d'un calme olympien ce matin. Est-ce qu'on vous a jeté un sort ?

Glory renversa la tête et le fixa.

— Tout à fait, on m'a jeté un sort, répondit-elle sans une pointe de sarcasme. Ma voyante me recommande de placer ma foi en quelque chose afin de briser la malédiction, mais j'ai peur qu'il n'y ait plus grand-chose auquel on puisse croire.

L'air confus, Noah ne broncha pas.

— Bref, c'est quoi, le mot de passe du Wi-Fi ?

— Le Wi-Fi ? D'abord, vous téléchargez notre application et maintenant vous voulez le code du Wi-Fi ?

— Bon sang, contentez-vous de me le donner !

— Sur la table, près du sucre. Il vous suffit de scanner le code avec votre téléphone pour vous connecter.

— Je sais comment ça fonctionne, déclara Glory, même si elle s'était toujours demandé à quoi servaient ces codes-barres.

Noah leva les bras en signe de défaite et retourna derrière son comptoir.

Ses mains tremblaient au point qu'elle dût poser son téléphone sur la table. Elle arrivait à peine à le tenir. Entre sa mise au point avec le père Romero et sa rencontre fortuite avec sœur Jocelyne, Glory avait les nerfs à vif. Elle avait un sacré culot de papillonner dans l'église avec sa guitare et ses partitions, en faisant comme si elle ne s'était pas laissé tripoter par le type aux dents grises.

Ses tremblements avaient enfin cessé, elle attrapa son téléphone et téléchargea l'application L'Amour N'Expire Jamais. Cette femme sympathique au Miami Moon lui en avait parlé, Glory souhaitait vérifier si Jocelyne avait un compte, puisqu'elle se trouvait à cette soirée. Tout ce qu'elle savait de ces applications de rencontres, elle l'avait appris grâce à des documentaires télé et, pour ce qu'elle en avait vu, les utilisatrices tombaient le plus souvent sur des escrocs ou des harceleurs. Glory voulait simplement en juger par elle-même.

Elle remplit le minimum d'informations requises pour avoir un aperçu. Il y avait un homme posant à côté d'un tigre, un autre avec des cheveux noir de jais cireux, une teinture se dit-elle *illico*, parce qu'aucun homme passé la soixantaine n'a des cheveux aussi noirs que des touches de piano. Ces profils puaient l'arnarque et le désespoir à plein tube. Si parfois la solitude lui pesait, Glory ne se sentait pas seule au point de sortir avec un de ces types.

Elle se tourna vers la fenêtre, dehors la pluie tombait dru et une grande flaque s'était formée dans le caniveau, près de sa voiture. L'orage s'intensifiait, elle ferait mieux de rentrer, mais pour se remettre d'un tel choc, quelques tasses de café ne suffisaient pas. Noah lui proposa de la resservir, en guise de calumet de la paix. Et c'est alors que l'idée la traversa.

Au moment où Noah la servait, Glory lui glissa son téléphone sous le nez et la lumière de son flash illumina la fenêtre.

— Ben… Vous venez de me prendre en photo ?

— Un petit souvenir de vous.

— C'est rien de dire que vous êtes bizarre aujourd'hui, dit-il en s'éloignant, l'air renfrogné.

Elle ajouta au faux profil la photo de Noah. Intérêts : chasse et pêche. Tendances politiques : farouchement indépendant, une formule suffisamment vague pour séduire l'intégralité de la Louisiane. Tranche d'âge recherchée : 45-60 ans. Glory ricanait. Elle savait pertinemment qu'aucun homme ne convoitait avec sincérité une femme de cette tranche d'âge, ni même un type de cette tranche d'âge. Mais l'attrait d'un type aspirant à sortir avec une femme d'un âge approprié constituait un appât séduisant.

Noah Singleton eut rapidement plus de quatre-vingts matchs, ce qui n'était pas une surprise vu que Glory savait qu'il n'y avait que cinq célibataires éligibles de son âge, dans toute la paroisse.

Cette application s'avérait nettement plus divertissante que « Louisiana Crime Stoppers ». Glory identifia au moins trois femmes mariées qu'elle connaissait, sans parler de cette vieille peau qui faisait bouillir et servait les écrevisses au Comeaux. En moins de quelques secondes, plusieurs trentenaires se disputaient déjà les faveurs de Noah, ce qui démontrait combien les femmes de Lafayette désespéraient de se dégoter un compagnon fiable.

Son écran était maculé de traces de doigts à force de swiper de gauche à droite. Elle était sur le point de l'éteindre quand elle tomba sur le profil qu'elle cherchait. JusteJocelyne. Celui de sœur Jocelyne, à l'évidence. Hobbies : chant, nature, randonnée. Glory faillit pouffer. Pour autant qu'elle le sache, la seule tentative d'ascension dont pouvait se targuer Jocelyne avait été de remonter sa jupe au Miami Moon, ce fameux soir. Elle portait du gloss mauve et un décolleté qui mettait en valeur sa poitrine généreuse. Glory fit défiler les photos. Il y avait JusteJocelyne, une cigarette à la main, un verre de martini dans l'autre. JusteJocelyne en robe rouge, conduisant la chorale à l'église. Le dernier cliché montrait JusteJocelyne dans un décor que Glory n'eut aucune peine à reconnaître, le jardin communautaire des Sœurs de la Sainte-Famille, où elle se tenait près d'une ruche.

31.

Glory avait rebroussé chemin jusqu'à Sainte-Agnès, sa voiture essuyait l'assaut des bourrasques sur le parking. Dans la chaleur sèche de l'habitacle, elle cogitait à une stratégie. Elle repoussait le moment d'aller trouver la police, sans trop s'expliquer pourquoi. Elle appuya ses avant-bras sur le volant et y coucha sa tête, elle avait besoin de réfléchir à tout ça. Un coup frappé à la vitre, aussi fracassant que le tonnerre, la ramena au présent. Elle abaissa sa vitre de quelques centimètres, la pluie s'infiltra par la brèche.

— Glory, ma chère, que faites-vous encore ici ? La messe est terminée depuis trois heures.

Vêtue de cet uniforme qui n'en était pas un, Jocelyne s'agrippait à son parapluie chahuté par la tempête, sur laquelle la chaîne météo ne s'était en définitive pas trompée.

— Vous êtes au courant, je suppose, la réunion de notre club a été annulée, Victor va frapper la ville plus tard dans la soirée. Il vient d'être requalifié en ouragan.

Glory chercha à gagner du temps.

— Je pensais faire l'inventaire de notre stock de vivres au cas où nous devions déployer un centre d'accueil, après l'ouragan. Histoire d'établir un plan pour la distribution d'eau et de nourriture.

Sœur Jocelyne inclina la tête, sa mine surprise trahissait le peu de clairvoyance que la religieuse lui prêtait.

— Je n'y avais pas pensé, c'est une excellente idée.

Le parapluie de Jocelyne vacillait d'un côté à l'autre. La pluie gouttait à l'intérieur du véhicule, jusque sur le front de Glory.

— Je vous ai parlé de la rénovation de la fabrique de coton, n'est-ce pas ? demanda Jocelyne.

La dernière debout dans les environs se trouvait à Scott, bien qu'il soit exagéré de décrire le vieux bâtiment branlant de la sorte. Elle menaçait de s'écrouler au prochain coup de vent, pourtant elle avait résisté à d'innombrables tempêtes tropicales et ouragans. C'était un miracle qu'elle existe encore après toutes ces décennies.

— Le père Romero a levé des fonds pour la restaurer et y aménager notre banque alimentaire. Il a même abondé personnellement en puisant dans sa bourse, vu qu'il s'agit d'un site historique et tout. La restauration doit être effectuée dans les règles de l'art. Même si les artisans experts en monuments historiques ne courent pas les rues par ici.

Le vent retourna son parapluie et l'aplatit comme un vieux tee-shirt. Elle avait drôlement choisi son moment pour faire la causette, se dit Glory.

— C'est tout lui, il est à cheval sur les règles, nota Glory, s'étouffant presque devant l'ironie de sa remarque.

— J'allais justement m'y rendre. Nous avons installé une caravane, un centre d'accueil provisoire pour la communauté en geste de bonne volonté pendant les travaux, expliqua sœur Jocelyne en élevant la voix pour se faire entendre par-dessus le vent et la pluie. Vous savez comment c'est… on veut limiter les réclamations auprès de la mairie à cause du bruit et des nuisances du chantier. Je finissais de charger ma voiture, vous voulez m'accompagner ?

Glory n'avait toujours pas défini de plan d'action, mais accepta quand même. Les deux femmes essuyèrent un déluge de pluie, le temps de plusieurs allers-retours de la réserve à leurs véhicules afin de remplir leurs coffres de couches, de packs d'eau Kentwood, biscuits salés et canettes de thon. Une fois leurs coffres bourrés à ras bord au point de ne presque plus fermer, elles s'engagèrent sur l'autoroute 10 jusqu'à Scott.

Glory actionna ses essuie-glaces à la vitesse maximale et éteignit la radio pour se concentrer sur la route. Elle songea à envoyer à sa fille un message lui indiquant où elle se trouvait, et jugea plus sage de tenir le volant à deux mains, vu le déluge. Ses pensées la ramenaient à la fabrique de coton, aux étés chauds de son enfance et à ses petites mains écorchées par la tâche. Pour la plupart des gens, la cueillette du coton était une relique du Sud d'avant-guerre, mais Glory se souvenait de l'odeur de la sueur sur sa peau, de la morsure du soleil dans sa nuque.

Sous un ciel de plus en plus sombre et des vents forcissant de minute en minute, Glory suivait le véhicule de Jocelyne sur la bande de bitume menant à la fabrique. Une voie colonisée par les mauvaises herbes, résultat de la négligence humaine et de l'œuvre du temps. Le bâtiment, une construction sur pilotis en tôle ondulée minée par la pourriture, se dressait sur le sol jonché d'éclats de verre pareils à des confettis.

Jocelyne fut la première à quitter sa voiture et marcha jusqu'au niveau de Glory.

— C'est là-bas qu'on entrepose temporairement les stocks, jusqu'à la fin des travaux.

Le container que pointait Jocelyne aurait été plus à sa place sur les docks qu'en rase campagne.

— Je vous fais visiter ?

Glory sursauta au crépitement des éclairs, ils étaient trop forts, trop proches, pour qu'elle soit tout à fait sereine.

— On ferait mieux de décharger les provisions et de filer en vitesse avant de se faire piéger par l'ouragan… dit Glory.

— Oh, vous savez comment ils sont avec la météo ici. Toujours prêts à déclencher l'alerte rouge pour un coup de vent de rien du tout. Allons-y.

Au mépris du bon sens, Glory lui emboîta le pas en se protégeant le visage de la main sous cette mousson. La pluie lui dégoulinait dans le dos et jusque dans les chaussures tandis qu'elles couraient s'abriter sous le bâtiment. Au-dessus d'elle, l'eau gouttait des trous des reliques du plancher de la fabrique.

Sœur Jocelyne hurlait par-dessus le raffut des bourrasques, se protégeant elle aussi le visage.

— Cette zone là-bas servira d'aire de chargement. Pour la collecte et la distribution. Les gens n'auront même plus à descendre de voiture. Les bénévoles chargeront directement le coffre des bénéficiaires.

— Je vois que le père Romero a pensé à tout, remarqua Glory, se demandant ce qui lui avait pris de venir ici avec la meurtrière présumée d'Amity.

— Il n'est pas le seul à avoir un cerveau. Notre contribution à toutes n'est pas négligeable, répliqua Jocelyne, les bras croisés sur la poitrine.

— Je ne voulais pas…

— Saviez-vous que j'avais été admise à la Rice University ? Ce sont mes parents qui ont décrété que la vie monacale me conviendrait mieux. Personne ne m'a jamais demandé mon avis, dit-elle, en souriant du bout des lèvres comme si elle en avait trop révélé. Peu importe, montons, que je vous montre la future réserve.

Luttant pour garder l'équilibre, Jocelyne déverrouilla la porte qui donnait sur un escalier en colimaçon. Des clous sortaient des marches et des cafards gisaient, renversés sur le dos. Glory regrettait de l'avoir suivie, et cachait sa peur autant que possible.

— Courage, vieille femme ! cria Jocelyne en rigolant. Je sais que nous n'avons pas toujours été d'accord, mais je dois reconnaître que vous êtes la seule à vous intéresser sincèrement à la Red Had Society. Pour les autres, c'est juste une récréation, elles viennent jaser et boulotter ces horribles petits fours du Sam's Club. Je ne peux pas les piffer, ces vieilles garces, toujours à se prendre pour ce qu'elles ne sont pas. Mais vous, vous êtes la seule à vous engager pour la bonne cause, le soutien de la communauté.

Glory ne put se retenir de bomber le torse.

— Je suis touchée que vous l'ayez remarqué. Elles me snobent à cause de ma… *profession*… alors que les trois quarts de leurs maris préfèrent passer me voir plutôt que d'assister à la messe dominicale.

— Je confirme. Ne me lancez surtout pas sur le mari de Constance. Ce type collectionne les poules ; pire qu'un coq de basse-cour, persifla Jocelyne. Suivez-moi, que je vous montre la future réserve. Vous allez adorer.

Glory lui emboîta le pas, négociant avec une grande précaution les marches trop étroites, talons dans le vide. Jocelyne lui tint la porte, à l'étage.

L'espace était jonché d'ordures : aiguilles, boîtes de conserve, bouteilles d'alcool de marque vides. Un rat se carapata et se faufila dans un trou du plancher qui menait Dieu sait où.

Jocelyne éclata de rire. Un rire aigre et répugnant qui ricocha contre les murs en tôle et dont les notes résonnaient sinistrement sous ce déluge.

— Stupide, stupide bonne femme ! Tu as beau être un as en calcul, question jugeote, tu te places bien bas. À l'avenir, évite de suivre n'importe qui dans un endroit désaffecté où personne ne peut t'entendre crier au secours. Mais pour ça, Glory Broussard, il faudrait que tu restes en vie.

Glory sentit ses genoux se dérober, ils menaçaient de la lâcher et elle, de s'effondrer. Sa gorge se serra devant le visage démoniaque de la nonne et elle dut se faire violence pour maîtriser sa peur.

— Je sais pour les abeilles, lâcha-t-elle. J'aimerais que vous me disiez pourquoi vous les avez déposées à *ma* porte.

Jocelyne rit de nouveau, un ricanement mauvais.

— Impossible de faire des cachotteries, à Lafayette. Tu devrais le savoir mieux que personne.

Elle shoota dans une bouteille de bière par terre, laquelle explosa en vol. Les éclats de verre manquèrent de peu le visage de Glory.

— Bon, tu mérites de savoir. Tu as été une adversaire à la hauteur. Gus a assuré deux autres livraisons de sucettes contre la douleur après la mort d'Amity, mais quand il t'a entendue confier à Noah tes soupçons de meurtre, il a décrété qu'il arrêtait. C'est comme ça que j'ai appris que tu préparais un mauvais coup. Moi aussi, j'ai une question pour toi. Comment as-tu su pour les abeilles ?

Glory essayait de scanner la pièce, sans trop bouger la tête ni même les yeux. Elle regarda la porte, puis le seul obstacle en travers de sa route : Jocelyne.

— Je vous ai vue au Miami Moon faire vos cochonneries avec ce type, au fond du bar. Alors, j'ai eu l'idée de créer un faux profil sur L'Amour N'Expire Jamais, et c'est là que je vous ai vue boire des martinis, les seins presque à l'air. La prochaine fois que vous envisagez d'assassiner quelqu'un avec vos abeilles, évitez de poster des photos de vous devant une ruche.

— Pigé, j'y penserai. Merci pour le conseil. Tu sais ce qu'on dit aux enfants au catéchisme, pas vrai ? Les commentaires sont un cadeau.

— Il n'y aura pas de prochaine fois. C'est fini, déclara Glory.

Elle avança avec précaution et sentit le plancher bouger légèrement – non, carrément beaucoup – sous ses pieds. L'orage grondait dans le ciel et probablement le diable avec, vu le raffut.

Jocelyne glissa la main dans son cardigan et en sortit un paquet de cigarettes. Elle alluma son briquet avec le pouce et tira sur sa cigarette. Un trait de fumée ondoyait dans l'air.

— En devenant nonne, on devient une caricature. On s'attife pareil, on se ressemble toutes, pourtant je me suis toujours sentie différente. J'étais intelligente. J'étais passionnée. Je voulais faire des choses, de grandes choses, dit-elle en menaçant Glory avec le bout incandescent de sa cigarette. Mais j'ai fait ce qu'on m'a dit, parce que c'était comme ça. En revanche, j'en connais une qui faisait tout le contraire, et tu sais qui ? Amity. J'étais la sagesse incarnée. La *responsable*. La future successeure de la mère supérieure. Et curieusement, c'est Amity qu'on adulait, elle captait toute l'attention, et tu sais quoi, j'étais OK avec ça. Mais qu'elle se tape le père Romero, ça, je ne l'ai pas supporté. Je sais que tu me prends pour une délurée, mais tu aurais dû voir ta copine cette nuit-là, dit-elle en ponctuant ses mots d'un ricanement rauque. Ta copine couchée sur le bureau du père Romero, tous les deux enlacés.

— Vous saviez ?

— Non seulement je savais, mais j'avais plus ou moins promis de garder le secret.

Le cœur de Glory se serra. Le père Romero avait avoué leur relation, mais il avait opportunément omis l'existence d'un témoin oculaire.

— Ça ne les a pas arrêtés pour autant, ils ont continué à me narguer, continué à me faire tourner en bourrique, avec leurs audiences, leurs bonnes actions, leurs recherches. Et c'est à partir de là que je n'ai plus supporté… Pourquoi j'aurais été la seule à obéir sagement ? La crétine qui se sacrifiait et en bavait pendant que ces deux-là allaient faire des discours à Bâton-Rouge ? Ils s'étaient même organisé un voyage à *Paris*. C'est moi que le père Romero aurait dû emmener à Paris. C'est moi qu'il aurait dû choisir.

Glory sursauta. La foudre était tombée si près qu'elle crut un instant que le bâtiment allait s'embraser. La pluie martelait la toiture en tôle. On aurait dit qu'il pleuvait des clous.

— Vous étiez jalouse, c'est ça ? Jalouse de leur amour, vexée qu'ils batifolent dans le monde, un privilège que vous n'aviez pas ?

Jocelyne inhala une grande bouffée et recracha la fumée dans la figure de Glory, qui sentit le bout brûlant de la cigarette effleurer sa joue.

— Tu te goures sur mon compte ! cria Jocelyne.

Elle serrait les poings comme une enfant.

Glory marcha très lentement vers elle en fixant la porte.

— Je n'avais pas l'intention de la tuer. Je voulais seulement lui faire comprendre que j'arrêtais de couvrir sa petite mascarade. Puis en arrivant chez elle, j'ai vu tous ses romans à l'eau de rose dans la bibliothèque. Son passeport sur la table de la cuisine. Ce n'était pas juste. C'est là que j'ai perdu la tête, et je lui ai sauté à la gorge.

Comme si ces révélations lui avaient donné des ailes, Glory se mit à courir vers la porte, creusant au passage un trou sinistrement béant dans le plancher fragile. Elle secoua la poignée à deux mains, de toutes ses forces. Sans effet. Elle était bouclée.

— Tss, tss, tss, fit Jocelyne. N'ai-je pas prouvé que je valais mieux que ça ? N'ai-je pas démontré que j'avais une longueur d'avance sur tout le monde ?

Glory haletait, cherchant désespérément une autre issue.

Jocelyne prit une grande inspiration, marqua une pause, puis recommença. La dureté et la détermination de son regard contaminaient ses traits, au moment où elle entonna « Peace in the Valley » :

Oh well, I'm tired and so weary
But I must go alone
Til the Lord comes and calls
Calls me away[1]

---

1. « Paix dans la vallée » : « Eh bien, je suis fatigué et si las / Mais je dois aller seul / Jusqu'à ce que le Seigneur m'appelle / Qu'Il me rappelle. »

Glory se jeta de tout son poids contre la porte, laquelle résista. Le seul fichu truc encore solide dans tout le bâtiment. L'abattement de Glory sembla libérer les démons de Jocelyne. Elle marcha vers elle en évitant soigneusement les trous et la brèche qu'elle avait creusée dans sa fuite.

— Vous ne voulez pas faire ça. Ce n'est pas vous, dit Glory, essayant de réveiller ce qu'il restait de foi en elle.

Mais Jocelyne poussa plus fort la voix :

There will be peace in the valley for me, some day
There will be peace in the valley for me, oh Lord I pray
There'll be no sadness, no sorrow
No trouble, trouble I see
There will be peace in the valley for me[1]

Le regard de Jocelyne rappelait à Glory ce jour atroce où elle avait trouvé le corps sans vie de son amie, les yeux morts et injectés de sang. À la fin de sa chanson, Jocelyne envoya balader son cardigan et bomba la poitrine : « Bonne nuit, Glory. »

Des mains enserrent sa gorge. Elle étouffe. La pluie résonne telle la foudre. L'instant d'après, Glory perdait connaissance.

1. « La paix viendra dans la vallée pour moi, un jour / La paix viendra dans la vallée pour moi, Oh Seigneur je prie / Il n'y aura plus de peine, plus de tristesse / Plus de de soucis, les soucis que je connais / La paix viendra dans la vallée pour moi. »

32.

Les machines bipaient et bourdonnaient près de son lit quand Glory ouvrit les yeux. Deux silhouettes floues se dessinaient : Delphine et le lieutenant Landry. Elle écarta le masque à oxygène de sa bouche et essaya de parler.

— Je suis en enfer ? Je suis morte et suis allée en enfer ?

— Non maman, tu es à la clinique, dit Delphine, un rire chassant ses larmes.

— Alors, je suis en enfer.

Baissant les yeux, elle nota qu'on lui avait mis une de ces blouses de malade informe, sans même avoir pris soin de la lui nouer correctement dans le dos. Le tissu lâche bâillait sur son cou et sa poitrine, exposant un bout de son sein.

— Seigneur, ils ne sont pas fichus de vous attifer décemment à l'hôpital !

Delphine noua les cordons bien serrés et caressa la joue de sa mère.

— Il va falloir que je prenne votre déposition, à un moment ou un autre, intervint Landry. J'ai un tas de questions à vous poser. Je ne décolère pas que vous ayez joué les Cagney et Lacey en ville, comme deux amatrices. Mais Dieu soit loué, vous allez bien.

— Qu'est-ce qui est arrivé ? demanda Glory en s'étouffant, secouée par une quinte de toux.

— De quoi vous souvenez-vous ? s'enquit Landry.

— Je me rappelle que cette femme dérangée m'a attirée à la fabrique de coton, elle a bouclé la porte et m'a étranglée. Ensuite, c'est plutôt flou, si vous voyez ce que je veux dire.

Delphine lui tendit un gobelet d'eau, que Glory but.

— Avec cette méchante tempête, je me suis inquiétée de ne pas te voir rentrer. Du coup, j'ai localisé ton téléphone et me suis doublement inquiétée en découvrant où tu étais. J'ai tout de suite compris qu'il t'était arrivé un truc, et j'ai appelé Beau. Nous sommes arrivés juste à temps.

On aurait dit que Glory venait de voir une girafe entrer dans la chambre.

— Tu m'as localisée ? Tu es en train de me dire que tu as mis un mouchard dans mon téléphone ?

— Non, pas un mouchard. C'est juste une option dans ton portable, précisa Delphine. Je l'ai activée le jour des abeilles, j'ai profité que tu te sois couchée tôt. Je me disais que ce serait utile en cas d'urgence, et bien m'en a pris.

— Il y avait comme une urgence, en effet, répliqua Glory, qui se redressa pour inspecter les machines. Quel est leur diagnostic ? Hémorragie interne ? Traumatisme crânien ? Je suis mourante ou pas ?

— Tu t'es évanouie quand elle a essayé de t'étrangler, mais tes constantes sont bonnes. Ils vont te garder en observation pour la nuit.

— Dans leurs rêves. Pas question que je passe la nuit dans cette chemise qui gratte et dans ces draps qui ont sûrement vu mourir des gens. Ramène-moi à la maison.

Une infirmière entra et recoucha correctement Glory, avec l'autorité d'une professionnelle qui avait connu d'autres récalcitrants.

— Vous devez rester au lit jusqu'à votre sortie, demain matin, au plus tôt. Autant vous installer confortablement, dit-elle en consultant un dossier, puis elle examina de plus près le visage de Glory. Vous ne seriez pas passée dans le service récemment ? Une morsure de chien, si je me souviens bien ?

Glory hésitait à lui donner satisfaction, refusant d'alimenter les cancans en salle de repos. Mais elle était trop épuisée pour inventer une pirouette. L'audace est l'apanage des gens reposés.

— Oui, c'était bien moi. Jasez autant que vous voudrez dans mon dos, si ça vous amuse.

L'infirmière contrôla les machines et nota ses constantes.

— Vous avez fait preuve d'un courage héroïque, m'a-t-on dit. Maintenant, pourriez-vous me laisser seule avec Mme Broussard ? Je dois procéder à quelques tests, ajouta-t-elle en se tournant vers Landry et Delphine.

— Il faut qu'on parle, dit Delphine une fois qu'ils furent assis sur un banc dans le couloir.

Les tubes lumineux grésillaient au-dessus de leurs têtes.

— Oui, confirma-t-il.

Aucun d'eux ne semblait trouver le courage de se lancer.

— On ne peut pas être ensemble. Attends, je ne suis pas en train de suggérer que c'est ce que tu souhaites, bredouilla-t-elle. C'est le bazar intégral dans ma vie. Des catastrophes en chaîne. Je suis en plein divorce et ne suis même pas sûre d'avoir encore un boulot en rentrant à Manhattan.

— Delphine…

— Laisse-moi finir, l'implora-t-elle en fixant ses pieds. J'ai cette amie qui possède une maison de campagne dans le nord de l'État de New York. Quand elle l'a achetée, le jardin était envahi par ce qu'on appelle la « renouée du Japon ». C'est une plante assez jolie mais extrêmement invasive. Elle détruit tout. Mieux vaut l'éradiquer avant qu'elle domine tout. Il suffit d'une seule microracine pour contaminer l'intégralité des autres plantes.

— Delphine…

— Cette plante, c'est moi, continua-t-elle. J'abîme tout, je détruis tout ce qui est bien, je rends tout mauvais.

— Je t'aime, la coupa-t-il en lui caressant le genou. Je t'ai toujours aimée. Je n'éprouve aucune gêne à le dire, pas plus que pour notre nuit ensemble. Je ne suis pas en train de t'annoncer que je vais quitter ma femme, rien ne pourrait m'éloigner de mes filles. Mais je voulais que tu le saches. C'est bon de le dire enfin haut et fort.

33.

Glory avait assisté à la chute de Jocelyne Cormier en direct, bien qu'elle ait raté l'instant crucial en perdant conscience. Il n'y avait pas eu de procès, Jocelyne avait plaidé coupable, mais il y avait eu l'audience de mise en accusation et les auditions au tribunal, auxquelles Glory s'était rendue.

La déchéance de la religieuse avait été fulgurante. La police de Lafayette avait finalement été obligée d'agir et, entre le récit de ses aveux par Glory et le témoignage de Landry qui l'avait surprise en train de l'étrangler, Jocelyne avait renoncé à se battre. Et renoncé peut-être tout bonnement à la vie. Glory avait visionné plus tard certains enregistrements des interrogatoires : Jocelyne s'y montrait apathique, suivant à peine les échanges. Son avocat l'avait encouragée à se ressaisir, à se préparer au combat de sa vie. Mais rien n'y avait fait. Sa volonté l'avait quittée. Elle avait plaidé coupable et avait été condamnée à une retraite au centre correctionnel pour femmes de Louisiane, à Saint-Gabriel, pour le meurtre d'Amity Gay… et la tentative de meurtre sur la personne de Glory Broussard.

La nouvelle avait embrasé Lafayette comme un feu de forêt en période de sécheresse. Dans les jours qui suivirent, Glory ne pouvait plus sortir sa poubelle ni faire ses courses au centre commercial, les équipes des chaînes locales campaient sur sa pelouse. À cause de toute cette attention, elle avait aussi dû renoncer au café CC's, et mettre son business en pause.

— Même plus moyen de sortir tranquille ses poubelles, se plaignit-elle à sa fille lors d'une de leurs conversations via FaceTime.

— Maman, il faut que tu tiennes le téléphone plus haut pour que je puisse voir ton visage. Je ne vois qu'un gros plan de ton menton.

— Je le tiens exactement comme tu m'as dit, répliqua Glory, visiblement exaspérée par sa manie de lui donner des ordres. Quand est-ce que j'aurai le droit à une visite de ton appartement ?

— Tu viens à New York quand, rappelle-moi ?

— Jamais, répliqua-t-elle avec le plus grand sérieux. Mais j'exige une visite virtuelle.

Delphine inversa le focus de sa caméra et lui fit faire le tour de l'appartement.

— Je n'ai pas encore fini de déballer les cartons, et c'est beaucoup plus petit que mon ancien appartement, mais il est à moi. Voici le salon.

Un canapé gris convertible était garni de gros coussins dépareillés qui formaient cependant un tout harmonieux. Un grand ottoman, recouvert d'un plaid que Delphine lui confia avoir acheté au Maroc des années plus tôt, constituait la pièce maîtresse. Dans la cuisine, les meubles étaient laqués blanc, avec un de ces énormes réfrigérateurs hors de prix comme on en voit sur la chaîne du câble Food Network. La collection d'épices sur l'étagère au-dessus de la plaque de cuisson rassura Glory. Là où on trouve des épices, on cuisine vraiment. Et un endroit où on cuisine vraiment est un vrai foyer.

— Rappelle-moi dans quel quartier tu as dit que tu vivais ?

Delphine tourna à nouveau la caméra vers elle en levant les yeux au ciel.

— Je te l'ai déjà dit mille fois. Je vis à Brooklyn maintenant.

— Je demandais juste. Pas besoin de t'énerver. Je ne connais pas la ville aussi bien que toi, dit Glory. Sois un peu gentille avec ta mère. J'ai failli me faire trucider.

— Pendant combien de temps comptes-tu jouer ton joker Tentative-de-meurtre ?

— Ben, vu que Jocelyne purge une peine de quinze ans pour ce crime, au moins aussi longtemps, je dirais. Ou jusqu'à ma mort. Selon ce qui se présentera en premier.

Delphine s'installa sur le canapé et serra un coussin en soie sur sa poitrine.

— J'ai eu cette idée… tu devrais demander un permis et t'établir comme détective privé. Tu as le chic pour fouiner dans les affaires des autres, et maintenant que tu es une quasi-célébrité à Lafayette, c'est le bon moment d'officialiser les choses.

— Ma fille, je ne vais tout de même pas payer pour obtenir la permission de faire ce que je fais déjà très bien.

Glory était restée cloîtrée chez elle plusieurs semaines, blottie dans son fauteuil douillet et sécurisant. Certes, elle avait résolu la mort de son amie et n'avait jamais mordu à l'hypothèse du suicide, mais son chagrin était encore immense. Elle s'était repassé les souvenirs les plus croustillants qu'elle gardait d'elle. Cette fois où Amity avait pourchassé un garçon jusque dans la rue parce qu'il l'avait zieutée par la fenêtre de sa chambre. Cette fois où, pendant la récréation, elles avaient mangé en entier le gâteau à la noix de coco pourtant destiné à toute la classe de CE2 de l'école élémentaire Westside, et non à elles seules.

Elle finit par quitter le feu des projecteurs, ainsi vont les choses, et retrouva une vie normale… avec quelques privilèges nouveaux. À la suite de l'attention suscitée par cette affaire, les travaux de rénovation de la fabrique de coton décrépie connurent une accélération. En qualité de responsable de la banque alimentaire, Glory fut activement impliquée. On la croisait presque chaque jour sur le site avec un casque de chantier. Lorsqu'elle n'y était pas, elle coordonnait les dons d'excédents avec les restaurants et les supérettes locales.

Le dimanche, elle reprit enfin le chemin du café CC's et renoua avec sa routine. Elle laissa échapper un soupir en apercevant sa table en pin familière, au fond de la salle. C'était comme retrouver une vieille amie perdue de vue depuis des lustres, et dont l'affection demeurait indéfectible malgré les années. Noah essuyait la machine à expresso derrière le comptoir. Glory toussa.

— Que faut-il faire pour obtenir un service digne de ce nom, ici ? Résoudre un meurtre ?

— C'est quoi votre boisson du moment ? répliqua-t-il, tout sourire. Cappuccino ou café glacé avec une pointe de lait d'amande ?

— Cappuccino. Les vieilles habitudes ont la vie dure.

Le visage naturellement sévère de Noah s'épanouit quand il s'attabla avec elle.

— J'avoue, je vous ai prise pour une folle quand vous m'avez dit qu'Amity avait été assassinée. Qui aurait imaginé ça de Jocelyne Cormier ? Jalouse de l'histoire d'amour d'Amity et du père Romero ! Je serais curieux de savoir ce qu'ils mettent dans leur eau bénite, à Sainte-Agnès, j'en aurais besoin moi aussi.

— Les êtres sont compliqués, Noah, le coupa Glory. Même les meilleurs. Pourquoi ne pas puiser dans votre cœur un peu de tolérance et d'empathie ? dit-elle en se drapant dans le châle noir de sa fille, se félicitant d'avoir omis de le lui rendre.

— On ne gagne jamais avec vous, Glory Broussard, déclara Noah en se levant, avant d'essuyer la table avec le torchon qu'il portait constamment sur l'épaule. Au fait, merci pour les fleurs. Pour Sarah.

Glory haussa les épaules et s'emmitoufla encore un peu plus dans le pashmina plucheux.

La cloche de la porte d'entrée tinta, un groupe de femmes d'âge mûr pomponnées et maquillées saluèrent Noah.

— On dirait que vous avez des admiratrices, le taquina Glory.

— Il se passe des choses étonnantes ces derniers temps. Des femmes se sont mises à se pointer sur leur trente-et-un, en me demandant personnellement, à me sussurer « l'amour n'expire jamais » ou autres inepties du style. Qu'est-ce que c'est ? Une chanson ?

— Qui sait ? mentit Glory en prenant note de supprimer le faux profil sur l'application.

Ou peut-être pas. Noah était bougon, mais c'était un chic type. Un homme bien. Il pourrait rendre une femme heureuse.

— Bon sang, quel délice, ce café, dit-elle après l'avoir goûté. C'est nouveau ? Il est sacrément corsé.

— Vous n'arrêtiez pas de dénigrer mon café, alors je me suis décidé à changer. On m'a complimenté toute la journée. Vous aviez sans doute raison, concéda-t-il avant de retourner en cuisine, ignorant ouvertement le sourire ravi de Glory.

La cloche tinta de nouveau. Gus fit son entrée, il tirait un chariot rempli de cartons. Il les déballa un à un et exposa ses bocaux dans le coin épicerie.

— Vous avez changé de métier ? C'est la première fois que je ne vous trouve pas derrière le comptoir.

Gus glissa la main dans la poche avant de sa combinaison, il lui tendit sa carte de visite.

— Miss Glory, vous avez devant vous le fondateur et P.-D.G. des Ruchers de Gus. Je fais ma toute première livraison.

— P.-D.G. ? Voyez-vous ça.

— Je n'étais pas très doué pour faire le café, je ne vous apprends rien. Du coup, quand j'ai entendu que les sœurs désiraient se séparer de leurs abeilles, puisque Jocelyne

Cormier a été... enfin, vous me comprenez. J'ai grandi à la ferme et j'ai tout de suite su ce que je pourrais en faire. Elles m'ont donné la colonie entière.

— Du moment que je ne les retrouve pas sur mon paillasson, je me réjouis pour vous.

— Je vois les choses en grand. Je commence par le miel. Je propose du miel de lavande, de *jalapeño*, et de myrtilles. Et l'été prochain, j'offrirai mes services de pollinisateur aux fermes locales. Attendez de voir, Miss Glory, ça va être énorme !

— Gardez vos distances avec Milton Knowles, surtout. J'espère que vous avez retenu la leçon.

— Vous n'êtes pas au courant ? s'étonna Gus. Un de ses chiens de combat s'est échappé et a attaqué un voisin. Son business a été démantelé. Il attend son procès en prison.

Une réunion exceptionnelle de la Red Hat avait lieu à Sainte-Agnès, ce soir-là. Ces dames se mirent à chuchoter à son arrivée, rien de nouveau sous le soleil. Ces pintades la traitaient comme une intruse depuis le premier jour. Glory se servit une assiette au buffet du fond et se réjouit qu'elles continuent à s'offrir les petits plats du restaurant cajun Poche's Market, malgré les coupes budgétaires drastiques. Une fois munie d'une généreuse portion de *dirty rice* à l'échine de porc, elle alla s'installer à sa table habituelle, au fond de la salle.

À l'entrée, Constance Wheeler, avec ses tifs nacrés, s'éclaircit la voix.

— Nous avons conscience que les dernières semaines ont été... très... dit-elle, l'air morose. Le premier point de notre ordre du jour concerne la nomination d'un nouveau prêtre pour Sainte-Agnès. Cela relève en priorité du ressort de l'archidiocèse, mais nous réfléchissons au moyen d'intégrer une membre de notre association au comité de sélection. À l'évidence, ils ont manqué de discernement en nommant le père Romero.

« Deuxièmement, le conseil d'administration s'est réuni en session extraordinaire et a pris une décision. En dépit de nos griefs passés et parfaitement justifiés à l'époque, lesquels aujourd'hui semblent insignifiants au regard des récents événements, nous souhaitons remettre une distinction à Miss Glory Broussard au titre de sa contribution héroïque à l'élucidation du meurtre de sœur Amity Gay, pour ses bons et loyaux services rendus à la Red Hat Society d'Acadiana et son nouveau rôle de directrice exécutive de l'aide alimentaire.

Occupée à arroser son assiette de sauce pimentée, Glory se figea. Elle releva la tête et affronta une marée de femmes souriantes, dont la vague d'applaudissements ricochait contre les murs. Elle était si peu habituée à tant de révérence, de bienveillance tout du moins, que son assiette baigna dans la sauce piquante avant qu'elle ait le temps de recouvrer ses esprits.

C'était une première pour Glory, qui n'avait jamais reçu de prix de toute sa vie. Elle projetait de l'accrocher dans son bureau, à côté du portrait que lui avait consacré l'*Advertiser* à sa une. Delphine avait expédié une copie à un site d'encadrement en ligne et elle était impatiente de le recevoir. Glory remercia brièvement les bénévoles pour cette distinction et se rasseyait déjà quand Constance s'éclaircit de nouveau la voix.

— Dernière chose. Compte tenu de votre ancienneté à la Red Hat et de votre travail jusqu'à présent exemplaire à la banque alimentaire, le conseil a également décidé d'annuler son vote concernant la responsable du comité Mardi gras. Vous le dirigerez cette année, étant entendu que le comité conserve la validation finale pour l'attribution des stands aux traiteurs, le choix des décorations et les activités.

Ce qui convenait parfaitement à Glory.

Glory rentra chez elle, totalement claquée, elle s'effondra dans son fauteuil et applaudit à deux mains au générique de son émission de télé préférée : « Le mystère de la semaine nous conduit à Lafayette, où un horrible personnage a renversé les poubelles d'une habitante qui nous a également signalé qu'un certain nombre de casseroles, bijoux et broches avaient été subtilisés à son domicile. Ces forfaits sont-ils liés ? Passons les vidéos au crible. »

Sa sœur, Shirley, apparut à l'écran : elle scrutait les environs, cherchant apparemment à éviter de se faire prendre, puis elle poussait les poubelles dans la rue avec l'énergie d'une lanceuse de disque.

— Si vous avez aperçu cette championne de muscu, appelez le standard de Crime Stoppers. Lafayette mérite mieux que ça.

À la minute où elle éteignit sa télé, Shirley la bombardait d'une pluie de messages et d'appels furibonds. Satisfaite d'elle-même, Glory refusa ses appels et éteignit son portable. Comme par bonheur, la ville ne reçut plus de plainte concernant sa maison.

Glory jeta un œil aux boîtes d'archives qui encombraient sa cuisine. Elle songeait à les mettre au garde-meubles, au cas où. Glory détestait l'admettre, mais ces recherches constituaient le legs d'Amity et du père Romero, bien qu'elles aient aussi favorisé leur liaison. Sans leur collaboration assidue, une nouvelle usine chimique serait aujourd'hui opérationnelle en Louisiane, il n'y avait aucun doute là-dessus. Leurs travaux et l'audition du père Romero avaient permis de révéler les malversations de Keller Benoît et sauvé de nombreuses vies. Cette pensée lui prodiguait un peu de paix, quand bien même leur liaison l'indignait.

Un bruit familier venant du jardin filtra par la fenêtre. Le chat s'était remplumé grâce à l'énorme sac de croquettes que Glory avait rapporté de chez Sam's Club, sans compter tous les bols de lait sur lesquels sa fille l'avait sermonnée, prétendant qu'ils étaient néfastes à son système digestif. Ce régime convenait comme un gant au félin, apparemment. Ses os étaient moins saillants, son estomac, plus rebondi. Sa seule vue la rasséréna. L'animal incarnait le symbole de protection auquel Felice lui avait dit d'ouvrir son cœur. N'avait-il pas fait son apparition peu après la mort d'Amity ? Il ne s'était en tout cas pas privé de donner un sacré coup de griffes à sa sœur, le jour où elle avait lacéré ses pneus. Depuis un temps infini, Glory avait placé sa foi dans le père Romero et l'Église et, même si elle comptait bien rester dans les petits papiers de Sainte-Agnès et de la Red Hat Society d'Acadiana, elle avait compris qu'il ne fallait pas mettre tous ses œufs dans le même panier. La foi prenait parfois des formes inattendues.

La radio diffusait une chanson de Patti LaBelle parlant de changer d'attitude, au moment où Glory ouvrit sa porte. Le chat se faufila à l'intérieur et se nicha sur son fauteuil en cuir. « Pas sur mon fauteuil », ordonna-t-elle. Il se rabattit sur le sofa et se mit à bâiller, comme s'il comprenait.

« Je crois que je vais t'appeler Patti. »

Remerciements

Glory Broussard m'est apparue de manière oblique, au fil des années. Je m'émerveille des coups du sort qui l'ont fait naître au monde.

Un grand merci à Jeff Ourvan et aux membres du Write Workshops qui ont lu les premières versions, en particulier Vicky Vidalaki.

J'ai été soutenue par une équipe merveilleuse de gentillesse et d'attention, avec à sa tête Alice Speilburg, qui dès le début s'est faite l'avocate des petites mesquineries de la bordélique Glory. Durant le processus éditorial, j'ai apprécié la formidable écoute de l'équipe de Pegasus Crime, notamment celle de l'éditrice Jessica Case et de la directrice de la communication et du marketing, Meghan Jusczak.

Ma mère, Barbara Arceneaux, a l'ambition de faire connaître Glory Broussard à tous les habitants de Lafayette. Mon frère, Shaun, glissera des exemplaires entre les mains d'inconnus. Guettez les membres enthousiastes de la famille Arceneaux.

Enfin, j'ai l'immense chance d'avoir pour amie de chaque instant Kerry Bennett, qui, en plus d'être une source inépuisable d'enthousiasme et de soutien, est une éditrice pleine de talent. Elle a lu les multiples ébauches de ce roman et l'a considérablement perfectionné. Je ne te remercierai jamais assez.

PARUS DANS
LA BÊTE NOIRE

NOÉMIE ADENIS
Le Loup des ardents (Grand Prix des Enquêteurs 2021)
Le Jardin des anatomistes

DANIELLE ARCENEAUX
Glory B. enquête
Frayeur en Louisiane

KATERINA AUTET
La Chute de la maison Whyte (Grand Prix des Enquêteurs 2020.
Prix littéraire de la Renaissance française 2020)
Les Deux Morts de Charity Quinn

CÉDRIC BANNEL
Baad (Prix du Meilleur Polar des lecteurs de *Points* 2017)
Kaboul Express
L'Espion français

PATRICK BAUDOT
Alias Cristal 18. Trente-quatre ans au 36, quai des Orfèvres – Les Ondes

JACQUES-OLIVIER BOSCO
Brutale
Coupable

RHYS BOWEN
Son Espionne royale
Tome 1, *Son Espionne royale mène l'enquête*
Tome 2, *Son Espionne royale et le mystère bavarois*
Tome 3, *Son Espionne royale et la partie de chasse*
Tome 4, *Son Espionne royale et la fiancée de Transylvanie*
Tome 5, *Son Espionne royale et le collier de la reine*
Tome 6, *Son Espionne royale et les douze crimes de Noël*
Tome 7, *Son Espionne royale et l'héritier australien*
Tome 8, *Son Espionne royale et la reine des cœurs*
Tome 9, *Son Espionne royale et les conspirations du palais*

Tome 10, *Son Espionne royale et le baron irlandais*
Tome 11, *Son Espionne royale au service de Sa Majesté*
Tome 12, *Son Espionne royale, quatre enterrements et peut-être un mariage*
Tome 13, *Son Espionne royale, quatre enterrements : amour et morts parmi les léopards*
Tome 14, *Son Espionne royale vole au secours de Belinda*

FRANCK CALDERON, HERVÉ DE MORAS
Là où rien ne meurt

JULIA CHAPMAN
Les Détectives du Yorkshire
Tome 1, *Rendez-vous avec le crime*
Tome 2, *Rendez-vous avec le mal*
Tome 3, *Rendez-vous avec le mystère*
Tome 4, *Rendez-vous avec le poison*
Tome 5, *Rendez-vous avec le danger*
Tome 6, *Rendez-vous avec la ruse*
Tome 7, *Rendez-vous avec la menace*
Tome 8, *Rendez-vous avec le Diable*
Tome 9, *Rendez-vous avec la justice*
Tome 10, *Rendez-vous le destin*

JEAN-CHARLES CHAPUZET
Bandit

KAREN CLEVELAND
Toute la vérité

DANIEL COLE
Ragdoll
Tome 1, *Ragdoll* (Prix Griffe noire du polar de l'année 2017)
Tome 2, *L'Appât* (Prix Bête noire des libraires 2018)
Tome 3, *Les Loups*
Pietà
Jackdaw

COLLECTIF, SOUS LA DIRECTION DE LISETTE LOMBÉ,
ELVIRA MASSON, FABRICE ROSE ET DELPHINE DE VIGAN
Histoires de femmes – Les Ondes

TASHA CORYELL
Lettres d'amour à un tueur en série

SANDRONE DAZIERI
Tu tueras le Père
Tu tueras l'Ange
Tu tueras le Roi
La Danse du gorille
Le Mal que font les hommes
Le Fils du magicien

LARA DEARMAN
La Griffe du diable
L'Île au ciel noir

ALAIN DECKER
Jours de ténèbres (Grand Prix des Enquêteurs 2023)

INGRID DESJOURS
Les Fauves
La Prunelle de ses yeux

CLAIRE FAVAN
Serre-moi fort (Prix Griffe noire du meilleur polar français 2016)
Dompteur d'anges
Inexorable

CARYL FÉREY
Magali – Les Ondes

REBECCA FLEET
L'Échange
La Seconde Épouse

DOMINIQUE FORMA
Coups de vieux

OLIVIER GALLIEN
Dans la neige ardente (Prix Bête noire des libraires 2022)
Sève

AMY GENTRY
Les Filles des autres
De si bonnes amies

PATRICE GEORGES-ZIMMERMANN
Les Tombes oubliées – Les Ondes

MARIA GRUND
La Fille-renard (Prix Bête noire des libraires 2023)
Le Diable danse encore

LAURENT GUILLAUME
Les Dames de guerre : Saïgon, t. 1 (Prix Bête noire des libraires 2024)

PATRICE GUIRAO
Le Bûcher de Moorea
Les Disparus de Pukatapu
Rivage obscur

L. S. HILTON
Maestra
Domina
Ultima

INGAR JOHNSRUD
Les Adeptes
Les Survivants

ELIZABETH KEY
Sept mensonges

QUNTOS KUNQUEST
Cette vie-là – Les Ondes

MATHIEU LECERF
La Trilogie du démon
La Part du démon (Prix Bête noire des libraires 2021 ; Prix Nouvelles Voix du polar 2022, roman français)
Au Royaume des cris
La Mort dans l'âme

SARA LÖVESTAM
Chacun sa vérité (Grand Prix de littérature policière 2017, domaine étranger. Prix Nouvelles Voix du polar 2018, roman étranger)
Ça ne coûte rien de demander
Libre comme l'air
Là où se trouve le cœur

FABIO MITCHELLI
Une forêt obscure
Le Tueur au miroir
Le Loup dans la bergerie (Prix Méditerranée Polar 2021)

NADINE MONFILS
Les folles enquêtes de Magritte et Georgette
Nom d'une pipe !
À Knokke-le-Zoute !
Les Fantômes de Bruges
Liège en eaux troubles
Leffe-toi et marche
Charleroi du crime
À Montmartre
Pataquès à Cadaqués

NICOLE NEUBAUER
Sous son toit

VINCENT ORTIS
Pour seul refuge (Grand Prix des Enquêteurs 2019)
Patiente

GIN PHILLIPS
Le Zoo (Prix Transfuge du meilleur polar étranger 2017)

ANTOINE RENAND
L'Empathie, t. 1 (Prix des lecteurs Gouttes de Sang d'Encre 2019. Prix Nouvelles Voix du polar 2020, roman français)
Fermer les yeux
S'adapter ou mourir
L'Empathie, t. 2

Fabrice Rose
Tel père, telle fille (Prix Bête noire des libraires 2020)
Le Plan
Pourchassés

Rydahl & Kazinski
La Mort d'une sirène

Romain Slocombe
La Trilogie des collabos
L'Affaire Léon Sadorski (Prix Libr'à Nous 2017, catégorie polar)
L'Étoile jaune de l'inspecteur Sadorski
Sadorski et l'Ange du péché
La Trilogie de la guerre civile
La Gestapo Sadorski
L'inspecteur Sadorski libère Paris
J'étais le collabo Sadorski
La Trilogie des damnés
Sadorski chez le docteur Satan

Thibaut Solano
Les Noyés du Clain
Les Dévorés

Dominique Sylvain
Panique en Armorique
Périlleuses Pyrénées
Le Vin des sorcières

Clémentine Thiebault
En votre intime conviction – Les Ondes
Voyeur ! Enquête sur un phénomène de société – Les Ondes

Dato Tourachvili
Génération denim – Les Ondes

Danielle Trussoni
Le Maître des énigmes
La Boîte du Dragon

ILARIA TUTI
Sur le toit de l'enfer (Prix Bête noire des libraires 2019. Prix Nouvelles Voix du polar 2020, roman étranger)
La Nymphe endormie
À la lumière de la nuit
Fille de cendre

HARRIET TYCE
Blood Orange
Tu mens comme tu respires

MADDALENA VAGLIO TANET
Silvia et les ombres

YANA VAGNER
Le Tunnel

DAMIEN ET SIBYLLE VÉRON
Tiphaine où es-tu ? – Les Ondes

ADRIENNE WEICK
La Septième Diabolique (Grand Prix des Enquêteurs 2022)

ANNETTE WIENERS
Cœur de lapin